LE PASSÉ NOUS LE DIRA

Isabelle DATTÉE
et Pascal PAVAGEAU

Le passé nous le dira

Les 3 Colonnes

Pour tout contact :

Éditions Les 3 Colonnes
72 rue du Faubourg Saint-Honoré
75008 Paris
www.lestroiscolonnes.com

Ce récit est une pure fiction. Toute ressemblance avec des situations réelles ou avec des personnes existantes ou ayant existé ne serait que fortuite.

Chapitre I – Les prévisions sont difficiles, surtout lorsqu'elles concernent le passé

« Les prévisions sont difficiles, surtout lorsqu'elles concernent l'avenir ! ». J'ai toujours adoré cette maxime de Pierre Dac. J'avais beau être l'un des meilleurs spécialistes mondiaux du phénoménal prédicateur Lars Nocappas, ce génie du milieu du XIXe siècle qui fut capable de prévoir tellement de faits concrets du XXe, j'étais bien loin d'imaginer tout ce qui m'est arrivé, ce qu'il nous est arrivé, depuis mars 2022. On dit que la vie réserve parfois des surprises, et là je crois désormais être bien placé pour en parler.

Mon livre *Lars Nocappas : Prédit-Acteur* paru en 2020 en était, deux ans après sa publication, à plus de 300 millions d'exemplaires vendus dans le monde entier. Je ne m'attendais évidemment pas à un tel succès qui a, bien entendu, changé ma vie après que l'écriture de ce livre m'en a accaparé bien des années. En effet, j'ai presque vécu reclus dans ma maison de Moigny-sur-École, superbe village du sud de l'Essonne, de 2015 à 2020 pour me consacrer exclusivement à mes recherches et à mon texte. Mais cet isolement fut salutaire, et depuis, le moins que l'on puisse dire, c'est que j'avais rattrapé mon absence de contacts sociaux. C'est bien simple, je me retrouvais invité partout.

Avant cette notoriété mondiale, j'étais, je le suis toujours d'ailleurs, un professeur agrégé d'histoire contemporaine, docteur en prévisionnistes historiques, de Nostradamus à Nocappas. Fils du célèbre historien Luc Taddée, j'ai hérité de sa passion pour celles et ceux qui ont réussi à prévoir des scénarios qui se sont avérés assez justes et parfois totalement exacts.

Tout se passait délicieusement bien depuis la diffusion de mon bouquin et je reconnais que je n'étais pas mécontent d'être une sorte de rock star de la littérature historique. Je savourais mon succès et, d'une certaine manière, j'étais heureux d'être reconnu, pour toutes ces recherches menées depuis des années sur ce sujet qui me passionnait depuis ma plus tendre, ou dure, enfance. Puis mon existence a pris une toute nouvelle dimension. Ma vie comblée de satisfaction allait bien vite changer et prendre une tournure digne d'un roman de science-fiction, et ce subitement tout en étant de façon définitive. Ce n'était plus des journées de chercheur, de professeur ou d'auteur, qui m'attendaient, mais tellement davantage. Une chose est sûre je n'allais pas m'ennuyer.

C'était le jour de mon anniversaire, celui de mes 50 ans, le vendredi 4 mars 2022. Le matin j'avais enregistré l'émission littéraire de Bernard Pilier qui devait être diffusée le soir même sur la chaîne de télévision *SavoirS*, canal assez confidentiel, il faut bien le reconnaître, mais vraiment passionnant.

J'étais assez fier de ma prestation d'autant que pour une fois, j'avais été interrogé sur du fond pendant plus d'une heure et pas uniquement sur les raisons potentielles de la réussite de mon ouvrage. Vers midi, nous avons poursuivi nos échanges autour d'un repas dans les locaux de la chaîne où j'étais invité par le Directeur Général de *SavoirS*, la directrice des relations institutionnelles et Bernard Pilier.

Y regarder de près permet de voir loin

— C'était une très belle émission, je suis vraiment ravi. Merci à vous Éric, me dit Bernard en introduction.

— C'est moi qui vous remercie cher Bernard. Il est bien rare depuis deux ans et la sortie du livre que je puisse développer autant en interview sur des éléments concrets et factuels des annonces faites par Nocappas entre 1840 et 1850. Quand on y regarde de près, c'est incroyable comme ce personnage atypique voyait loin ! Je reste impressionné par le génie de cet homme, et par son talent de prévisionniste, presque de voyant.

— Belle formule Monsieur Taddée ! Et, bien entendu, joyeux anniversaire ! On ne fête pas son demi-siècle tous les jours ! m'interrompit alors le Directeur, Michel Garrot. J'ai lu votre livre et, effectivement, il est totalement sidérant qu'il ait pu prévoir avec une telle précision la première et la seconde guerre mondiale par exemple.

— Oui, cela reste un assez stupéfiant mystère pour moi comme pour tout historien. Vous vous rendez compte qu'il parle clairement d'un Autrichien prenant le pouvoir en Allemagne en 1933 et instaurant une dictature totalitaire, impérialiste, antisémite, raciste et xénophobe selon une politique pangermaniste, revanchiste et belliqueuse. Nocappas indique ensuite dans ses notes que le fait générateur de la deuxième guerre mondiale sera l'invasion de la Pologne en 1939 par les troupes allemandes selon la volonté expansionniste dudit Dictateur. À noter d'ailleurs, qu'il n'écrit jamais « seconde guerre mondiale » puisqu'il en prévoit une troisième après 2020 ! S'il a raison sur celle-là comme sur les deux premières, on est assez mal barrés… Car on aurait alors bien peu de temps pour réagir, en admettant qu'on puisse contrer le destin.

— Vous l'indiquez en conclusion de votre livre mais vous précisez aussi qu'il y a peu d'éléments sur ses prédictions liées au XXIe siècle.

— Absolument Bernard. Elles existent, c'est certain, mais je ne les ai pas encore retrouvées. En dix ans, Lars a écrit 666 pages dans sept cahiers différents. J'ai pu avoir accès à tous, sauf au sixième tome dont personne ne possède de traces ou de pistes malheureusement. Ce cahier semble malheureusement avoir totalement disparu de toutes les archives du XIXe siècle. Le septième et dernier document est une sorte de conclusion générale. Il revient bien sur des éléments concernant notre XXIe siècle mais sans détailler ce qu'il a normalement indiqué et précisé dans le fameux cahier manquant. Je garde l'espoir que ce cahier va pouvoir être retrouvé à temps et qu'il pourra au moins nous éclairer et nous aider à faire face à ce qui nous attend, quand bien même nous ne pourrions pas nécessairement empêcher les évènements prédits de se produire, s'ils sont exacts une fois encore.

— Les documents sont issus de votre héritage familial il me semble, me demanda alors Madame Dominique Barthon. Vous êtes un des descendants directs de Nocappas, n'est-ce pas ?

— Tout à fait. Lars était mon arrière-arrière-arrière-grand-père. À sa mort, en 1869, sa fille Victoria a eu la présence d'esprit de conserver les notes de son père, y compris les cahiers. C'était courageux car je vous rappelle comment il fut traité à la sortie de ses écrits en 1850. Il était considéré comme un cinglé pur et simple. Il ne fut que partiellement réhabilité après 1870 quand il fut découvert qu'il avait prédit avec une précision incroyable la guerre franco-allemande, la chute du second Empire et l'établissement de la Troisième République en France. Pareil pour la Commune de Paris, et encore plus extraordinaire, il prévoit qu'une Tour en fer de plus de 300 mètres de haut sera érigée à Paris pour l'Exposition universelle de 1889 en célébration du centenaire de la Révolution française. C'est vraiment là que beaucoup commencèrent à s'intéresser à ses écrits annonciateurs.

— C'est totalement incroyable la précision de ses prévisions, me coupa alors le Directeur.

— Oui, c'est hors du commun. En fait, c'est principalement grâce à l'immense Jules Verne que les travaux de Lars du milieu du XIXe siècle sont réapparus vers le dernier quart de celui-ci. En effet, comme je le détaille dans mon livre, Verne a plusieurs fois reconnu s'être inspiré des annonces de Lars pour ses œuvres fantastiques. Il est bien regrettable pour mon aïeul qu'il n'ait jamais su être une telle source d'inspiration. Ni que ses descendants ne puissent toucher les royalties des écrits de Jules Verne…

— Certes, mais Jules Verne a utilisé les prophéties de votre ancêtre pour en faire des fictions. Sans savoir qu'en fait, ces prophéties s'avéreraient d'une exactitude stupéfiante.

— Là encore, je suis bien d'accord avec vous Madame. C'est même bien souvent terrifiant. Comment pouvait-il être aussi détaillé et avoir autant raison. Là où des prédicateurs ou prévisionnistes ou pseudo-prophètes comme Nostradamus ou bien plus tôt des Platon ou des Plutarque annonçaient des évènements globaux et macros, sur presque tous les sujets, comme l'astronomie, la médecine, la société, mon grand aïeul se concentrait sur l'Histoire de France et Européenne, ses orientations politiques et ses grands conflits armés avec des indications à couper le souffle. Pensez, que sans citer nominativement François Mitterrand, il parle d'un virage social important en France en 1981 comme il avait anticipé les effets de l'assassinat d'un grand humaniste, représentant du peuple, à Paris le 31 juillet 1914. Donner l'exactitude de la date du meurtre de Jean Jaurès, soixante-dix ans auparavant et alors même que le protagoniste n'est pas encore né, est franchement renversant.

— Totalement sidérant, en effet. Et puis ce que vous relatez sur Einstein l'est tout autant, poursuivit Dominique Barthon.

— Vous avez raison. D'ailleurs, l'essentiel de ses prévisions sonne comme autant d'avertissements à l'Humanité. Il prédit qu'un scientifique, juif allemand de naissance, publiera vers 1920 plusieurs théories déterminantes sur des équivalences entre la masse d'un corps et l'énergie et que de ses équations naîtront autant de découvertes physiques et astrophysiques exceptionnelles que les plus grandes armes de destruction massive jamais produites par l'homme. Il va jusqu'à indiquer qu'à l'été 1945, ces nouvelles armes tueront plus de 200 000 personnes en Asie en seulement deux attaques. Je relate dans le livre un courrier d'Einstein à Oppenheimer du 18 juillet 1945 où le premier exhorte le second de stopper le projet Manhattan en indiquant notamment « Lars Nocappas avait raison dès 1850, à partir de découvertes atomiques fabuleuses en termes de perspectives scientifiques de tout ordre, nous allons créer le pire des monstres ». Une question me taraude depuis quelque temps. Existe-t-il des prévisions faites par Lars qui ne se sont pas produites ? Car les responsables du moment les auront lues et auront alors changé leurs intentions initiales ? ! Je crains que nous n'ayons jamais la réponse.

— Fabuleuse question Éric. Si les dirigeants européens de 1936 avaient tenu compte des écrits de votre ancêtre sur cet Autrichien pouvant mettre le monde à feu et à sang, peut-être que des millions de vies auraient été sauvées ! Quelle tristesse.

— C'est bien ça Bernard. Dans ce cas, ses meilleures prédictions seraient celles qui ne se sont pas produites car leur écriture les aura empêchées ! On tient un super sujet pour le bac de Philo, non ?

— Heu, je dirais plutôt le doctorat de Philo, me sourit alors le Directeur. Vous devez disposer d'une mine d'or avec vos documents. De quoi écrire un tome 2 ?

— Oui, et non. Comme je vous le disais, le cahier n° 6 qui nous concerne tous directement s'agissant de ses prévisions relatives à « aujourd'hui » a totalement disparu des radars. Pourtant Victoria spécifie bien dans un courrier à sa fille, Roselyne Berchelot, en 1902 détenir les sept cahiers de son père. Personne n'arrive à savoir où peut être ce numéro 6, ni s'il n'a pas été détruit depuis 1902.

Du côté de ma famille, j'ai pu récupérer cinq tomes, transmis d'héritier en héritier depuis Victoria. Après des mois de recherches intenses, et je vous assure avoir dû jouer les Indiana Jones, j'ai retrouvé le numéro 4 qui me manquait chez un antiquaire du Lot. À Figeac très précisément. Enfin, bref, j'ai pu l'acquérir contre une petite fortune mais bon, vu le résultat des ventes de mon livre, l'investissement valait le coup. Ceci dit, point de cahier 6, ni à Figeac, ni ailleurs malheureusement. Je vous promets que si je le trouve, j'écris le tome 2 et si vous m'invitez je viendrai le présenter en avant-première dans votre émission !

— Alors ça, c'est très gentil. Nous en serions ravis, s'esclaffa Michel Garrot tout sourire.

— En fait, c'est que je veux bien du dessert ! répondis-je en riant également. Je vous le dis pour une prochaine fois, j'adore les religieuses au chocolat ! Je parle naturellement des pâtisseries ! Je suis un demi-centenaire très gourmand et je l'assume pleinement.

J'avais donc très bien déjeuné, en aimable compagnie, et j'étais toujours aussi heureux de pouvoir parler de mon livre et de mon illustre ancêtre. Et, oui, par la même occasion, de moi également.

Je suis alors repassé à mon bureau au 4 rue de Clichy dans le 9e arrondissement de Paris aux alentours de 15 heures, encore un peu guilleret, davantage par le vin que par notre conversation. Depuis quelques mois, mon éditeur me louait un petit local afin que je puisse poursuivre mes recherches en particulier sur le cahier manquant mais aussi pour me permettre d'avoir un pied à terre dans Paris pour l'écriture d'un nouveau livre consacré cette fois au prédicateur baptiste anglais, C.H. Spurgeon (1834-1893).

En arrivant juste pour prendre quelques documents et repartir chez moi à Moigny-Sur-École, Viviane mon assistante me sauta dessus :

— Eh bien, ça avait l'air bien arrosé ce déjeuner ! Visiblement, ils savent fêter les anniversaires chez *SavoirS* ! J'espère que tu as enregistré l'émission avant de récupérer ce teint rougeau et ces yeux vitreux ! Bon je regarderai ce soir, j'ai hâte de voir ça. Sinon, il faudrait que tu rappelles un dénommé Pascal Parson. Cela m'a eu l'air urgent et important. Tu vois qui c'est ?

— Qui ça ?

— Pascal Parson. Il ne te connaît pas personnellement. Il est prof d'histoire dans un lycée d'Orléans. Il insiste vraiment pour que tu le rappelles.

— Pffff, encore un qui veut un autographe ou me faire venir à un de ses cours pour se faire mousser. Je n'ai pas le temps. Tu lui dis s'il te plaît que je ne peux pas. Ils sont gentils tous ces gars, mais je n'ai pas que cela à faire.

— Je veux bien, je lui ai déjà dit que tu avais une séance d'Aquaponey, mais il m'a dit avoir des informations inédites sur Lars !

— Ah ? Inédites comment ?

— Alors ça mon Ricky, il ne me l'a pas dit. Il semblait tout de même très pressé de te parler et m'a dit détenir encore mieux que le « cahier n° 6 ».

— Vraiment ? Il a dit ça ? Bon après j'ai écrit dans le livre que je recherchais toujours ce volume des écrits de Lars. Donc il peut juste essayer de m'appâter avec cette référence. La prochaine fois, dis-lui que j'ai violon ou harpe ! dis-je en riant.

— À toi de voir, je te laisse réfléchir. Je file, j'ai mes filles à récupérer pour le week-end. Tu me diras lundi ce que je fais. Et si tu préfères le rappeler vite, tu as son numéro de portable sur le bureau. Encore bon anniversaire et pleins de bisous. Bon « wouik » et bon semi-marathon dimanche Champion !

Puis revenant sur ses pas après avoir franchi la porte, elle rajouta : « Ah, j'oubliais, ton admirateur secret a rappelé ce matin juste avant Parson. Il n'a rien dit, comme d'habitude, alors je lui ai raconté comment j'avais changé de couleurs sur mes ongles de pied avec un nouveau vernis hier soir. Il a tenu une bonne minute avant de raccrocher… Un jour, faudra que tu préviennes la police. Peut-être qu'il est juste fan de ma belle voix et qu'il va me proposer de dîner avec lui, il est peut-être beau et bien g… mais rien n'est moins sûr. Bon allez, j'arrête de plaisanter, cette fois, bisous et bonne course dimanche ! Si tu gagnes je t'amènerai des religieuses au chocolat ! »

Je reconnais que son message m'avait interpellé et intrigué, je n'arrêtais pas d'y penser. Pas celui sur cet énergumène qui appelait régulièrement depuis des mois sans rien dire mais sur les propos du Prof d'Histoire d'Orléans. Avait-il vraiment des informations complémentaires aux miennes sur Nocappas ? Ce dernier avait peu écrit hormis ses 666 pages, du moins à ma connaissance. Il existait peut-être des lettres, de la correspondance de sa part qu'une famille aurait conservée depuis. Le seul moyen de le savoir était de rappeler ce Parson et d'essayer de le rencontrer.

N'y tenant plus, et sans résister longtemps à mes envies, j'ai composé son 07 vers 18 heures J'étais toujours à mon bureau de Paris, comme incapable de rentrer chez moi avant d'avoir passé cet appel. De toute façon, à cette heure-là un vendredi soir, je n'avais aucune chance d'avoir une place assise sur la ligne R entre Gare de Lyon et Melun. Comme disait le dicton des passagers « La ligne R, c'est l'enfer » !

— Allo ? Monsieur Parson ?

— Oui, c'est moi.

— Bonjour, ici Éric Taddée, ma collaboratrice m'a indiqué que vous cherchiez à me joindre au sujet de Lars Nocappas.

— Absolument. Je suis vraiment ravi que vous me rappeliez si vite. Merci beaucoup. Écoutez, cela me semble difficile par téléphone, mais, effectivement, j'ai en ma possession depuis très peu de temps un courrier de Lars Nocappas datant de janvier 1869, écrit avant sa mort.

— Incroyable. Vous êtes certain que c'est bien un texte authentique de sa main ?

— Je ne peux l'affirmer totalement, mais c'est bien sa signature si j'en juge à ce que l'on retrouve sur internet ou sur votre blog. C'est pourquoi je voudrais vous le présenter en main propre et recueillir votre avis.

— Bien sûr, bien sûr. Cela m'intéresse naturellement beaucoup. Ce courrier comporte-t-il des choses particulières ? Il est adressé à qui ?

— Écoutez Monsieur Taddée, sans vous offenser, je crains que vous me preniez pour un fou si je vous raconte tout cela par téléphone. Quant aux spécificités du courrier, il compte 10 pages manuscrites, chacune étant paraphée en bas de page à droite et en alternance soit d'un « P.P. », soit de deux petits carrés, « □□ ».

Cela est en tout point identique à ce que vous explicitez sur les 666 pages de ses cahiers. Par ailleurs, outre la signature identique, la date mentionnée est le 11 janvier 1869 mais avec le 11 en chiffres romains, XI ; janvier en chiffres arabes, 01 ; et 1869 à nouveau en romains, MDCCCLXIX.

— C'est vraiment troublant, mais comme vous l'indiquez, quelqu'un peut avoir imité un écrit de Lars en se référant à ce que j'ai écrit dans mon bouquin ou sur mon blog sur ce qui caractérise ses écrits de l'époque.

— Oui, mais d'une part, le contenu, comme je vous l'expliquerai de vive voix, me laisse penser qu'il y a là un mystère pouvant clairement relever de votre ancêtre et, si cela peut vous convaincre, les 10 pages de papier sont en base chiffon, avec, en haut à gauche un *CN 1793* apparaissant en transparence intégré dans chaque feuille.

Je restais sans voix plusieurs secondes.

— Allo, Monsieur Taddée, vous êtes toujours là ? reprit Parson.

— Heu… Oui, pardon. C'est effectivement le papier de prédilection de Nocappas. Base chiffon, estampillé Convention Nationale des 3-9 avril 1793. Et ça, je ne l'ai ni écrit, ni évoqué nulle part… Monsieur Parson, il est probable que vous ayez entre les mains un des derniers textes de Lars. Si vous me dites en plus que son contenu est stupéfiant, je…

— Il est plus que stupéfiant Monsieur Taddée. Croyez-moi, il est abracadabrantesquement délirant.

— Vous êtes disponible ce WE ? Je peux venir sur Orléans sans problème.

— Impossible avant dimanche soir. Je suis désolé. C'est l'anniversaire de ma fille demain et dimanche matin, je cours le semi-marathon de Paris donc…

— Moi aussi, je suis inscrit dimanche. Quelle coïncidence ! Écoutez, je vous propose de s'y retrouver à la fin. De mon côté, je pense faire entre 2 heures et 2 h 10 si tout va bien. Je devrais donc terminer vers 12h15. Je serai en voiture. Si cela vous convient, on se retrouve et je vous invite chez moi à Moigny ?

— C'est très gentil à vous, mais je ne vais pas courir un semi avec un tel document dans les poches ou à la consigne de la course !

— Oui, bien sûr, c'est évident. Excusez-moi. Vous venez et repartez en train ?

— Oui, je serai de retour chez moi à Orléans la Source vers 16 heures environ.

— Une proposition Monsieur Parson : je vous récupère après la course et je vous ramène en voiture jusqu'à Orléans. Cela nous permettra de nous présenter, certes dans des conditions olfactives pas à notre avantage, et de parler du document avant de le voir de visu. Je passerai juste quelques minutes chez moi, à mi-chemin en forêt de Fontainebleau pour prendre une douche rapide et me changer. Bien entendu, vous pourrez faire de même. Cela vous conviendrait-il ?

— Parfait pour moi. C'est gentil à vous. À dimanche donc. Ah, sinon, moi, ce sera plutôt 2h30 de course donc pas avant midi et demi sur la ligne d'arrivée !

Marathon man, juste partir à point

Je l'ai vraiment attendu longtemps cette ligne d'arrivée que je savais être un nouveau départ pour moi. Je me suis traîné tout le samedi à compter les heures et même les minutes. Je n'arrivais à rien faire d'autre. Cette absence était à l'image des propos de Parson : obsédante. Qu'avait-il voulu dire par « abracadabrantesquement délirant » ? Y avait-il dans cet écrit de fin de vie de nouvelles prédictions incroyables ? Je bouillais, je m'agitais, je tournais sur place comme un lion en cage, cette histoire me donnait le vertige et m'excitait follement à la fois. Une immense impatience s'emparait de tout mon être.

Dimanche, 7 heures pétantes, d'une humeur mécontente, en tenue légèrement ventripotente, sortant d'une maison devenue salle d'attente, je roulais sous une pluie battante vers une course haletante et surtout une lettre exaltante.

Heureusement pour nous les coureurs, le soleil est revenu pour le départ. Je ne sais si c'était l'envie de lire mais j'ai parcouru les 21,1 km en un temps record pour moi, passant sous les 2 heures, ce qui ne m'était plus arrivé depuis mes 20 ans.

Ma médaille autour du cou, une bouteille d'eau et une banane en main, j'ai couru récupérer mes affaires à la consigne et, ainsi donner un rendez-vous précis à Pascal Parson pour lui indiquer par SMS où ma sublime Clio orange était garée, non loin de la gare d'Austerlitz.

Il était 12 h 42 quand je l'ai vu arriver, semi-décontracté, moitié cuit par son semi, rigolant bien à la couleur de ma voiture. Un quinqua, barbe de cinq jours, cheveux poivre et sel, plus sel que poivre, taille moyenne, ventre identique au mien, c'est-à-dire en rondeurs contrôlées, très souriant et visiblement très sympathique, du moins en première apparence. Il avait un regard vert profond et sévère avec en son centre une forte « ride du lion » en forme de « bride de rébellion » mais il dégageait une forte empathie et gentillesse.

— Enchanté, Pascal Parson. Je suis sincèrement ravi de vous rencontrer Monsieur Taddée !

— Appelez-moi Éric. Moi également, ravi de cette rencontre Pascal. Si cela vous, te, va, on peut se tutoyer ?

— Avec plaisir, j'aurai du mal à faire autrement de toute façon.

Puis en rangeant son sac dans mon coffre, il ajouta hilare : « Heu, sinon, excuse-moi, mais la couleur Garfield, ils te payent chez Renault pour que tu roules avec ? »

— Ah, presque ! Je l'ai payée neuve à 12 000 au lieu de 21 000 en 2020. Des stocks 2019 non écoulés suite au premier confinement du Covid ! J'en ai profité, je le reconnais. Et puis c'était un choix restreint, uniquement entre vert ou orange. Entre Yoda et Casimir, j'ai pris l'île aux enfants plutôt que les Jedi. Je reste juste un jeune *Padawan* vous savez. Et puis, comme ça, je la retrouve facilement dans les parkings…

Pascal était vraiment charmant. Drôle et très intéressant. Il était de mars 1969, il avait trois enfants, Lilian, 28 ans, Bastien, 26 ans, et Maëlle qui fêtait ses 22 ans la veille. Il courait moins vite que moi le semi mais, lui, il courrait aussi le marathon, ce que je ne suis jamais arrivé à faire. C'était un réel plaisir pour moi de rencontrer cet homme, même si je percevais comme plusieurs personnalités différentes en lui avec un sentiment étrange de le connaître déjà un peu. Et surtout, j'avais vraiment hâte d'entendre ce qu'il avait à me raconter.

Nous nous sommes présentés respectivement jusqu'à arriver chez moi à Moigny-Sur-École. La douche n'était pas de trop pour reprendre la route. Il faisait ma taille, 1,75 mètre, je lui ai prêté des affaires pour se changer. Nous nous sommes bien désaltérés, puis à 15 heures nous sommes remontés enfin en voiture orange où tant de choses attendaient d'être explicitées. J'ouvrais le bal.

— Écoute, je ne te cache pas que notre conversation de vendredi m'a empêché de dormir et tout simplement d'agir depuis. J'ai bien compris qu'il s'agissait très probablement de feuilles écrites de la main de Lars avant sa mort et j'espère en avoir la certitude tout à l'heure, mais peux-tu m'en dire un peu plus sur son contenu ?

— Franchement, j'en meurs d'envie Éric. Vraiment. Mais je te répète que je ne voudrais pas que tu me laisses sur le bas-côté terminer à pied jusque chez moi et que tu fasses demi-tour chez toi.

— C'est fou à ce point-là? demandais-je à la fois intrigué et passablement agacé de devoir encore attendre un temps qui me paraissait interminable. Je n'avais plus envie de poireauter une seconde de plus, je trépignais d'impatience.

— Oui, je t'assure que ça l'est totalement. Je ne sais d'ailleurs comment je pourrais te l'expliquer sans que tu aies lu la lettre dans son intégralité.

— Bon alors, dis-moi à qui cette lettre était adressée ?

— Non, ça non plus. Tu ne me croiras pas.

— Pffff, ils vont être longs ces 100 km… Bon, alors, tu as récupéré ce courrier quand et comment ?

— Comme je te l'ai dit, c'est tout récent. Il y a juste une semaine, le 24 février. La stupéfaction passée, même si honnêtement elle est toujours présente, j'ai immédiatement cherché à te joindre, ce que j'ai réussi ce vendredi matin en contactant ton assistante. Viviane, c'est ça ? Très drôle et hyper sympa.

— Oui, merci pour elle, mais tu ne me dis pas comment ? Par qui ? Où as-tu trouvé ce document.

— Un notaire me l'a apportée.

— Quoi ? Un notaire ? Il vient faire quoi là dans notre histoire le notaire ? La lettre était dans une malle de son grand-père qui vient de décéder et qui l'avait obtenue d'un extraterrestre et il vient de la trouver ? Et, putain, excuse-moi mais pourquoi te remettre ce document à toi ?

— Parce que…

— Écoute, on arrive bientôt là, alors merde, dis-moi pourquoi !

— Parce qu'elle m'est destinée !

J'ai pilé. Heureusement que nous étions en pleine forêt d'Orléans sur la Départementale 97 avec personne derrière. Je me suis garé, le regardant complètement stupéfait et totalement énervé.

— Tu te moques de moi ? Comment un courrier de 1869 peut-il être destiné à quelqu'un en 2022 ?! C'est quoi ces conneries bon sang ?! Tu te moques de moi ? C'est une plaisanterie ? Si c'est le cas ce n'est pas très fin et tu perds ton temps.

— Non, ne le prends pas mal, je ne me moque absolument pas de toi et je ne suis pas fou je t'assure. Du moins, pas à ce point-là… Je te l'avais dit : sans la lettre sous les yeux, tu vas me prendre pour un gentil cinglé.

— Ou un cinglé pas si gentil que ça ? C'est quoi qu'il y a derrière tout ça ?

— Écoute-moi Éric. On ne se connaît pas. Je réagirais certainement comme toi. Emmène-moi chez-moi. Je te montre la lettre et, mieux, je te la laisse. J'ai une copie, ça me suffira. Je t'assure que le message de ton hyper grand-père nous dépasse largement toi comme moi. Mais tout n'est pas toujours rationnel dans la vie tu sais.

Je n'ai pas répondu, j'ai repris le volant et j'ai traversé Fleury-les-Aubrais puis Orléans et la Loire jusqu'à Orléans-La-Source sans plus dire un seul mot.

Parson habitait dans un appartement des immeubles du sud de La Source, à côté du lac de l'Orée de Sologne. Un « repère de profs gauchos » me suis-je dit en arrivant. Arrivé au dernier étage, le septième, porte 7G franchie, je pénétrais dans un 4 pièces assez spacieux, très bien rangé, magnifiquement agencé, avec une guitare dans chaque recoin et des figurines de Batman ou de Goldorak sur chaque meuble. Je me suis dit « Prof, gaucho et gamin… ça promet ».

Pascal m'a offert à boire et vu ce que je venais d'entendre, j'ai accepté son « Rhum banane flambée, arrangé maison ». Bon sang, « Prof, gaucho, gamin et alcoolo… de mieux en mieux ». Cela dit, j'ai eu raison d'accepter, si tous les chemins mènent au Rhum, le sien ne pouvait que m'aider à emprunter celui qui se découvrait devant moi.

Quand le passé vous retrouve

Il est arrivé avec un petit dossier. Une serviette en cuir rouge bordeaux visiblement assez ancienne à fermeture éclair sur une longueur et une largeur.

Il en a sorti plusieurs feuilles rassemblées dans une pochette plastique transparente. Il les a sorties très délicatement en éloignant nos deux verres et la bouteille comme pour ne pas risquer de renverser quoi que ce soit dessus.

— Bien, nous y voilà. Le mieux est sans doute que tu prennes le temps de lire les 10 pages. Puis, si tu es toujours vivant… je serai obligé de te tuer !

Vu ma tête, il a compris où il pouvait se mettre sa blague nulle. « Pardon, c'était pour rire. Bien entendu, si tu veux après ta lecture je te dirai ce que je sais ou bien ce que j'ai compris de ces 10 pages. Ce que tu as là, c'est l'original que m'a remis le notaire d'Olivet, Maître Cédric Plaud le 24 février, le jour même où Toupine le fou a envahi l'Ukraine, je m'en souviens. Je te laisse l'ensemble, y compris mes notes suite à mon échange avec lui. Tu pourras d'ailleurs aller lui parler à lui aussi, il y a ses coordonnées sur l'enveloppe. J'ai des copies de tout pour moi. Je n'ai pas besoin des originaux. Ça te convient ? »

— Vas-y, raboulle !

Je reconnais que j'aurais pu être plus aimable envers quelqu'un qui me faisait un tel cadeau. Pascal m'a tendu les feuilles. Et je n'ai pas pu lire au-delà des premières lignes indiquant l'adresse :

Figeac, XI.01.MDCCCLXIX.
À l'attention de Pascal Parson,
Professeur d'Histoire,
Bâtiment les Peupliers
118 rue Maurice Genevoix
45100 Orléans-La-Source

— Mais enfin, ce n'est pas possible. C'est impossible. Si c'est une blague, elle est vraiment géniale de véracité. Oui, c'est son écriture. C'est bien son écriture. Je la connais par cœur à l'avoir tellement lue. Mais ce n'est pas possible. Dis-moi la vérité s'il te plaît.

Je l'ai regardé, suppliant du regard qu'il me dise que, oui, il se foutait réellement de moi. Que tout était fake.

— Je t'assure Éric. Sur ma vie, ce n'est pas une blague. La vérité, tu l'as sous les yeux. Et tu n'as encore rien lu. Et, si j'étais toi, je reboirais un petit coup avant de lire les premières lignes du courrier… Il est probable que tu en aies besoin.

J'en ai pris deux, cul sec. Sa banane était flambée et mon cerveau bouillonnait.

— Figeac ? C'est là que j'ai retrouvé le cahier n° 4. Mais Lars n'est jamais allé dans le Lot !

— Ben, visiblement, si. Hein ? En janvier 1869, il y était semble-t-il.

— Écoute, merde à la fin. Je sais tout de lui, il est mort le 21 mars 1869 à Paris. Tout l'atteste. Qu'est-ce qu'il serait allé foutre dans le Lot à presque 100 ans deux mois avant sa mort ?

— Ne t'énerve pas. Je n'en sais rien ! Comme je ne vais pouvoir expliquer ce qui suit. Après, tu dis avoir retrouvé un des cahiers de Lars à Figeac. Drôle de coïncidence tu ne trouves pas ?

Pascal avait raison. Mais comment avais-je pu passer à côté de cela ? Pourquoi était-il dans cette sous-préfecture du Lot quelques semaines avant son décès ? Et pourquoi écrire à cet inconnu né 100 ans après sa mort ? Cela n'avait strictement aucun sens. Alors la suite… je n'en parle même pas. Enfin si. Voilà :

Mon cher Pascal,

J'ai vraiment réfléchi des années entières à une façon d'aborder ce que j'ai à te dire mais, vraiment, il n'existe aucune bonne façon. Aussi, j'espère de tout cœur te convaincre par ces premiers mots de prendre le temps de lire attentivement tout ce que je t'ai écrit dans cette missive, et que tu accepteras, ou tout au moins que tu admettras tout ce que j'ai à te dire. Je te connais bien, aussi je vais…

— Mais bordel, d'où il te connaît ! Tu es un Highlander, tu vis depuis des siècles ou quoi ?

Pascal n'a pas répondu. Pas même souri. Il faut dire que ma référence cinématographique était assez pitoyable et puis cette situation de fou devait le mettre très mal à l'aise. J'ai repris ma lecture, à voix haute cette fois.

Je te connais bien, aussi je vais essayer de te persuader de la véracité de ce qui suivra en te prouvant que je sais énormément de choses, y compris sur toi. Cet écrit n'est pas une plaisanterie mais tout ce qu'il y a de plus sérieux. J'ai tant de choses à te dire et c'est si important. Tu vas vite comprendre en me lisant.

Tu es né, selon l'état civil, le 22 mars 1969 à Montargis mais tu viens de découvrir il y a peu de temps que tu étais né en réalité le 21 mars 1969 à Châteauneuf-sur-Loire. En avril 2010, il y a quelques jours si tu reçois ce courrier le jour prévu, tu...

— Mais on est en 2022, pas en 2010. C'est quoi encore ce délire ?

— Écoute Éric, moi je veux bien qu'on s'arrête à chaque ligne mais il reste encore neuf pages avec un nombre d'informations encore plus hallucinantes. Ce qu'il dit est vrai me concernant, et ça, j'étais, du moins je le pensais, le seul à le savoir après avoir réussi à voler mon dossier de naissance sous X au Conseil général du Loiret un jour d'avril 2010 comme il l'indique. Visiblement, le notaire m'a expliqué que ce courrier devait m'être remis en main propre le 1er juin 2010. Mais comme je te l'expliquerai plus tard, il a visiblement été volé ou perdu puis retrouvé il y a seulement trois semaines. Donc je le reçois avec douze ans de retard, et il aurait même pu m'être remis trop tard. Et, oui, bordel de pigeon chieur, comme tu vas le voir cela pourrait avoir des conséquences catastrophiques. Au lieu de 13 ans, on a moins d'un an désormais…

— Un an pour faire quoi Pascal ? Je ne comprends vraiment rien à cette histoire de fou.

— Lis ce putain de courrier à la fin. Tout y est. Cesse de te poser des questions, lis d'abord, ne t'interromps plus.

J'ai repris, toujours à haute voix, comme pour me rassurer et me persuader que tous ces mots étaient bien réels et que je ne rêvais pas. Et si c'était bien un rêve, une fois réveillé de ce cauchemar il me faudrait l'écrire car je tenais un nouveau scénario pour Stephen King.

En avril 2010, il y a quelques jours si tu reçois ce courrier comme prévu, tu as réussi à obtenir ton dossier de naissance. Ta mère n'avait que 13 ans quand elle t'a mis au monde, seule dans un dispensaire de Châteauneuf. Elle avait été violée par un jeune footballeur amateur jouant dans l'équipe de son père, Fernando, maçon portugais itinérant de 18 ans au moment des faits. Ta pauvre maman voulait te garder mais ses parents le lui ont interdit. Elle t'a remis à la DDASS du Loiret, contrainte et forcée, totalement désespérée le 1er avril 1969 après t'avoir donné un prénom. Tu t'appelles Laurent Laloux, fils de Marie-Josée Laloux et de ce Fernando qui ignore ton existence.

Dans ton dossier, il est indiqué que Marie-Josée t'abandonne parce qu'elle ne peut faire autrement à tout juste 13 ans, mais aussi qu'elle espère de tout son cœur que ses parents reviendront sur leur décision et qu'elle pourra revenir te chercher rapidement. Tu as en ta possession une note de sa part, écrite de sa main d'enfant lorsqu'elle te laisse à l'administration, et dont les mots « Je t'aime mon petit Laurent » te marqueront pour toute ta vie.

Tu n'as jamais parlé de cela à quiconque cher Pascal. Pas même à tes enfants, Lilian, Bastien et Maëlle. Ni même à ton psychiatre, le Docteur Lambrais.

Je pourrais également te rappeler d'autres de tes secrets, comme celui de l'endroit où tu as enterré ton cochon d'inde Titus, certainement tué par tes parents adoptifs, quand tu avais 7 ans. La grosse pierre que tu as posée dessus à proximité sud-est du Novotel y est toujours. Tu l'as d'ailleurs vérifié par toi-même quand tu es revenu sur Orléans en 2002 après des années à Lyon puis dans le Nord.

Qui d'autre que toi sait cela et où se trouve cet endroit ? Personne. Comme tu es le seul à connaître les derniers mots que tu as prononcés dans l'oreille de ton père adoptif juste avant sa mort dans sa chambre SI-13 des soins intensifs de l'hôpital d'Orléans. Ton « Je te pardonne, pour tout » sonne toujours aussi faussement dans ton cœur mais tu te sentais obligé de le lui dire parce que tu ne supportes pas la souffrance des autres.

Je pourrais continuer des lignes entières sur tes petits secrets, comme celui de dire que ta couleur préférée est le rouge pour faire un peu révolutionnaire alors que tu adores le vert.

Alors voilà mon cher Pascal, j'imagine à quel point mon écrit retient toute ton attention désormais.

Dans un autre registre, as-tu remarqué qu'une anagramme de Pascal Parson est Lars Nocappas ? As-tu constaté que je paraphe tous mes écrits d'un « P.P. », et non d'un « L.N. », où bien de deux carrés vides, hiéroglyphes égyptiens de P.P. ?

Pascal, excuse-moi encore pour cette brutalité sur ton avenir après celle sur ton passé. Mais je dois te prévenir. Cet écrit est là pour te parler du destin, et de ton destin. Tu vas mourir le jeudi 2 mars 2023 à 23 h 23 non loin de ton appartement d'Orléans-La-Source en essayant, en vain, de joindre une dernière fois par téléphone tes chers enfants. Eux aussi mourront à cet instant-là, comme des millions de personnes en France et des milliards dans le monde sous une pluie de missiles nucléaires lancés par on ne sait trop qui vers on ne sait trop qui mais en étant certain de ne pas savoir pourquoi.

J'ai arrêté ma lecture une nouvelle fois. J'étais terrorisé, je n'arrivais toujours pas à croire ce que je lisais et pourtant c'était bien là sous mes yeux, entre mes mains. Alors j'ai regardé Pascal sans dire un mot. Il pleurait, submergé par l'émotion bien que connaissant certainement chaque mot que je lisais tant il avait dû les visionner dans tous les sens depuis une semaine.

— Je… Je ne comprends pas. Tout ce qu'il écrit sur toi, c'est vrai ? Tout est vrai Pascal ?

— Oui, tout. Absolument tout est exact Éric, même mes ultimes paroles à mon père adoptif au seuil de sa mort. Tu n'imagines pas ce que ce texte me fait endurer à chaque lecture depuis neuf jours…

— Je suis désolé. Mais comment a-t-il pu prédire cela en 1869 ! ? Et cette anagramme, c'est incroyable, tu l'avais remarquée ?

— Non, bien sûr que non. Je ne me suis jamais vraiment intéressé à ce type avant. Désolé, mais je fais partie des rares personnes à ne pas avoir acheté ton livre ! J'ai regardé ton blog la semaine dernière après avoir reçu ce document, mais auparavant je me fichais de Nocappas comme de mon premier caleçon. Même si je n'en mets pas, ni des boxers d'ailleurs… Mais tu t'es arrêté à un endroit critique. Tu devrais reprendre, me dit calmement Pascal, toujours très ému, en s'enfilant une belle gorgée de son Rhum qui ne s'est pas fait en un jour mais qui s'est bu en une heure.

— Je comprends ton émotion, comment peut-il savoir tout cela sur un seul individu ! ? Et sur cette fin du monde nucléaire ! ?

— Lis ! Pitié, lis et arrête de pré-interpréter…

Alors j'ai lu le paragraphe suivant et j'ai arrêté instantanément.

Très cher Pascal, si je sais tout cela, sur ton histoire, tes secrets et même sur ta mort, c'est que j'ai déjà tout vécu à ta place. Je m'appelle en fait Pascal Parson, je suis né le 21 mars 1969 à Châteauneuf-sur-Loire et je suis mort une première fois le 2 mars 2023 avant de me retrouver presque instantanément le 2 mars 1823, toujours âgé de 53 ans. J'ai choisi alors le nom de Lars Nocappas pour m'inventer un passé Danois afin de ne pas éveiller de soupçons. Pascal, je ne saurais l'expliquer mais je suis toi.

Ce 2 mars 2023, je me suis retrouvé au milieu d'un véritable cauchemar qui était pourtant bien la réalité. Tout s'est passé très vite, et nous étions tous impuissants face au sort que la vie étant en train de nous jeter. Soudain j'ai entendu des hurlements partout dans les alentours, les gens mourraient dans la rue, presque instantanément, le ciel était d'un blanc aveuglant. J'ai alors compris que comme ces pauvres gens j'allais mourir à mon tour, je commençais à suffoquer, j'avais l'impression de me consumer par l'intérieur. Je ne voulais pas mourir et pourtant je savais que c'était fini. Je suis parti peu à peu jusqu'à perdre conscience. C'est là que je me suis réveillé à nouveau. Je ne me réveillais pas de ma nuit, mais bien après cette mort qui venait d'emporter mon corps tout entier, si brève soit-elle, c'était le 2 mars 2023. Et pourtant lorsque j'ai ouvert les yeux, tout était paisible et je parvenais même à entendre le chant des oiseaux, comme annonçant l'arrivée des beaux jours. Les pas des chevaux battaient le sol au passage de calèches. J'étais sidéré d'un tel spectacle qui n'était bien que pure réalité. Les femmes portaient de longues robes, bien emmitouflées pour ne pas risquer d'attraper quelques maux causés par les derniers froids et le vent soufflait dans leurs coiffures. Je compris rapidement, en faisant quelques pas, au vu de ce spectacle et à la lecture d'écriteaux, que je m'étais retrouvé 200 ans en arrière, en 1823, au même âge, et c'était bien moi je ne rêvais pas.

— Bon là, c'est bon, j'arrête. C'est franchement n'importe quoi. C'est une caméra cachée, c'est du Jean-Yves Lafesse. Retour vers le futur. « Nom de Zeus Marty », tu n'as rien trouvé de mieux ? Ah ça, tu tiens un sacré putain de scénario, dommage que tu le gâches avec cette histoire de réincarnation. Je ne sais pas comment tu as fait pour être aussi précis sur mon ancêtre, mais ne compte pas sur moi pour t'appeler « grand-grand-grand-grand-grand-papa ». Tu peux garder tes faux papiers chiffon CN 1793, je rentre chez moi.

En réalité, je ne pensais pas un mot de mes propos. Je voulais en revanche sortir de ce cauchemar. C'était trop et en même temps, il me restait la moitié à lire et partir sans savoir me semblait impensable et inenvisageable.

— Tu fais ce que tu veux. Prends le document complet, tu le finiras chez toi. Ou pas, moi je m'en fiche. Tu sais, je sais qui je suis et ce que j'ai fait ou pas fait. Je ne pourrai pas te prouver ce que je n'ai pas fait. Et franchement, avec une moitié de bouteille dans le bide, je m'en contrefous de ce que le grand Éric Taddée pense ou ne pense pas. De toute façon, je serai mort dans un an et toi aussi mon pote. Alors, tu veux partir ? Pars ! Tu veux rester ? Reste et termine, la lecture, pas le Rhum, j'en veux encore un peu !

Je l'ai regardé longuement et j'ai reposé mon manteau, mon écharpe et je me suis rassis sans un mot devant lui et ce courrier insensé. J'ai alors subitement repensé, comme un flash, à ce que ma chère sœur Isabelle m'avait expliqué un jour sur sa passion, la comédie, quand elle prenait des cours de théâtre il y a bien longtemps, et les échanges qu'elle avait eus avec son professeur Francis Huster sur la notion d'incarnation d'un personnage. Isabelle me disait que pour elle, être acteur est le plus merveilleux métier du monde en ce qu'il est le seul à permettre à un être humain de vivre plusieurs vies d'une certaine manière, au travers de ses rôles. Devenir reine de Palestine en jouant Bérénice, ressentir les tourments d'Emma Bovary, vivre les aventures d'un agent secret… Et bien là, les écrits que j'avais sous les yeux dévoilaient une situation, ou plutôt une aventure humaine d'une autre dimension, et assez incroyable. Ce Pascal Parson, ou bien lui mais avant, s'était donc retrouvé presque instantanément 200 ans plus tôt pour prendre le nom de Lars Nocappas. En un éclair de temps cet homme avait donc changé d'époque, mais était bien toujours la même personne. Je ne savais pas s'il fallait en rire, ou hurler de peur… En fait, c'était juste extraordinaire, exceptionnel, surnaturel… et il me fallait bien m'accrocher à mon siège pour ne pas tomber les fesses par terre !

— OK Pascal, je ne termine pas la bouteille, mais si tu veux bien, avant de poursuivre, je ne suis pas contre un nouveau petit remontant. Je crois qu'on le mérite bien là !

— Allez mon Éric, à la tienne et à Lars. Enfin, à moi quoi ! Bon, cette fois, j'ai souri avec lui.

[…] Pascal, je ne saurais l'expliquer mais je suis toi.

Après des semaines d'effrois, je réalisais enfin qu'une nouvelle vie s'ouvrait devant moi. Seul dans un siècle inconnu et sans aucun contact, je me sentais un peu perdu, mais pas désespéré. Je n'ai jamais baissé les bras, et je savais que je saurais surmonter cette épreuve extraordinaire que j'étais en train de vivre. Je ferais tout mon possible pour en tirer le meilleur. Une chose est sûre, il me fallait peu à peu m'habituer à cette « nouvelle » vie du début du XIXe siècle... Moi qui aimais le modernisme et le pseudo confort du XXIe siècle et son cadre si impersonnel et individualiste. Fort d'une volonté incroyable et d'une certaine forme de résilience, j'ai alors décidé d'avancer et j'ai réussi à me faire engager comme professeur d'Histoire à l'université de Paris 1. J'ai donc fêté mes 54 ans le 21 mars 1823. J'avais indiqué sur mes faux papiers Danois être né à Copenhague le 21 mars 1769. Puis j'ai tenté de poursuivre ma vie, il le fallait, en ayant laissé bien devant moi mes trois — futurs — enfants et amis, tous morts très probablement le 2 mars 2023. Ce deuil a été terrible et infiniment long pour moi. Non seulement les êtres qui m'étaient les plus chers étaient décédés mais j'avais en plus l'impression de les avoir abandonnés 200 ans plus tard, alors que je n'avais rien commis de mal, j'avais seulement subi un phénomène extraordinaire, complètement fou et irrationnel. C'était particulièrement troublant et éprouvant comme sensation et ma peine était absolument infinie.

Très vite l'idée m'est venue de rédiger des prédictions, je ressentais ce besoin profondément en moi comme un devoir qui m'incombait pour la nation, pour mon pays que j'ai toujours tant aimé, et surtout au-delà pour l'Humanité tout entière. Non pas pour devenir célèbre, ce que j'ai été bien malgré moi comme un bouffon de premier plan même si mes premières annonces se sont toutes révélées exactes. Heureusement que les réseaux sociaux n'existaient pas en 1850 ! Non, je l'ai fait plutôt pour essayer de prévenir, ou plus exactement de mettre en garde l'Humanité des abominations qu'elle se préparait à créer contre elle-même, contre notre planète et toutes espèces vivantes et même contre son climat. Quand tu penses que certains à ton époque veulent gagner Mars en faisant n'importe quoi quitte à perdre la Terre. Quelle folie.

Voilà pourquoi j'ai tant écrit sur les 200 ans qui me séparaient de ma mort-renaissance. Si tu as découvert mes 666 pages que je vais laisser à ma famille, tu constateras que j'essaye d'être précis sur les moments charnières de l'Histoire à venir, ou passée pour toi, mais sans donner des détails trop exacts. Je ne pouvais par exemple pas nommer Hitler, Staline, Mao, ou encore Einstein ou Gustave Eiffel par leurs noms. J'ai tenté de donner assez d'indices pour appeler à la vigilance ceux qui penseront diriger le monde dans les années et les décennies à venir. Leur futur, que tu connais du coup, te dira si j'ai pu éviter quelques cataclysmes. Dans ce cas mon retour en arrière n'aura pas été totalement inutile, mais au contraire une chance extraordinaire.

Sur un plan plus personnel, j'ai tout d'abord rencontré une femme adorable, Louise Depinel, mais ses parents l'ont destinée, contre son gré, à un autre homme plus âgé et rustre, et bien que très attirés l'un par l'autre, nous avons dû renoncer très rapidement à toute perspective d'avenir ensemble. Nous sommes devenus alors amis, les meilleurs amis du monde, jusqu'à son décès en 1862. Je me suis fait une raison car je savais que ce serait un amour impossible et je ne voulais pas souffrir. Et puis la vie est passée et j'ai été heureux avec une autre femme que j'ai rencontrée de manière très inattendue.

J'ai eu en effet le bonheur de rencontrer finalement assez rapidement Élisabeth Heurly, une charmante petite femme avec de très jolis cheveux bruns, des yeux de braise et à la taille de guêpe, Professeure d'Anglais, en 1825. Très amoureux, nous

nous sommes mariés rapidement et nous avons eu une petite Victoria le 11 juillet 1826. Elle a épousé Édouard Berchelot en 1854, un homme vraiment charmant. J'ignore s'ils auront un jour une descendance mais sache que je vais confier à ma fille mes 7 cahiers originaux de 1850.

Mon très cher Pascal, en ce 11 janvier 1869, après presque 100 années d'existence traversant trois siècles, et sans doute quelques jours avant de baisser le rideau définitivement, du moins cette fois je l'espère vraiment, je tente ce seul contact vers moi-même dans le futur qui fut un jour mon présent.

Je t'écris de Figeac, magnifique ville du Lot, berceau de Champollion découvreur de la pierre de Rosette ayant permis de traduire les hiéroglyphes, où je réside avec Élisabeth, ma si douce épouse, chez un couple d'amis très chers, la famille Beilus, avocats dans le Lot. Nous nous y reposons depuis l'été 1868. Si ma santé me le permet, nous devrions quitter ces lieux merveilleux pour remonter sur Paris en février. J'y ai, là-bas aussi, certaines dernières choses à régler.

En parallèle, j'ai donné comme consigne à un notaire d'Orléans, Maître Auguste Garioul, que cette missive te soit adressée le 1er juin 2010 dans ton appartement d'Orléans-la-Source qui fut un jour le mien. J'ai voulu attendre cette date car je tenais à ce que ta découverte sur tes origines et les secrets que tu vas garder au fond de toi toute ta vie se soit déroulée afin que tu puisses me croire. Si tu lis ces 10 pages, j'aurai au moins réussi l'exploit de me contacter dans le futur.

Mais au-delà de nos petites personnes qui n'en sont qu'une, cher Pascal, je voulais aussi et surtout te laisser du temps pour tenter d'intervenir et d'éviter la troisième guerre mondiale. Je sais c'est une lourde tâche que je fais peser sur tes épaules (ou plutôt sur mes épaules), mais comme je te l'ai écrit, c'est un devoir pour moi de prévenir sur ce qu'il va inéluctablement arriver si tu n'arrives pas à le changer. C'est audacieux, je sais, de vouloir lutter contre le destin. Einstein disait qu'après la troisième, les quelques survivants feraient la quatrième guerre mondiale avec des pierres et des bâtons. Lui, c'était un véritable visionnaire, pas un escroc comme moi !

Je ne sais malheureusement comment t'aider plus qu'en te donnant treize années pour t'engager et convaincre qui tu pourras, je ne sais comment bien sûr et je suis conscient des difficultés que cela t'occasionnera (ou plutôt que cela m'occasionnera). Ce que j'écris dans mon sixième cahier de 1950 de façon très précise sur la période 2021 – 2023, de la guerre Russe en Ukraine jusqu'aux tirs nucléaires de presque toutes les nations doit pouvoir t'aider. Sans doute que mes prédictions sur les conflits du XXe siècle se seront malheureusement vérifiées, aussi, peut-être pourras-tu te servir de mes écrits sur l'embrasement mondial à partir de janvier 2023 du fait de la folie devenue patente et non maîtrisable d'un homme et de l'échec de son assassinat par des généraux russes et sans doute d'une aide importante des Américains.

Te connaissant comme toi-même, peut-être même mieux avec le recul, je sais à quel point cette lettre doit te renverser. Mais quelles que soient tes interrogations et tes craintes, je sais aussi que l'homme que tu es et que tu feras tout ton possible pour empêcher l'inéluctable de se produire en mars 2023.

Crois-moi, je ne m'explique pas ce qui s'est passé le 2 mars 2023 devenu en un éclair pour moi le 2 mars 1823. Si cela peut t'aider dans ta quête pour la survie de l'Humanité, j'étais, quand la bombe russe a frappé Orléans, au Centre national de recherche scientifique dans le Laboratoire Dirac, tout à côté de chez moi, de chez toi, sur l'Avenue de la recherche scientifique. Je n'ai jamais réussi à avoir d'autres souvenirs en dehors du fait que j'essayais de joindre les enfants ayant malheureusement compris la fin imminente.

Pardon de te mettre tout cela sur des épaules qui ont déjà tellement enduré pour survivre. J'ignore si notre histoire va se répéter comme une course en rond et sans fin, ou si tout s'arrêtera cette fois pour toi et les autres, ou encore, comme je l'espère tant, si tu vas réussir à empêcher cette fin programmée.

Quoiqu'il arrive, je te le dis, sois fier de toi. Moi je le suis déjà car je sais que quelles que soient les contraintes et folies qui t'attendent durant ces prochaines années, tu feras l'impossible pour les franchir et toujours continuer sans jamais baisser les bras, fort d'un courage inébranlable. 9 fois à terre, 10 fois debout mon Pascal. Encore et encore.

Je voulais enfin te dire que mon amie Louise Depinel s'est rendue chez moi vers la fin de sa vie, un jour où elle ne se sentait pas bien. C'était une semaine avant son décès. Réalisant que la fin était proche, elle a décidé de me remettre une longue lettre dans laquelle elle se confia à moi comme elle ne l'avait jamais fait auparavant. C'était très délicat comme toujours. Elle avait glissé sa lettre dans un livre de poèmes de Charles Baudelaire qu'elle remit à ma gouvernante à mon attention.

J'ai également transmis au notaire cette lettre de Louise, qui prétendait posséder le don de voir dans l'avenir. Cette lettre te revient très naturellement et des éléments importants y sont évoqués concernant une femme prénommée Isabelle que tu rencontreras peut-être. Je te laisse en découvrir les propos, ce qui te permettra peut-être de pouvoir agir si ce qu'elle dit se réalise un jour…

Je te souhaite beaucoup de chance et surtout de courage dans l'accomplissement de tes missions.

Lars Nocappas, Pascal Parson pour l'éternité.

Chapitre II – Réveils

J'ai rouvert les yeux avec une douleur quasi insupportable au crâne, à la mâchoire et au thorax. J'ai alors cru entendre la douce voix de ma sœur, Ista.

— Docteur ! Infirmière ! Il ouvre les yeux, il se réveille. Vite venez !

Oui, c'était bien Isabelle, mon Ista, ma grande sœur chérie, toujours là pour veiller sur moi. Elle me prenait la main gauche en pleurant de bonheur comme un nuage de printemps, tout en appelant par-dessus son épaule pour que quelqu'un vienne.

— Surtout ne bouge pas, n'essaye pas de parler, ni de bouger. Tout va bien. Oh mon Dieu, c'est merveilleux, tu te réveilles enfin. Il faut que j'appelle Maman, elle va être tellement heureuse. Oh mon Kiki, bon retour parmi nous !

Réveil en blafard

Des infirmiers sont arrivés, me posant plein de questions, me faisant bouger les doigts ou je ne sais plus quoi. Je pouvais répondre en clignant des yeux sans problème à leurs questions basiques mais je ne comprenais vraiment rien. La dernière fois que j'avais été conscient c'était un verre de Rhum en main, chez Parson, après avoir lu ce courrier complètement fou et impossible à admettre de Lars.

Je me suis dit que, soit je rêvais complètement bourré, soit j'avais rêvé cette histoire délirante de réincarnation de Parson en Nocappas 200 ans plus tôt. Je ne savais plus du tout où j'en étais.

Je récupérais doucement en essayant de parler un peu à l'équipe soignante après avoir été désintubé. Je n'y arrivais pas et j'avais un intense mal de gorge. J'essayais de reprendre mes esprits en me concentrant sur la voix d'Ista qui parlait à notre mère au téléphone. Après avoir raccroché, elle se tourna vers moi, les yeux encore emplis de larmes et la bouche pleine de sanglots :

— Je vais appeler Pascal, il va être vraiment soulagé de te savoir revenu. Il va certainement venir immédiatement, il devait passer à 17 h 30 de toute façon, comme tous les jours.

Comment pouvait-elle connaître Parson ? Je ne connaissais pas d'autre Pascal, ça ne pouvait être que lui. C'était quoi ce délire. Et puis je suis où, et on est quel jour à la fin ? Je m'agaçais de cette situation que je ne maîtrisais pas et qui me semblait totalement incompréhensible.

Je commençais sérieusement à m'agiter dans mon lit. J'ai toujours détesté les hôpitaux, et si j'avais pu, je me serais enfui immédiatement de ce lieu qui m'oppressait. Un médecin m'a alors mis une main sur l'épaule droite et m'a parlé très doucement : « Bonjour Éric. Je suis le Docteur Geoffroy Burgadat. Tout va bien. Vous êtes au Centre Hospitalier Régional Universitaire, le CHRU d'Orléans-La-Source. Vous avez eu un grave accident de voiture, vous vous en souvenez ? ».

J'ai fait non de la tête en regardant ma sœur et en commençant à m'affoler. Il a poursuivi, tout aussi calmement : « Ce n'est pas grave, c'est tout à fait normal après une si longue période de coma. Calmez-vous, tout va bien Éric. Vous êtes resté inconscient depuis votre accident, le lundi 7 mars vers 3 heures du matin, jusqu'à aujourd'hui. Nous sommes le vendredi 8 avril, il est exactement 16 h 07. Nous nous occupons de vous depuis les premières minutes de la découverte de votre corps en forêt d'Orléans à côté de votre voiture. Nous ignorons comment vous avez réussi à sortir de votre véhicule avant de vous évanouir mais cela vous a sauvé la vie, votre Clio ayant intégralement brûlé. Mais, encore une fois, tout va bien, vos constantes sont très bonnes et votre activité cardiaque est parfaite.

De façon assez miraculeuse, en dehors d'une entorse au poignet droit, d'un bel œuf de pigeon sur le front et de deux côtes fêlées lors du choc contre votre airbag, vous n'avez rien eu de cassé. Vous allez retrouver la parole tranquillement et, vous verrez, vos idées et souvenirs vont se replacer d'eux-mêmes dans les heures à venir. Nous allons vous laisser encore la perfusion et la sonde urinaire.

Ce n'est pas agréable mais cela vous permet de vous reposer en restant hydraté. Votre sœur est là et je crois que votre ami Pascal ne va pas tarder, n'est-ce pas Isabelle ? »

— Oui, il arrive Docteur, je viens de le prévenir. Sinon, mon Kiki, je précise que nous sommes toujours en 2022 et non en 2023.

— Absolument, pardon. Je vous rassure Éric, vous êtes resté dans le coma tout juste un mois et pas un an !

La précision de ma sœur chérie et du Docteur était effectivement essentielle pour moi. Il poursuivit ses propos :

— Si je peux me permettre, vous avez beaucoup de chance d'avoir un ami et une sœur aussi attentionnés et présents. Ils se sont relayés à votre chevet tous les jours et parfois les nuits, en mépris bien des fois du règlement de l'Hôpital, depuis votre arrivée. D'ailleurs c'est Isabelle que vous avez pu voir en premier en ouvrant les yeux ! Si nous sommes tous ravis de votre réveil, Isabelle et Pascal vont manquer à l'équipe une fois votre sortie organisée. Surtout les croissants du matin qu'ils nous ont toujours apportés chaque jour. Je suis certain que votre départ sera dans peu de temps. Je…

— Excusez-moi Docteur Burgadat. Ils sont déjà là, le coupa une infirmière passant la tête dans la chambre en entrouvrant la porte.

— Déjà ! Ils sont rapides pour une fois ! Il faut dire qu'on n'a pas affaire au petit délinquant du coin mais à une grande star mondiale de la littérature. Éric, il s'agit de la police. Nous avions la consigne de les prévenir au moment de votre réveil. Je ne pensais pas qu'ils viendraient aussi rapidement. Je vais leur expliquer que vous ne pouvez pas encore parler. Je reviens.

C'est à cet instant que Pascal Parson est entré dans ma chambre à son tour. À la fois stressé et rassuré de me voir les yeux ouverts, il s'est précipité vers moi avec un « Oh mon ami, que je suis heureux de te voir. Ou plutôt que tu me vois ! Qu'est-ce que j'ai eu peur. Je n'aurais jamais dû te laisser prendre le volant dans notre état cette nuit-là. Je suis vraiment désolé Éric, tu n'étais pas en état de conduire ».

Il a alors levé les yeux vers Ista. Il a contourné mon lit et il l'a embrassée ! Mais bordel, c'était quoi encore ce délire. D'où ils se connaissaient ces deux-là. Je dormais un mois et un mec que j'ai rencontré une journée a emballé ma sœur qui était pourtant célibataire depuis au moins quinze ans ! J'ai loupé quoi encore ? Toupine avait déjà tout fait sauter et, en fait, on était tous morts ? !

J'enrageais de ne pouvoir parler. Hurler plus exactement. Les nouveaux tourtereaux m'ont regardé en souriant. C'est Ista qui s'y est collée : « Excuse-nous. En fait dès que j'ai été prévenue de ton accident, je suis venue de Lille au CHRU d'Orléans en urgence. Je suis arrivée le lundi 7 mars en soirée. Il y avait Pascal à tes côtés qui m'a alors expliqué que vous aviez passé la soirée ensemble. Il m'a gentiment proposé de m'héberger chez lui, malgré le carnage… Heu, on va t'expliquer après. Voilà. Du coup, j'ai passé beaucoup de jours sur La Source dans la chambre de sa fille Maëlle. Puis j'ai changé de chambre depuis quelque temps… Bon, bref, on s'est, comment dire… rapproché d'assez près ces derniers jours ».

Mais merde à la fin, je ne voulais rien savoir de leurs petites affaires à ces deux-là. Elle ne pouvait pas la fermer. Encore un peu et j'avais droit à leur position favorite et à un descriptif du Kama-sutra !

C'est alors que j'ai réalisé que ma sœur couchait avec son aïeul ! Je me suis dit que c'était un vrai enfoiré de ne pas lui avoir raconté ce que nous avions découvert. Au passage, je me disais que, du coup en pensant cela, je n'étais ni plus ni moins qu'en train d'accréditer cette histoire de fou, cette histoire dont je ne savais que trop penser. Pascal, justement, a alors repris la parole en allant fermer la porte.

— Écoute Éric. J'ai tout raconté à Isabelle. Elle sait tout sur la lettre de Lars et sur son contenu.

— Eh oui frérot, je baise avec grand-grand-grand-grand-grand-grand Papa. Franchement pour un type de son âge il est encore très vigoureux et plein de sève !

— Ista, s'il te plaît ! Il vient de se réveiller !

Et en plus, il l'appelait déjà Ista. « Bon sang, qu'on me rendorme » me suis-je dit. C'était un cauchemar !

— Plus sérieusement mon Kiki, reprit ma sœur, Pascal m'a tout expliqué et surtout, j'ai pu lire la copie qu'il avait faite du courrier de janvier 1869 de Lars. Par miracle, ils ne l'ont pas trouvée dans le cambriolage…

— Tu vas trop vite ma voie lactée.

« Ma voie lactée », non mais je rêvais. Je me disais que dans une minute ils allaient m'annoncer qu'ils se sont mariés et qu'ils ont déjà cinq enfants ! J'ai réussi à faire un son avec ma gorge. Un râle bizarre qui dans ma tête devait signifier « Quel cambriolage ? ». Dans leurs oreilles, ça devait ressembler à « REUEUHEU RAUHAUEUH ».

Le Docteur est revenu à ce moment-là. Il avait pu convaincre les flics que je ne pouvais les aider à ce stade, ce qui était totalement véridique. En revanche, il était prévu qu'ils repassent le lendemain matin à 11 heures J'ai vu que ma sœur et Pascal s'étaient alors regardés d'un air inquiet.

Mon médecin a terminé en indiquant :

— Isabelle, Pascal, il serait bon que vous laissiez Éric se reposer. Il est déjà presque 18 heures Je vous laisse quelques minutes puis je vous remercie de partir pour ce soir. Éric, je repasse vous voir d'ici une heure.

J'ai regardé mes deux comparses avec des yeux interrogatifs. Objectivement, j'étais déjà épuisé de ces deux heures réveillées et d'avoir déjà reçu tant d'informations. Mais j'étais vraiment avide de comprendre, de rattraper mon retard et de me remettre dans la course contre la montre car je n'avais pas oublié la fin des écrits de Lars. Pascal a alors enchaîné une fois le Doc sorti et que la porte fut fermée.

— Alors voilà, je vais essayer de te faire un résumé de la situation. Tu te souviens de la lecture du courrier dans la nuit de dimanche à lundi ?

J'ai fait oui de la tête. Pour moi, c'était juste la nuit précédente.

— Bien. Franchement, on était assez murgés tous les deux avec mon Rhum et il était 1 heure du matin passée. Je t'ai proposé de rester dormir mais tu as insisté pour rentrer chez toi. Je t'ai alors laissé mon dossier avec les originaux comme je m'y étais engagé et tu es parti dans ta Clio orange. Je t'avoue que je me suis endormi cinq minutes après ton départ. Je ne savais pas si tu m'avais cru, mais moi j'étais cuit.

Et voilà Isabelle qui se marrait en lui mettant la main dans les cheveux et en le regardant avec une immense tendresse. Je me disais qu'ils n'allaient pas tarder à me gonfler ce nouveau couple princier… En plus, c'est vrai qu'il avait de grandes oreilles le Parson. Bon, il était quand même bien plus beau que Charles III et pas aussi aérien que Dumbo l'éléphant. Et franchement entre ma magnifique Ista et la Camilla, reine consort par la sortie de service ou consort pas du tout, on était sur un match Licorne versus Gobelin. Et puis Isabelle, elle avait un vrai coiffeur, elle.

Son altesse Pascal a continué son explication.

— J'avais un cours à 9 h 30 le lundi. J'ai eu du mal à m'y rendre mais, bref, à midi j'étais au Lycée quand mon concierge m'a appelé pour me dire que mon appartement avait été cambriolé. Quand je suis arrivé, je t'assure que le terme « saccagé » était plus approprié. Ils ont tout cassé, même des cloisons, pour vérifier que je n'avais rien caché dedans.

Pascal s'arrêta, visiblement toujours très ému par la scène de chaos qu'il avait dû endurer en retrouvant son appartement. Il reprit après quelques respirations.

— Et finalement, j'ai compris quelques heures après qu'ils n'avaient rien pris. J'ai tout retrouvé, éventuellement cassé ou déchiré, mais ils ne m'ont rien pris. Car ils n'ont rien trouvé de ce qu'ils cherchaient. Il me semble évident que c'est le courrier de Lars ou sa copie qu'ils voulaient. L'original était parti avec toi et ma copie était dans mon casier en salle des profs du Lycée Voltaire. C'est en me rendant au Commissariat en milieu d'après-midi que j'ai découvert en donnant ton nom que tu étais aux urgences suite à un accident de voiture. Je déposais plainte et j'expliquais le contexte sur notre soirée, d'où ton nom, quand le policier qui notait a fait le lien avec ton accident qu'ils avaient eu à gérer dans la nuit. À mon grand désarroi, le policier m'expliqua que pour cette plainte contre X, le Parquet ne donnerait sans doute pas nécessairement suite, la justice manquant de tant de moyens. J'ai…

— Excusez-moi mais le Docteur Burgadat insiste vraiment pour que vous laissiez Monsieur Taddée se reposer maintenant. Vous ne pouvez pas rester plus longtemps.

L'infirmière qui venait d'entrer n'avait pas du tout l'air de plaisanter. Ista et Pascal se sont levés de leurs sièges respectifs. Ma sœur est venue m'embrasser. Pascal m'a pris la main en me disant « On revient demain matin Éric. Repose-toi. Ne t'inquiète pas, sur ce que tu sais, on n'a pas perdu un mois. De notre côté, nous avons pu avancer un peu sur notre « affaire ». Bonne nuit mon pote ».

Réveil en gyrophare

Je vous avoue que j'ai eu très peur ce soir-là. J'étais terrorisé à l'idée de fermer les yeux et de ne pas pouvoir les rouvrir une fois encore. Cette histoire de lettre insensée, mon coma pendant un mois, le cambriolage chez Pascal, ma sœur amoureuse… tous ces évènements me donnaient le vertige, cela faisait trop de choses à la fois dans ma tête. J'ai voulu le dire à l'infirmière de nuit mais avec ce qu'elle a mis dans ma perfusion, même si j'avais pu parler, je ne serais pas arrivé à exprimer mes craintes. Le temps de compter jusqu'à trois et j'étais dans les bras de Morphée, pendant que ma sœur était dans ceux de Pascal, ou l'inverse… Bref, vous ne voulez pas savoir et moi non plus. Comment ça, vous voulez savoir ! ?

Le plus important c'est que vers 6 heures du matin le samedi 9 avril, j'arrivais non seulement à ouvrir les yeux mais ce qui sortait de ma bouche semblait être un Français compréhensible. Je me suis dit « Quand ils vont revenir ces deux-là, ils vont m'entendre ! ».

À 10 h 30, ils étaient là tous les deux. Mais ce n'était pas les bons.

— Monsieur Taddée, je me présente, je suis le Capitaine de la Police Nationale Karine Urblain et voici le Lieutenant Jean-Paul Thévenin. Tout d'abord, je tiens à vous dire que si vous avez du mal à nous répondre du fait de votre état, n'hésitez pas à nous l'indiquer, y compris en bougeant la tête ou les mains. Nous pourrons revenir plus tard ou un autre jour. Monsieur Taddée, comprenez-vous ce que je vous dis ?

— Oui, très bien !

Je ne suis pas certain que ma réponse sonnait aussi clairement mais c'est en tout cas ce que j'essayais de dire.

L'officier Urblain était une femme d'environ 40 ans. Brune très foncée, yeux noirs, rouge à lèvres foncé plutôt noire à lèvres en l'occurrence, cuir noir sur chemisier blanc, jean noir et bottes de motard, noires évidemment. Les seuls éléments de couleur sur sa personne étaient deux petites boucles d'oreilles dorées et un pendentif ras du cou au-dessus du chemisier. Elle devait faire 1m70 environ, elle était manifestement très sportive et avait une taille de guêpe. De très jolie guêpe en l'occurrence. Sinon, elle avait l'air une personne très posée, délicate et attentionnée tout en étant d'une détermination sans équivoque.

Quant à son collègue, c'était un vieux bougon renfrogné qui donnait l'impression de s'emmerder et d'attendre la retraite qu'il était apparemment en âge de prendre. Chaque fois que la Capitaine parlait il levait les yeux au ciel et chacune de mes réponses entraînait un « Pfffff » de sa part. Heureusement, il restait debout en retrait près de la porte et ne participait pas à la conversation.

Après la confirmation de ma compréhension, le Capitaine a continué.

— Bien, parfait. Monsieur Taddée, pouvez-vous nous raconter ce que vous vous souvenez concernant votre accident ?

— Je suis navré Capitaine. Vraiment. En dehors de ma soirée, trop arrosée, chez mon ami Pascal Parson, si j'ai bien le souvenir d'avoir voulu repartir de chez lui dans la nuit alors qu'il a lourdement insisté pour que je reste dormir, la suite m'est totalement inconnue.

— Votre ami aurait dû insister plus. Vous auriez pu y rester, vraiment. Vu ce qui reste de votre Clio ! D'ailleurs, étiez-vous vraiment seul dans la voiture ? Nous n'avons pas retrouvé de traces d'autres personnes.

— Oui… Enfin, je ne vois pas comment il en serait autrement. Il y a eu des victimes ? J'ai percuté quelqu'un ?

— Non, non, ne vous affolez pas. Je ne voulais pas vous inquiéter. Nous voudrions comprendre comment votre corps a pu se retrouver à cinq mètres de votre voiture qui n'avait aucune porte ouverte, ni vitres brisées, juste le parebrise avant bien fissuré, et qui a presque intégralement brûlé. Avec un démarrage de feu venant du coffre alors qu'en pareil cas, le feu débute en général au niveau du moteur. J'imagine que vous n'avez aucune explication ?

— Non, vraiment navré. Si je n'ai pas été projeté hors de la Clio, j'ai peut-être réussi à sortir par la porte côté conducteur que j'ai machinalement refermée après, avant de m'évanouir ?

— Mouais… Monsieur Taddée. C'est une hypothèse. Sauf que… Avez-vous un couteau, genre couteau de chasse ?

— Heu, non. Je n'ai jamais eu de couteau ou d'arme Capitaine. Pourquoi ?

— Parce que votre ceinture de sécurité n'a pas été enlevée. Elle a été coupée à deux endroits, très clairement grâce à une lame imposante, ce qui vous a permis de vous dégager… Ou, comme nous le pensons, ce qui a permis à quelqu'un de vous dégager !

— Coucou… Oh, excusez-nous ! C'était Ista et Pascal qui arrivaient et venaient de rentrer en trombe dans ma chambre en bousculant le Lieutenant qui s'est fendu d'un « Pfffff » plus fort que pour mes réponses.

— Pas de souci, dit très aimablement le Capitaine Urblain. Nous avions terminé. Du moins pour l'instant. Monsieur Taddée, reposez-vous au mieux et dès que la mémoire vous reviendra, merci de me joindre rapidement, même si vous ne vous souvenez pas de tout, la moins petite information sera capitale pour le déroulé des faits et la recherche de la vérité.

Quelques pas en direction de la sortie plus tard, elle poursuivit :

— Vous savez, c'est très important comme affaire, mais ça, je suis certaine que vous en avez conscience. Je vous laisse mes coordonnées sur votre table de chevet. Et de toute façon, hormis vos éventuels souvenirs, il faudra que nous parlions de votre taux d'alcoolémie de cette nuit-là. Vous étiez à 1,5 g/l pour un maximum autorisé de 0,5. Vous n'aviez certainement pas loin de 2 g/l quand vous êtes parti de chez Monsieur Parson. Presque en coma éthylique ! Vraiment, c'est totalement irresponsable de votre part, à tous deux. Je pense que vous n'allez pas reprendre de volant de sitôt

Monsieur Taddée… Sur ce, je vous souhaite une bonne journée. Madame Taddée, Monsieur Parson, au plaisir et certainement à très vite !

Puis elle est repartie, cette fois pour de bon, avec son lugubre collègue Thévenin. Un sale type vraiment pas sympathique du tout, au look de grande brute taillée à coups de serpe, un bourrelet autour de la taille, blond platine et au regard clair perçant, arborant un large sourire en coin qui sonne faux, cachant en réalité une froideur à vous glacer le sang.

— Ouah ! Mignonne mais pas cool la fliquette ! dit Pascal en riant une fois la porte refermée. Elle sait ce qu'elle veut, quel caractère ! Elle reviendra jusqu'à ce qu'elle ait récupéré davantage d'informations.

— Qui tu trouves « mignonne » mon Ange ? Personnellement, je ne trouve pas.

— C'est vrai qu'elle est plutôt jolie, dis-je en souriant doucement.

— Oh, miracle, il parle ! Mon Rikikikounet reparle ! Et Isabelle de venir m'étouffer de bisous. Bon, mon Ange, sinon, sur la Miss Urblain, faudra qu'on parle ! C'est vrai qu'elle est mimi mais moins que moi !

— Beaucoup moins que toi ma voie lactée d'amour intersidérale, personne n'est aussi canon que toi.

— Après c'est vrai qu'elle a un superbe collier. Vous avez vu ? Une chouette dans un cercle avec trois bâtons pointant au centre. À mon avis c'était de l'or. Ils ont les moyens chez les flics…

— On s'en fout un peu non ? On n'a pas autre chose à se dire ? dis-je impatient.

— Si, si, tu as bien raison frangin. Comment te sens-tu ?

— Ben, avec le nez, comme tout le monde…

— C'est cool, il est totalement guéri, s'écria Ista. Il a même retrouvé ses blagues nullissimes. Idem pour la mémoire ?

Hélas, non, c'était toujours le noir complet y compris sur l'accident lui-même. Les propos du Capitaine nous avaient interpellés.

— Ce qu'a dit la femme en noire et à la chouette, dit Pascal, est fort de sens caché : quelqu'un t'aurait extirpé de la voiture ? Pourquoi ne pas se faire connaître alors qu'il vient de te sauver la vie ! Son histoire de feu à l'arrière semblait sous-entendre que quelqu'un pourrait avoir mis le feu à ta Renault. Le même individu ? Il te sort de là puis brûle la voiture ? Cela n'a aucun sens. Qu'est-ce qu'ils ont dans la tête ces flics ? On dirait qu'ils sont déjà sur une piste.

— Oui, mais elle a aussi dit en nous regardant tous les trois qu'elle était convaincue que tu avais conscience de l'importance de cette affaire. Cela peut s'entendre comme le fait que tu veuilles absolument comprendre ce qui t'est arrivé, bien sûr, mais aussi que « cette affaire » était importante, dépassant largement, comme nous, nous le savons déjà, ton simple accident.

Ista avait raison elle aussi. Et puis la vraie question était : où était passé le dossier ? Avait-il brûlé avec tout le reste dans la voiture, ou bien avait-il disparu ?

— Selon moi, il faut poser la question à la police. Tu n'es pas obligé de donner des précisions sur le contenu du dossier, mais dire que tu avais des notes personnelles importantes dedans, par exemple pour un nouveau livre. Si le papier et même le cuir ont brûlé, il doit dans ce cas rester au minimum la fermeture éclair de la serviette. S'ils n'ont pas retrouvé de fermeture, alors ton accident avec tous ses mystères prend une nouvelle dimension !

Là encore, je partageais pleinement l'analyse de Pascal. Cela pourrait dès lors signifier que mon accident n'en était pas vraiment un et que le seul objectif de celui-ci était en réalité le vol de la lettre de Lars. Là, je rentrais dans un film policier dont je devenais, bien malgré moi, l'un des acteurs principaux…

J'avais hâte, maintenant que je pouvais m'exprimer un peu, d'échanger plus en détail avec les deux amoureux sur ce qu'ils avaient pu faire, enfin pas au lit ou ailleurs, et comment ils avaient pu avancer durant mon sommeil forcé. Malheureusement, ce cher Docteur Burgadat est rentré à ce moment-là.

— Bonjour Éric, comment allez-vous ce matin. Je crois que la parole vous est revenue, je vais enfin pouvoir entendre votre belle voix !

— Bonjour Docteur. Oui, ça y est, cela refonctionne. Pour le tour de chant, revenez dans quelques jours, je tenterai de faire mes vocalises !

Il a souri et s'est tourné vers ma sœur.

— Vous aviez raison Isabelle, il a un humour catastrophique. Peut-être devrions-nous le faire taire de nouveau ?

— Heu, Doc, vous aussi votre humour est un peu merdique, dis-je en riant.

— Bon, on pourra faire un spectacle ensemble. Mais pour l'heure, c'est la toilette et on va vous retirer sonde et perfusion. Ce midi, c'est potage et gelée framboise petit veinard ! Isabelle, Pascal, excusez-moi mais, à nouveau, merci de nous laisser avec Éric et l'équipe. Si vous pouviez revenir après 14 heures. Et encore merci pour les croissants de ce matin ! Vous nous avez bien habitués, ils sont toujours excellents et appréciés de toute l'équipe !

Sacré Geoffroy. Je l'aimais vraiment bien « mon » jeune docteur. J'étais bien heureux de me débarrasser de mes différents tuyaux en tout genre mais j'étais impatient d'être à 14 heures et de reprendre notre échange. Bon, cela dit, avant il allait falloir affronter la gelée de framboise. Mais quel est le sadique qui a décrété un jour qu'il faut de la gelée dans les repas à l'hôpital ?! Encore heureux qu'il n'y ait pas de riz au lait, je déteste ça et je leur balancerais à la figure !

Réveil en fanfare

Je dois admettre qu'entre le potage et la gelée, cette dernière était presque gastronomique en comparaison du liquide infâme du début de repas.

J'étais encore bien fatigué et sans vraiment le vouloir ou y penser, je me suis endormi après mon déjeuner, si ce nom peut s'appliquer à mon plateau.

Ista et Pascal discutaient à voix basse au pied de mon lit quand j'ai ouvert les yeux. Il était 15 h 20.

— Excusez-moi, je n'ai pas senti la sieste m'envahir.

— Aucun problème mon Kiki. Tu as encore besoin de beaucoup de repos. J'ai eu Maman au téléphone. Si tu veux bien, on pourrait faire un échange vidéo demain dimanche ?

Notre mère, Nathalie Taddée, née Quien, était en EHPAD depuis un an dans les environs d'Annecy. Elle ne pouvait naturellement venir sur Orléans, mais du haut de ses 75 ans, elle restait une super « geek » maîtrisant parfaitement tous les logiciels de télécommunication moderne. J'étais bien heureux de pouvoir lui parler.

— Bon, si cela te va, on peut reprendre Éric.

— Oui, va Pascal. Ou dois-je dire beau-frère, ou grand-père beau-frère ?

On a tous bien rigolé en écoutant Isabelle raconter comment un soir de fin mars, elle avait littéralement sauté sur Pascal qui n'avait visiblement opposé aucune résistance. À l'entendre, ils se sont plu à la première seconde ces deux-là, et c'est devenu très vite une relation passionnée, comme ils n'avaient jamais connu ni l'un ni l'autre dans leurs vies passées. Puis nous sommes revenus à nos priorités, nettement moins excitantes et assez préoccupantes finalement.

— Comme je te le disais, j'ai été cambriolé le lundi 7 mars matin, mais bien qu'ayant complètement retourné mon appartement, ils n'ont rien trouvé. La copie du dossier de Lars était dans mes affaires au Lycée. Elle y est toujours mais, en plus, Isabelle en a fait une seconde que nous avons mise dans une consigne à la gare de Saint-Cyr-en-Val, pas loin d'Orléans-la-Source. Je dois aussi te dire que j'ai parlé et montré le courrier de Lars à mes trois enfants.

— Putain, Pascal, tu n'aurais pas dû faire ça.

— Écoute, ils sont adultes et ils sont venus de Paris et de Tours dès le vendredi pour m'aider durant le week-end suivant le saccage à finir de retaper et de ranger le carnage. J'ai préféré leur expliquer les raisons de tout cela en leur demandant de n'en parler à personne, ce qu'ils vont respecter. Je les connais. Comme tu peux l'imaginer, ils étaient totalement sidérés par cet écrit, partagés entre une impression de grand n'importe quoi et effarés par les secrets dévoilés. Secrets que j'ai, du coup, dévoilés également, ce qui fut difficile pour moi, comme pour eux. Et je ne parle pas de mon cochon d'inde Titus…

— Je comprends mais je ne suis franchement pas certain que cela fut une bonne idée Pascal. Tu as vu où j'en suis, ce n'était pas la peine de mettre aussi tes gosses en danger.

— Attends la suite mon Kiki, me dit Ista en faisant un clin d'œil à « son mec ».

— Oui, alors, je leur ai montré la lettre le samedi 12 mars et on a beaucoup parlé durant cette journée-là, tout en rangeant. Le dimanche matin au petit-déjeuner, Lilian a plaisanté avec son frère et sa sœur. « Vous avez vu, le gars, enfin Papa plus tard mais plus tôt en fait, il écrit que ses amis dans le Lot, ils sont avocats. Vous vous souvenez le code ? ». Ils ont répondu que oui et sont partis dans un délire avec le « code Avocat » que nous utilisions entre nous trois quand ils étaient plus jeunes pour se passer des messages.

— C'est quoi ce code ?

— Un truc un peu simplet. Le Code A vaut K ! Tu écris l'alphabet en débutant par K. Donc A vaut K, B vaut L, etc. On utilisait aussi le Code Templier mais celui-ci se dessine et ne s'écrit pas. Je te montrerai…

— Je m'en fous Pascal, je m'en fous de tes chevaliers. La suite ! ?

— Oui, pardon. Faut prendre tes cachets, tu es bien stressé je trouve… Bon, ils étaient dans leurs bêtises quand ma fifille Maëlle nous a dit « Mais si le vieux du passé, c'est toi qui t'écris. Peut-être qu'il veut te dire d'utiliser ce code sachant que tu le connais bien ? ». On s'est tous regardés interloqués. C'était une vraie possibilité.

— Alors ?

— Oh, tu vas te calmer frangin. Nous, ça fait plus d'un mois qu'on t'attend, alors ça va, arrête de nous presser !

Isabelle avait raison et je me suis excusé platement. Et Pascal a repris.

— Nous sommes repartis du courrier et on a appliqué le code Avocat au nom de la famille BEILUS indiquée dans le texte. Cela donne alors LOSVEC. Bastien a recherché sur son ordinateur une trace de Beilus, avocats vers 1860/1870 sur Figeac ou dans le Lot. Il a fait chou blanc. Puis il a refait ses recherches avec Losvec. Et là, bingo ! On est tombé sur Charles Losvec et Paulette Losvec, née Sirésolle, couple habitant Figeac, 3 rue du Gua. Lui était gendarme, chef de la caserne de Sousceyrac, et elle était greffière au tribunal de Figeac. Ils y ont vécu jusqu'à leurs décès en 1895 et 1898 mais leur fils Alfred Losvec a conservé la maison et est resté figeacois en y devenant pharmacien. Je te la fais courte, je parle de l'histoire bien sûr, mais en trois heures de recherches, mes enfants avaient l'adresse d'au moins un des descendants du couple Losvec. Il s'agit d'un certain Yves Lalaup, résidant à Limoges, ingénieur des travaux publics de l'État, né en 1966 à Cahors dans le Lot.

— Ouah ! Effectivement, ils sont d'Interpol tes gosses ?

— Non, ils sont jeunes et savent utiliser le net et les réseaux. Jamais je n'aurais trouvé tout ça sans eux.

— Et ce n'est pas tout, dit alors Ista. Ils sont juste extras, comme leur père !

— Oh ça va les amoureux transis. Ils ont trouvé quoi d'autres tes Sherlock children ?

C'est Ista qui poursuivit :

— Après ma rencontre avec Pascal, je suis retournée chez toi à Moigny et j'y ai récupéré une partie de tes archives. Rassure-toi, elles sont en lieu sûr.

— Oh putain, les chats ? Ils vont bien ?

Je n'avais pas pensé à mes trois chats, Bohemian, Rhapsody et Rainbow. Je n'arrivais toujours à réaliser que je les avais quittés il y avait déjà cinq semaines.

— Ne t'inquiète surtout pas. J'ai organisé avec Damien. Il passe deux fois par jour et il me fait un petit SMS de compte rendu tous les soirs en me joignant une photo. C'est un vrai amour ce voisin. Il s'occupe de tes petits monstres et il veille sur la maison. Et puis, avant que cela ne t'affole, tu n'as pas été cambriolé. Nous avions peur de cette éventualité suite à ce qui est arrivé chez Pascal, mais non, ils n'ont rien fait dans ta petite maison de Moigny que tu aimes tant.

J'étais vraiment soulagé de l'entendre. Du coup, mes chats me manquaient terriblement en un instant et je pensais à mon petit Rainbow qui, le pauvre, devait devoir dormir seul sur mon lit depuis plus d'un mois. Lui qui aimait… mais je me reconcentrais sur les propos de ma sœur.

— Bref, après avoir récupéré les documents chez toi, il y a une semaine environ, j'ai pu rencontrer Lilian, Bastien et Maëlle qui sont repassés à Orléans. Comme ils sont assez directs et déjantés, ça a tout de suite matché entre nous. On a regardé ensemble tes éléments et on a trouvé deux choses intéressantes liées aux deux seules photos de Lars Nocappas. La première…

— Excuse-moi ma sœurette chérie mais je connais mes dossiers par cœur !

— Oui mon Kiki tu es trop fort, on le sait. Mais attend un peu. La première photo est celle de son mariage avec Élisabeth Heurly, le 16 juin 1825. La seconde est un portrait de Lars, d'Elisabeth et de leur petite Victoria le jour de ses un an, le 11 juillet 1827. Bien. La deuxième est intéressante car Lars, alors âgé de 58 ans est en gros plan avec « ses femmes ». Lilian et Bastien ont alors eu l'idée de scanner la tête de Lars et de la comparer à celle de Pascal. Il y a juste cinq ans d'écart mais si tu coupes les cheveux longs de Lars et lui réduit un peu sa barbe… Ben, écoute, soit Lars est bien Pascal, soit Pascal avait un jumeau il y a 200 ans ! Bastien a utilisé un logiciel de vieillissement sur la photo de Pascal, on lui a ajouté cinq ans et on lui a mis des cheveux plus long. Et là, franchement, entre le regard et la ride du lion qui ne peuvent tromper personne, et les quelques rides de plus, ce sont les mêmes. Frangin, nous avons devant nous notre super vieux papy sans lequel nous n'existerions pas ! Et moi, je couche avec, youpi !

— C'est… dingue. Vous êtes totalement certain ?

— Qu'on couche ensemble ? Ah ça oui, c'est certain ! J'ai des photos si tu veux.

— Arrête Ista s'il te plaît, dis-je, épuisé par toute cette réalité stupéfiante que j'aurais préférée virtuelle.

— Oui, vraiment Éric. On te montrera les photos, pas de nous deux dans ma chambre, et le travail de Bastien. C'est juste saisissant. C'est indéniable, je suis bien Lars, ou je serai bientôt lui, ou il a été moi il y a 200 ans.

Pascal était aussi visiblement très fatigué par tout cela. C'était certainement très dur pour lui d'admettre ce qu'il allait devenir ou bien avait été.

— Bon, OK, dis-je, et la seconde chose ?

— C'est tout l'effet que ça te fait ? On te confirme que Pascal est bien Lars, et réciproquement, et tu t'en fiches ? Juste OK ?

— Non sœurette. Au fond de moi, depuis hier… pardon, depuis le dimanche 6 mars, je le sais au fond de moi. Votre travail admirable avec tes enfants, Pascal, ne confirme que ce que je sais déjà depuis un mois. C'est délirant, c'est impossible mais c'est pourtant vrai…

Isabelle s'est penchée pour m'embrasser sur le front alors que mes yeux commençaient à être envahis de larmes. Pascal était trop ému pour poursuivre alors Ista a continué leurs révélations.

— Grâce à la photo des un an de Victoria, nous avons la preuve que Lars et Pascal sont les mêmes. Mais sur la première photo, celle du mariage, nous avons fait une autre découverte. Bastien a scanné la photo ce qui nous a permis de l'agrandir. Il y a 6 personnes dessus. Lars et Élisabeth au centre. À la gauche de celle-ci, à droite sur la photo, il semble évident qu'il y a ses parents ainsi que sa sœur aînée Mathilde qui, selon tes notes fut son témoin de mariage. Il restait donc celui à droite de Lars, à l'extrême gauche de la photo. Il n'y avait rien dans tes notes sur le témoin éventuel de Lars à son mariage.

— Non, je n'ai rien trouvé malheureusement. Je me souviens avoir tout retourné dans nos archives familiales mais je n'ai jamais rien retrouvé.

— Eh bien nous, si ! S'agissant d'un jeune homme d'une trentaine d'années, Maëlle a eu l'idée de génie de faire rechercher par ses frères une photo de Charles Losvec. On en a trouvé sur des archives de journaux du Lot pour des faits divers dont s'est occupée la gendarmerie de l'époque. Et boum, badaboum, tsoin-tsoin, c'est bien lui ! Losvec était le témoin du mariage de Lars et c'est chez lui qu'il passera les derniers mois de sa vie. S'il y a un endroit où creuser pour essayer de trouver le cahier n° 6 qui pourrait peut-être sauver l'humanité c'est bien chez le dénommé Yves Lalaup, descendant direct de Charles Losvec !

Je suis resté quelques instants décontenancé mais surtout impressionné par leurs recherches. Avec eux à mes côtés, j'aurais déjà pu écrire deux ou trois Tomes supplémentaires…

Pascal ne disait rien, toujours aussi bouleversé et visiblement très, très – très, très – fier de ses enfants. Il regardait Ista raconter leur aventure du mois avec les yeux d'un adorateur absolu. Cela ne m'agaçait plus du tout. Au contraire, je me mettais à imaginer que notre monde pourrait bien survivre grâce à leur merveilleuse passion et leurs âmes fusionnelles, que leur improbable rencontre, qu'avait permis mon accident, pourrait s'avérer décisive dans la résolution positive de l'énigme dévastatrice posée par Lars dans son courrier.

« L'amour triompherait de tout, même de la fin du monde » me suis-je dit en me souriant à moi-même.

Réveil en chauffard

Je me suis réveillé dimanche 10 avril avec l'entrée assez brutale dans ma chambre d'un infirmier que je n'avais pas encore vu. Il était, honnêtement, très désagréable.

— Allez on ouvre les yeux. Température et petit déjeuner !

— Hein ?.... Vous allez me mettre un croissant dans le cul ? Remarquez, il n'en aura que meilleur goût !

— Très drôle. Juste un thermomètre sur le front et pour les croissants, ce sera dimanche prochain si vous êtes sorti. Ici, ce sera biscottes et confiture. Thé ou café ?

J'ai pris du café mais on s'en fout royalement en fait. J'ai réussi à me lever avec son aide et à passer aux toilettes. Bonjour après un mois de sonde… Bon, on s'en fiche de ça aussi.

Une fois recouché, cette espèce de sauvage m'a posé le plateau sur ma tablette puis s'est barré en me lançant « Pour la confiture, utilisez la cuillère, on n'a pas le droit de vous donner un couteau ! ».

« Tu sais où tu peux te le mettre ton couteau… », je n'ai pas eu le temps de terminer ma pensée philosophique… profonde, évidemment.

Le flash a été instantané. J'ai vu ce couteau en un éclair. Il m'a transpercé. Il a tout déchiré, pas que ma ceinture de sécurité, tous mes souvenirs de cette nuit-là. Tout m'est revenu d'un coup. C'était, encore une fois, absolument délirant.

C'était très clair. En partant de chez Pascal ce matin-là vers 1 h 15 et après m'être trompé de route au moins deux fois en remontant de La Source vers la Loire, je me suis retrouvé sur la D2152 en direction de Pithiviers pour rejoindre ensuite mon beau village de Moigny-sur-École. J'étais en amont de Chilleurs-aux-Bois, juste après Loury, lorsqu'une voiture m'a rattrapé à grande vitesse. Elle m'a cogné dans le coffre avec son parechoc avant et bien que j'essaye de freiner, elle m'a poussé avec une puissance phénoménale.

J'étais certes complément ivre cette nuit-là, mais j'étais désormais certain qu'un véhicule m'avait collé et propulsé. J'ai vu les phares d'une autre voiture m'arriver droit dessus. Elle était clairement sur ma voie, sur la voie de droite. J'étais bourré mais je ne roulais quand même pas à gauche. Pour éviter l'impact, j'ai braqué sur ma droite. Ma Clio a dû faire une vingtaine de mètres sur le bas-côté avant de s'emplafonner à vitesse réduite sur un gros bosquet de fougères ou je ne sais quoi. Je ne cessais de freiner et une fois mon « pousseur » écarté, j'ai percuté cet ensemble végétal selon une faible célérité.

Alors, oui, je me souvenais bien. L'airbag s'est déclenché, libérant de la fumée dans l'habitacle. Les lunettes que je portais étaient parties et je ne parvenais pas à discerner correctement ce qui m'entourait, malgré quelques efforts. J'étais abasourdi et la première idée qui me vint à l'esprit était de savoir si j'avais encore mes jambes, si je sentais tout mon corps ou si j'étais blessé gravement. Je réalisais que j'avais failli être tué, mais que j'étais par miracle encore de ce monde. Puis subitement, je sentis de vives douleurs. Oh ma tête ! Mes cotes ! En revanche, si le capot était enfoncé, le parebrise était intact et la voiture ne prenait pas feu.

J'étais plus ou moins conscient mais quelques secondes à l'issue de l'impact, je percevais que quelqu'un ouvrait la porte arrière gauche de « Titine », surnom de ma Clio orange.

J'ai, j'en suis certain, dit « Au secours, aidez-moi ». Il ou elle n'a pas bougé. Il ou elle a ramassé mon sac et mon dossier posés sur la plage arrière. Il ou elle a refermé la porte puis est reparti. L'enfoiré(e) de sa mère la pute !

En sortant, il a bien dit un truc du genre « Je l'ai c'est bon, termine ça ». Et j'ai alors seulement véritablement senti que le feu prenait quelques instants après. La Capitaine Urblain avait entièrement raison, ça a commencé à brûler par l'arrière du véhicule. Ces espèces d'ordures ont dû mettre le feu eux-mêmes au niveau du coffre.

Moi qui suis un agnostique déterminé — tendance bouffeur de curé, prêtre, pasteur, rabbin, imam, tribun, chef de secte, ce qui les représente tous, bref de tout ce qui s'apparente à un représentant d'une religion – je crois bien que j'ai prié pour la première fois de ma vie. Je ne sais pas trop qui, ni quoi, mais comme j'allais mourir brûlé vif, peu m'importait, pourvu qu'il ou elle ou le truc-machin-bidule fasse en sorte que je ne souffre pas trop.

Et puis, merde alors, il ou elle s'est pointé(e). Karine Urblain avait 100 % vu juste une fois encore.

Son énorme couteau a tranché ma ceinture de sécurité de part en part. Il ou elle m'a extirpé de là et m'a posé délicatement sur le bas-côté entre la voiture qui brûlait et le bitume de la route. Ce couteau, il était gigantesque. C'était clair pour moi car je l'ai bien aperçu lorsqu'il l'a remis à son fourreau de ceinture. C'était un « Bowie », un couteau de guerre américain rendu célèbre par le Colonel Bowie dans son héroïque combat à Fort Alamo. J'adore cet épique moment de l'histoire américaine et je connais par cœur les descriptions qui s'y rapportent. C'était bien un « Bowie », une lame d'au moins 40 cm de long et un manche en bois gravé.

Il a parlé, c'était un homme ! Oui, c'était un homme, ça y est, je me souvenais. Il a dit en me laissant :

— Éric ? ! Courage, vous n'êtes pas seul. Trouvez le 6. Vous êtes le seul espoir. Nous sommes et serons toujours là.

J'ai rapidement perdu connaissance. Entre le choc et l'alcool, je n'étais plus en capacité de résister au sommeil qui m'envahissait de toute part. Mais désormais la mémoire de ces instants dramatiques et salvateurs m'était totalement revenue. Et il était limpide que mon sauveur n'était pas là par hasard et qu'en plus, il me connaissait.

De fait, je me rappelais également un autre détail frappant, à savoir ce que le pommeau de son couteau comportait comme gravure : une chouette dans un cercle avec trois bâtons pointant au centre !

Chapitre III – Dès le début, la vérité feint

Nous avions encore perdu une semaine d'actions supplémentaire puisque je n'avais pu sortir du Centre hospitalier d'Orléans que le vendredi 15 avril. Pascal et Ista s'étaient arrangés pour être disponibles et me ramener chez moi dans mon petit village préféré. De toute façon, n'ayant plus de voiture ni de permis, c'était eux où un taxi !

J'étais très heureux de rentrer, de retrouver mes chats, ma belle petite maison en pierre de 1850, une ancienne écurie que j'avais retapée intégralement en lui conservant ses pierres, poutres et toiture d'origine, tout comme mon magnifique Moigny qui, de plus, organisait une belle brocante ce week-end-là.

Mes deux tourtereaux sont restés jusqu'au dimanche soir avant que Pascal ne rentre de son côté sur Orléans pour assurer ses cours. Isabelle est demeurée avec moi. Juriste conseil en libéral, ma sœur pouvait travailler à distance, ce qu'elle faisait presque exclusivement depuis mon accident, hormis quelques allers-retours jusqu'à Lille pour voir quelques-uns de ses clients.

Une fois réinstallé ; Nathalie, ma maman, notre maman, rappelée ; Viviane tranquillisée par téléphone ; Damien, mon adorable voisin, très chaleureusement remercié ; mes chats longuement caressés ; un bon feu de cheminée allumé ; nous nous sommes mis au travail tous les trois dès le samedi matin.

La vérité est ailleurs

Nous avons commencé par nous faire un grand panneau en collant ou piquant diverses infos provenant de mes notes prises pour écrire mon livre entre 2015 et 2020, de la copie de la lettre de Lars à Pascal, des trouvailles des enfants de ce dernier, et bien entendu des cahiers en ma possession.

— On se croirait au FBI ! J'adore, trop bien, dit Isabelle. Tu n'aurais pas des punaises à têtes rouge et de la ficelle qu'on relaye tout l'ensemble comme dans une enquête de Mulder et Scully ?

Même si Fox et Dana ne faisaient pas vraiment cela, il est vrai que nous étions en plein dans un « X-files » et que nous étions loin d'arriver à résoudre l'ensemble.

Nous avons d'abord affiché l'arbre généalogique que j'avais pu reconstituer à partir de Lars en y ajoutant nos dernières trouvailles. Il manquait toute une frange à partir de Jean Taddée, né en janvier 1905 et pour lequel aucune trace n'avait été retrouvée malgré toutes nos rigoureuses recherches à Viviane et moi-même. Cela était pareil avec la famille Losvec.

En effet, nous avons essayé de faire un même suivi généalogique à partir du couple Losvec avec les données récoltées par les gamins de Pascal et qui nous conduisait à Yves Lalaup. Si la descendance de Charles Losvec à Yves Lalaup semblait avérée, de très nombreux manques émaillaient notre tableau. Il était manifeste que Lalaup n'était pas le seul descendant du couple Losvec. Selon nos trouvailles, il avait notamment une sœur mais nous n'arrivions pas à l'identifier bien que née vers 1980.

En dehors de cela, blottis au chaud autour du feu et avec un chat ronronnant sur chacun de nous trois, nous considérions désormais comme factuels et avérés les points suivants :

– Pascal devenait Lars le 2 mars 2023, réapparaissant le 2 mars 1823 à presque 54 ans ;

– Lars avait pu écrire des prophéties aussi précises parce qu'il avait été professeur d'histoire entre 1995 et 2023 et avait vécu 53 années à la fin du XXe et en ce début de XXIe siècle ;

– Charles Losvec était le témoin de mariage de Lars et Élisabeth en 1825 et ils restèrent très amis jusqu'à la mort de Lars en mars 1869 ;

– Un des descendants directs de Losvec s'appelait Yves Lalaup, 56 ans, ingénieur à Limoges ;

– Moi, Éric Taddée, j'avais été victime d'une tentative d'assassinat le 7 mars 2022, juste après que j'ai récupéré le courrier original de Lars à Pascal, courrier qui m'a alors été dérobé ;

– Ce courrier aurait dû être accompagné d'un second d'une dénommée Louise Depinel mais cela ne fut pas le cas, le notaire Cédric Plaud ne l'ayant pas remis à Pascal.

– Un inconnu « l'homme au couteau » m'avait sauvé la vie cette nuit-là en m'indiquant « qu'ils » étaient à nos côtés. Le même signe se retrouvait sur le couteau de cet homme et sur un pendentif porté par la policière enquêtant sur mon « accident », la Capitaine Karine Urblain. Ce qui, selon nous, ne pouvait être une simple coïncidence.

C'est sur ces premières bases solides qu'il nous fallait désormais agir. Et vite. Si Lars Nocappas avait raison, ce qui avait toujours été le cas de ses autres écrits relatant des faits du XXIe siècle, le 2 mars 2023 la fin nucléaire de l'Humanité était programmée et il n'y avait plus un atome à perdre.

Après son « café rhumé », ¾ de café – ¼ de Rhum vanille, et à l'issue de ses 15 km de footing du dimanche matin dans la sublime et envoûtante forêt des « 3 pignons » juste aux pieds de ma maison, Pascal nous a alors proposé un plan d'attaque.

— Comme je suis bloqué la semaine avec mes cours, je vous propose de m'occuper sur Orléans de recontacter le notaire qui m'a remis le document. Il n'est pas dit que cela serve à quelque chose mais on peut toujours essayer de comprendre pourquoi le courrier ne m'a pas été donné le 1er juin 2010 comme c'était prévu et demandé par Lars. Et pourquoi celui de Louise Depinel manquait.

— Oui, excellente idée ! On ne doit laisser aucune piste de côté, lui répondis-je.

Il poursuivit tel un grand organisateur.

— Ce qui serait bien c'est que vous alliez tous les deux, si tu t'en sens capable Éric, voir Yves Lalaup à Limoges. Il est sans doute la clé. En tout cas, il faut l'espérer sinon nous n'aurons vraiment plus rien pour rechercher le 6e cahier !

— Si Sénior, lui dit Ista en lui massant délicatement les épaules, on a aussi cette histoire de médaillon au cou de la fliquette, de la « jolie Karine », hein Éric, et sur le couteau de ton sauveteur nocturne. On n'a rien trouvé sur internet en dehors que la chouette était identique à celle du symbole égyptien, mais tu devrais demander à Lilian, Bastien ou Maëlle de regarder.

— OK, je vais les solliciter mais, et après ? On fera quoi, on ira revoir la Capitaine Urblain en lui disant « Eh Karine, vous savez que vous avez un collier avec le même dessin que sur le couteau qui a sauvé Éric. Oups, c'est vrai, on a juste oublié de vous en parler, du gars comme du couteau ».

— Pascal a raison, mais Isabelle aussi. Ça vaut le coup que tes gosses nous aident encore sur cette recherche. On ne sait jamais. Et puis pour Karine, je…

— Ah, Karine ? Karinette ?

— Arrête Ista s'il te plaît. Bref, il faut que je passe déposer au commissariat mercredi. Ce que l'on peut faire c'est que j'en profite pour lui demander pour la fermeture éclair, lui dire qu'a priori on a dû me voler un porte-documents mais maintenir que malheureusement, pour le reste, tout demeure noir dans ma tête sur l'accident en tant que tel. Lui parler de mes agresseurs et de mon sauveur risque de nous faire perdre encore plus de temps.

— En même temps mon Kiki, ils ont tout de même voulu te tuer. Imagine qu'ils recommencent ?

— Je suis d'accord avec ton frère ma chérie. Les flics ne le prendront pas au sérieux. Ils vont dire qu'il invente pour tenter de se dédouaner d'avoir eu un accident en étant bourré. Et puis ils ne vont pas se mettre à protéger Éric sur de telles allégations de sa part. À part perdre du temps, nous n'avons rien à y gagner.

— OK, les mecs. On fait comme ça. Et du coup, jeudi matin on file d'Orléans direction Limoges tous les deux, d'accord frangin ? !

— Oui, reprit fermement Pascal sans me laisser acquiescer. Je rentre ce soir avec ma voiture chez moi. Vous me rejoignez avec celle d'Ista mardi soir, puis tu vas chez les flics mercredi et vous repartez jeudi de chez moi. La Source – Limoges, vous en avez pour 3 h 30 environ, c'est direct A71 puis A20.

— Parfait, merci mon beau bison membré futé. Bon, on le mange ce poulet fermier du Gâtinais ! ?

Ce bon repas fut suivi d'une bonne sieste et d'un tour de brocante où j'ai découvert la passion de Pascal pour les objets insolites en porcelaine ou en céramique blanche lui permettant de les peindre ensuite. Je n'avais pas eu le temps de voir ses œuvres lors de ma soirée massée chez lui mais les photos que me montra Ista permettaient de constater que nous avions affaire à un bon artiste peintre amateur, fan du style aborigène d'Australie.

Avant de le rejoindre chez lui et de pouvoir admirer ses œuvres en direct, nous avons, Isabelle et moi, consacré notre lundi et notre mardi à ranger et reclasser mes archives et nombreux dossiers sur Lars. En vain, nous avons recherché d'autres photos mais malheureusement, il n'en existait aucune autre que celles ayant servi aux trouvailles des enfants de Pascal.

Ma sœur en a alors profité pour me parler de son chéri, mais elle a surtout voulu revenir sur plusieurs aspects de sa propre personne, que je connaissais déjà un peu et qu'elle a pu raconter à Pascal depuis leur rencontre.

Isabelle me rappela un rêve incroyable qu'elle avait fait un jour, et dont elle n'avait jamais bien compris le sens, si ce n'est peut-être, inconsciemment, une envie ou un besoin de liberté. Alors qu'elle était toute jeune, elle avait fait un songe très étrange qu'elle n'oubliera sans doute jamais de sa vie. Dans ce rêve elle se voyait dans la cellule d'une prison. Et alors qu'elle regardait en direction de la fenêtre, avec les barreaux qui cachaient partiellement le paysage, elle dit s'être transformée en oiseau et put s'y échapper, s'envolant dans le ciel et s'enfuyant le long des hauts murs de cette citadelle. C'est alors que dans cet imaginaire, elle raconta avoir retrouvé en vol un autre oiseau plus grand qui l'accompagnait. Une sorte d'oiseau protecteur. Tous deux volaient sous le soleil, planant au-dessus d'un paysage magnifique, survolant de temps à autre des dômes dorés semblables à ceux des églises orthodoxes, ainsi que les arbres vertigineux d'immenses forêts.

Isabelle décrivait cette sensation merveilleuse de voler comme un oiseau — qu'elle était donc devenue, et disait s'arrêter parfois pour se reposer, le grand oiseau « protecteur » volant plus vite qu'elle. Ces deux oiseaux semblaient s'aimer et ne plus jamais vouloir se quitter. Était-ce prémonitoire ? Ce rêve étrange mais merveilleux annonçait-il la rencontre que ma chère sœur ferait un jour avec l'homme de sa vie, Pascal, avec lequel elle « s'envolerait » pour vivre un amour éperdu ?

Sans doute la lettre de Lars la perturbait beaucoup plus qu'elle ne voulait se l'avouer et elle se demandait si elle pouvait devenir un oiseau ? Je la rassurai alors en lui disant que ce n'était qu'un rêve et que cela n'avait rien à voir avec l'aventure extraordinaire racontée par Lars dans sa lettre.

C'est là que ma sœur me raconta quelque chose d'encore plus surprenant et que j'ignorais jusqu'alors.

Elle m'expliqua qu'elle était d'autant plus perturbée par la lettre de Lars et le retour 200 ans plus tôt, que cela lui faisait étrangement penser à des rêves qu'elle faisait depuis plusieurs années. Elle se demandait si elle aussi n'avait pas vécu à une autre époque… Elle me raconta que depuis longtemps, elle avait fait le même songe des dizaines de fois, dans lequel elle se retrouvait, dans une vie du passé, où elle portait des robes longues romantiques et des chapeaux, montait à cheval en amazone et parcourait les campagnes et les forêts dans des calèches…

Cela la faisait sourire en le racontant, et moi aussi même si cela m'inquiétait aussi un peu, mais il semblait qu'elle faisait réellement et régulièrement de telles rêveries. Elle se voyait, vivant avec un homme qu'elle n'avait pourtant jamais rencontré dans sa vie, que ses parents semblaient lui avaient choisi comme mari. Elle retrouvait régulièrement dans ce phantasme, une petite fille, aux cheveux longs et bouclés, avec de beaux yeux bleus, rigolote et intrépide. Il y avait aussi un petit garçon très sage. Il lui semblait alors qu'ils s'agissaient de ses deux enfants. À travers ses délires, elle aimait écrire des poèmes et portait souvent sur elle une magnifique broche en or en forme de fleur, recouverte de magnifiques perles.

Dans ses rêves, Isabelle me disait s'être vue parfois plus âgée, et discuter avec un homme dont elle apprécie particulièrement la compagnie et dont le visage lui rappelait beaucoup celui de son chéri. Mais ils n'étaient pas ensemble et avaient chacun leurs vies. C'est vraiment effectivement très étrange.

Dans les pensées endormies d'Ista, y aurait-il eu Lars, c'est-à-dire Pascal ? Qui était cette femme dans la peau de laquelle ma grande sœur semblait se retrouver régulièrement dans ses rêves ? Décidément ces liens entre le passé et le présent, même dans l'imaginaire d'Isabelle, étaient plus que troublants et déconcertants.

Bien qu'ayant l'esprit très cartésien, je finissais par me faire à l'idée que le voyage d'âmes et de personnes dans le temps de ma sœur chérie était bien possible, et ce depuis que j'avais vécu depuis plus d'un mois et surtout depuis que nous avions pris connaissance de la lettre laissée par Lars.

En d'autres temps, je n'aurais pas vraiment prêté attention aux songes d'Isabelle, mais, désormais, nous sachant les héritiers de Lars et donc les descendants potentiels d'un homme que nous croisions tous les jours et dont elle était tombée amoureuse, la moindre petite allusion au passé me semblait une piste plutôt qu'un délire.

Outre ces éléments troublants, nous avons également mis à profit ces deux journées ensemble pour solliciter Viviane par téléphone pour qu'elle reprenne ses recherches sur Jean Taddée et sur son éventuelle descendance. J'étais intimement persuadé que le fait de ne rien trouver sur lui, alors que le reste de la famille pouvait s'identifier assez facilement, ne pouvait que cacher quelque chose d'important.

Comme le cahier manquant, la vérité était ailleurs. Le tout était de trouver cet ailleurs.

Éléments généalogiques depuis Lars Nocappas

Lars Nocappas (21 mars 1769 – 21 mars 1869) + **Élisabeth Heurly** (16 octobre 1782 – 3 décembre 1869).
Pascal devient Lars le 2 mars 1823. Il se marie avec Élisabeth le 16 juin 1825. Élisabeth a une sœur née en 1779, Mathilde, son témoin à son mariage. Le témoin de Lars semble être Charles Losvec. Lars et Élisabeth ont une fille : Victoria.

▼

Victoria Nocappas (11 juillet 1826 – 1er mai 1904) + **Édouard Berchelot** (6 janvier 1822 – 24 octobre 1899).
Mariés en juin 1854. Deux enfants : Alfred décédé rapidement à 4 mois (août 1866 – décembre 1866) et Roselyne. Victoria écrit à sa fille Roselyne posséder 7 cahiers de Lars dans un courrier du 2 septembre 1902.

▼

Roselyne Berchelot (5 février 1870 – 9 juillet 1943) + **Luc Taddée** (27 mars 1868 – 9 juin 1905).
Mariés le 8 août 1900. Luc décède juste peu de temps après les naissances de leurs fils Adrien et Jean dans un accident de chantier, écrasé par un camion. Le chauffeur n'a jamais été trouvé.

▼ **Jean Taddée** (5 janvier 1905 — ?????) : aucune trace nulle part sur sa vie.
Adrien Taddée (29 novembre 1902 – 4 avril 1977) + **Catherine Estingoy** (27 novembre 1902 – 18 juin 1984).
Mariés le 18 juillet 1835. Appellent leur fils Luc en mémoire au père d'Adrien.
▼
Luc Taddée (5 juin 1939 – 6 mai 2014) + **Nathalie Quien** (16 juillet 1948 –)
Mariés le 5 novembre 1968. Luc fut un historien célèbre, auteur de nombreux ouvrages sur la Révolution française.
▼
Isabelle Taddée, « Ista » (26 juin 1969 –)
Éric Taddée (4 mars 1972 –)

La vérité est à l'heure

Le mercredi 20 avril, j'avais mon rendez-vous à 10 h 45 avec la Capitaine Urblain. Pour ne pas risquer d'être en retard, j'étais au commissariat dès 10 h 30. Ou alors, comme disait Ista, j'étais en réalité juste pressé de revoir « Karine ».

Toujours aussi charmante et attentionnée, elle me recevait avait un café et quelques spéculos. Elle était assistée de son collègue Thévenin que je trouvais toujours aussi détestable. Moche et con. Il arborait un large sourire hystérique et hypocrite, laissant entrevoir deux affreuses dents en avant… Une dentition semblable au râtelier de Bugs Bunny ! Bref, un vrai « tue l'amour ». Avec les mêmes oreilles tombantes. Quant à sa carotte… Enfin, pas très glamour en somme… Je me méfiais de ce lugubre personnage qui se croyait malin et semblait sûr de lui, alors qu'il devait être en réalité stupide comme ses pieds !

— C'est très gentil à vous. Merci. Vous êtes originaire du Nord, lui demandais-je.

— Oui, absolument « inspecteur ». Je vois que vous connaissez bien le signal que peut donner le réflex spéculos.

— Ma sœur, Isabelle, vit à proximité de Lille depuis vingt ans. Du coup, je connais quelques spécificités locales. Chui pas Ch'ti mais chui pas trop babache…

— Oui, bravo, vous n'êtes pas nonoche ! Sinon, plus sérieusement, comment allez-vous ?

— Bien, je vous remercie. J'ai toujours un peu peur de m'endormir mais étant tout de même encore bien fatigué en post-traumatique, le sommeil gagne facilement. Sinon, les ecchymoses sur le thorax s'estompent. Et, en dehors de cela, j'ai bien dessaoulé !

— Oui, enfin, vous devriez tout de même être présenté à un juge pour vous notifier votre retrait de permis. C'était franchement irresponsable de votre part de rouler dans cet état et en plus de nuit. Sur cette nuit-là justement, avez-vous retrouvé la mémoire sur les conditions de votre accident ?

— Non, malheureusement Capitaine, cela reste vraiment nébuleux. Mais je voulais vous demander si vous n'auriez pas retrouvé un porte-documents en cuir dans ma voiture. Il fermait à l'aide d'une fermeture éclair.

— Aucune fermeture éclair et aucun dossier n'ont été retrouvés par mes collègues ni dans votre Clio, ni à proximité de celle-ci. Visiblement, vous avez au moins le souvenir d'avoir eu ce dossier dans votre véhicule… C'est déjà un début.

— C'est que… il y avait des documents intéressants pour… pour mon prochain livre. J'aurais bien voulu les retrouver. J'en ai vraiment besoin.

— Mais alors, si je vous suis bien, l'absence de trace de fermeture dans la Clio voudrait dire que ce dossier en cuir vous aurait été volé entre le moment de votre accident et le déclenchement de l'incendie. Monsieur Taddée, je vous repose la question, vous étiez seul dans votre véhicule ? Et quelqu'un vous a-t-il aidé à en sortir ? Essayez de vous souvenir, c'est très important.

— Ça en fait deux. Deux questions Madame Urblain.

— Capitaine, Capitaine Urblain, je vous prie. Et ne jouez pas à ce jeu puéril avec moi. Vous n'êtes pas de taille cher Monsieur.

— Excusez-moi Capitaine !

Bon, là, j'étais vraiment piteux…

— Aucun problème Monsieur Taddée. Je vais poser la question aux gendarmes et aux enquêteurs qui étaient les premiers sur les lieux le 7 mars vers 5 heures du matin. On ne sait jamais, peut-être ont-ils oublié de mentionner le porte-documents en cuir ou bien une fermeture éclair.

— Je vous remercie.

— Quant à vous, après avoir signé cette déposition indiquant que vous n'avez toujours rien à déposer, réfléchissez bien s'il vous plaît. Je veux dire concentrez-vous bien pour essayer de vous souvenir et, comme vous le savez, le plus tôt sera le mieux.

— Heu, que voulez-vous dire Capitaine.

— Rien de plus que plus le temps passe, moins on se souvient de détails qui pourraient être déterminants. J'espère que vous allez vite recouvrir la mémoire et retrouver votre document. Pour votre prochain livre j'entends…

Je suis sorti un peu sonné de cet échange. Je savais qu'elle savait que je savais qu'elle savait qu'en fait je savais tout sur l'accident. Mais j'avais surtout l'impression qu'elle en savait plus que moi !

L'après-midi, en attendant le retour du professeur d'Histoire, Isabelle et moi avons refait un point avant de nous rendre à Limoges. Viviane, jointe par téléphone, n'arrivait à rien trouver sur internet concernant Jean Taddée mais me rappela un élément que j'avais complètement laissé de côté et omis d'indiquer à Ista et Pascal.

— Je suis désolé Éric. Vraiment, je bloque dès sa naissance. Il est né le 5 janvier 1905 à Tours, comme ton grand-père Adrien, deux ans avant. Il a donc dû logiquement résider avec son frère et leurs parents au 19 rue de Bel air à Tours centre, mais contrairement à Adrien dont on retrouve des traces dès le collège, pour Jean, il n'y a rien. Silence radio absolu… Tiens, c'est comme ton admirateur fantôme, il a rappelé encore et encore. Il n'a pas arrêté durant tout ton mois d'hospitalisation.

— C'est qui ça ton admirateur fantôme ? demanda Ista interloquée.

— Quelqu'un qui appelle Viviane depuis des mois d'un numéro masqué, demande à me parler et comme je ne suis pas là, ne dit plus rien avant de raccrocher. C'est bien ça Viviane ?

— Oui, c'est exactement ça. J'essaye de prendre un message ou un téléphone, mais il ne dit plus rien une fois que j'ai dit que tu n'étais pas là. Un cinglé je pense. Un de plus !

— Et si, une prochaine fois, tu essayais de le prendre ? proposa ma sœur. On risque quoi ? Au pire d'être emmerdé cinq minutes par un cinglé par téléphone. Si Viviane lui donne ton 06 et qu'il se met à trop appeler, tu le bloqueras ce taré, bref ce qu'on fait en général avec les tarés !

— Ok, dis-je. Viviane, la prochaine fois, donne-lui mon numéro de portable. On verra bien.

— Comme tu veux grand chef, ce sera fait. Je retourne à ma navigation. Bisous à vous deux !

— Bisous Viviane. C'est vrai mon Kiki, si cet individu veut absolument te joindre, dans le contexte, autant écouter ce qu'il te veut, on sera fixé plus rapidement.

Pascal nous a rejoints chez lui vers 18 heures, après ses cours. Il avait obtenu un rendez-vous avec le notaire d'Olivet le lendemain, le jeudi 21 avril à 17 h 45. Nous avons regardé *Le dernier des Mohicans* de Michael Mann, puis j'ai été le premier des dormants, encore bien fatigué de toutes ces aventures. Comme ça, je n'ai rien entendu provenant de la chambre voisine et de leur danse dans le tipi…

Nous avons pris la route avec Isabelle au volant de sa C3 à 8 heures pile le jeudi matin. Nous roulions depuis 40 minutes quand elle me réveilla, puisque je somnolais légèrement, voire peut-être plus.

— Regarde dans le rétro petit frère. Tu vois la Mercedes grise derrière ?

— Heu… attend… oui. Quoi ?

— Elle est rentrée sur l'A71 comme nous, à Olivet et elle a bifurqué comme nous à l'instant sur l'A20 à Vierzon.

— Oui, OK. Un Orléanais qui va lui aussi à Limoges, voilà tout ? !

— Une Mercedes qui suit une C3 qui roule tranquillos à 120 sur Autoroute et qui ne la double jamais ? Tu trouves ça logique toi ? Et le parechoc avant enfoncé, ça te parle ? Tu veux comparer la puissance de cet engin avec une Clio…

— Tu penses que ce serait la voiture qui m'a poussé ce soir-là ?

— Écoute frangin, soyons prudents. Note la plaque si tu peux… Je dirai FM 989 MD. Je m'arrête à la prochaine aire s'il y a assez de monde. Je n'aime pas ça.

15 kilomètres plus loin, vers Châteauroux, nous sommes sortis sur une aire de repos. La Mercedes, qui nous suivait toujours malgré notre allure légère, a poursuivi sur l'A20.

— Tu vois frangine, pas de souci, dis-je, en réalité bien heureux et hyper soulagé…

— Oui, tant mieux. Excuse-moi de m'être inquiétée pour rien. On se prend un petit café ?

Après une pause tout indiquée pour déstresser un peu, nous avons repris la route du sud. À 11 h 30 nous entrions dans Limoges. Nous avons trouvé sans difficulté la rue Racine où devait se trouver la maison d'Yves Lalaup d'après les informations que les enfants de Pascal avaient récoltées.

À midi, nous étions garés à proximité du 27 rue Racine. C'était une maison d'un étage, sans particularité ni caractère, en enduit ocre et au toit en tuiles rouges. Un petit jardin ne comportant qu'un carré d'herbes et deux petits bouleaux était posé là entre la façade et un petit muret en pierres sombres. À l'image des habitations voisines, c'était une demeure assez austère qui se tenait à 40 mètres de nous dans une rue à l'ambiance idéale pour enterrer les morts.

— Bon, et maintenant, on fait quoi sœurette ?

— On attend un peu. On fait comme au FBI, « on planque » !

— Tu n'as pas fini avec ton FBI. On est venu pour lui parler à ce Lalaup. Alors pourquoi attendre ? Allons voir s'il est chez lui !

— Parce que… chut, regarde un mec qui marche sur son trottoir… Oh putain, c'est lui ! On a une chance de cocu, faut que je surveille Pascal… Lalaup rentre chez lui juste quand on arrive. Ponctuel et courtois le gars !

— Oui, là, on a de la chance. La vérité est à l'heure pour une fois !

La vérité est tailleur

C'était un trentenaire, assez grand, aux cheveux bruns, coupés à la perfection. Il avait une allure de dandy anglais sous son bel imperméable beige, avec son petit foulard autour du cou, portant un parapluie grande taille lui servant de canne, et aux chaussures parfaitement cirées.

— Il n'a vraiment pas la silhouette à habiter ici, dis-je doucement dans notre C3 où nous nous étions abaissés sur nos sièges en position presque allongée.

— Non, pas du tout en effet. Mais bon, il est entré en ouvrant avec une clé, donc ça ne peut être que lui. On attend un peu pour voir s'il bouge à nouveau et on y va.

— OK, mais selon moi, on peut y aller tout de suite.

Comme Ista voulait attendre prudemment, nous avons patienté dans le froid, puisqu'il ne s'agissait pas de laisser tourner le moteur pour ne pas attirer l'attention, le tout en écoutant France Info qui développait des nouvelles très inquiétantes du front ukrainien et des menaces russes.

— Tout cela va très mal se terminer. Il faut vraiment que nous trouvions ce 6e cahier de Lars pour comprendre et essayer d'agir avant qu'il soit trop tard, me dit alors Isabelle.

— Oui, bien sûr. Mais une fois récupéré, si on y arrive, comment fera-t-on ? Tu vas appeler Toupine pour lui dire qu'un mec a écrit il y a 200 ans qu'il allait faire péter la planète ? En plus ce type doit être tellement égocentré et psychopathe qu'il risque de trouver ça génial d'être celui qui fait le Game over de l'humanité !

— Je ne sais pas. Peut-être la presse, peut-être les services secrets… On verra. Peut-être que Lars explique ce qui va créer une dernière escalade et que c'est là-dessus que l'on pourra essayer d'agir. Ou alors… Ah, tu as reçu un message je crois.

— Oui, attends, je regarde.

J'ai sorti mon portable de ma poche. Il venait effectivement de biper et j'ai consulté le SMS arrivé. C'est alors que je me suis exclamé : « Oh, putain, c'est quoi encore ce délire ! »

— Quoi ?

— Regarde le SMS, numéro masqué : « Bonjour, c'est bien la bonne adresse. Ne restez pas au froid dans votre voiture. J'ai préparé un brunch. Je vous attends à l'intérieur. Y.L. »

— Mais comment il peut avoir ton numéro l'angliche ?

— Je ne sais pas, mais là, on y va. On le lui demandera quand il nous ouvrira ! dis-je en ouvrant ma portière et en sortant précipitamment de la Citroën de ma sœur.

Nous avons traversé la rue, pas pour trouver du boulot mais pour s'approcher des bouleaux. Une fois devant le jardinet, j'ai sonné au portail sans attendre. C'est alors qu'il a ouvert sa porte d'entrée.

— Isabelle et Éric, je présume. Je suis enchanté de vous rencontrer. Moi, c'est Yves, mais vous le savez déjà. Entrez donc, je vous attendais chers amis.

Nous avons ouvert le petit portail rouge métallique, fait quelques pas, nous nous sommes essuyé les pieds sur un paillasson rouge et noir et nous avons pénétré chez celui qui nous attendait sans que nous puissions nous y attendre.

Ista avait raison. Il avait un look angliche du tonnerre. Un vrai rosbif. Et en plus, il avait une moustache à la David Niven et une veste en tweed beige sur une chemise blanche à fines rayures vertes assorties à son foulard vert pale.

— Excusez-moi chers amis, mais si vous pouviez retirer vos chaussures. J'ai, si vous le désirez, toute une gamme de chaussons à vous proposer. Je vous rassure, ils sont lavés entre chaque utilisateur !

Cela le faisait sourire. Moi je le trouvais pathétique, mais presque. Ista était ravie, elle qui a toujours été une grande fan de Bryan Ferry et David Bowie. Il est vrai que notre hôte semblait avoir l'esprit, le flegme et l'impertinence du dandy avec une allure élégante et raffinée digne d'un Paul Deschanel. Je me disais en mon for intérieur « Ce type est le strict opposé de Pascal ! Elle passe du coq à l'âne, ou plutôt du chat de gouttière au caniche toiletté ».

— Je vous en prie, prenez place. Installez-vous que je puisse répondre à toutes vos questions. J'ai pris la liberté de nous préparer divers mets aussi bien salés que sucrés ne connaissant pas encore vos goûts. Pour boire, nous avons soit de l'eau, avec ou sans bulles, soit un vin rouge portugais, un Douro que j'affectionne tout particulièrement, ou sinon son homologue en blanc. Vous verrez, ils sont absolument sublimes en bouche. Par ailleurs, je…

— Excusez-moi Yves, dis-je poliment, c'est très gentil à vous mais une première question me brûle les lèvres.

— Oh, ce ne sera pas pratique pour manger. Alors, vite, que puis-je faire pour les éteindre ?

Ista se marrait et illuminait à ses propos. Moi, il m'énervait prodigieusement et il n'avait pas intérêt à s'approcher de ma bouche…

— Comment avez-vous eu mon téléphone ? !

— C'est très simple mon cher Éric, ma sœur me l'a transmis. Et c'est elle qui m'a informé de votre arrivée.

— Ah, bien. Et on peut savoir qui est votre sœur « cher Yves » ?

— C'est moi Monsieur Taddée !

Avec Ista, nous nous sommes retournés brusquement au son de sa voix. Elle était là, derrière nous, sortant de la cuisine. Elle me donnait l'impression de prendre toute la pièce tellement son regard irradiait de son intensité. J'étais stupéfait de la voir ici. Elle poursuivit son propos.

— Je comprends votre étonnement. Je suis sincèrement désolée de ne rien vous avoir dit mais vous allez comprendre très vite. De toute façon, en matière de cachotteries, vous n'êtes pas mal non plus tous les deux.

— Capitaine Urblain ?! Mais qu'est-ce que vous faites là et qu'est-ce que cela signifie ?! interrogea Isabelle, stupéfaite comme moi.

— Écoutez, mon frère à raison, il est 13 heures et ce qui nous attend sur cette table ne demande qu'à être dégusté. Je vais vous expliquer, c'est promis.

Je regardais Karine Urblain avec une fascination que je ne pouvais contenir. Au-delà de mon immense surprise de la retrouver ici, j'étais réellement heureux de la voir bien qu'ayant déjà passé une heure dans son bureau la veille.

Je la trouvais encore plus belle et de plus en plus charismatique au gré de ces rencontres. Elle était à nouveau habillée en noir de la tête aux pieds mais dans un style plus hard rockeuse qu'au commissariat. Nous nous sommes installés pour déjeuner. Une petite voix me disait de ne pas abuser du vin portugais, pourtant succulent, pour ne pas accroître mon image d'ivrogne auprès de Karine !

— Alors voilà. Yves et moi sommes bien frère et sœur. J'ai tout juste 40 ans depuis février et Yves à 35 ans. Je ne porte pas le nom de Lalaup, non pas que je sois ou ai été mariée, mais car nous voulions rester les plus « séparés » possible pour des raisons de sécurité.

— Donc vous êtes célibataires !

Mais bon sang, pourquoi avais-je dit cela tout haut. J'étais tout honteux pendant que ma sœur et son frère rigolaient bien de ma question.

— Oui, vous êtes toujours aussi perspicace Éric. Mais je vous assure que j'ai des révélations bien plus importantes à vous faire.

Elle but une sacrée rasade de vin et se mit à son exposé.

— Comme vous l'avez découvert, Yves et moi sommes les derniers héritiers vivants de Charles et Paulette Losvec qui furent les grands amis de Lars et Élisabeth de 1823 à l'arrivée subite de Lars puis jusqu'à leurs décès l'année 1869.

— Pardon Capitaine, mais…

— Karine, ce sera plus simple Éric. Et puis vous en mourrez d'envie !

— Heu, oui… super… heu, enfin Karine, que savez-vous exactement sur Lars ?

— Que c'est Pascal Parson !

— Mais, mais, comment vous pouvez savoir cela, dis-je estomaqué mais avec un peu de papillons dans le ventre de pouvoir enfin l'appeler Karine.

— Éric, si vous m'interrompez à chaque phrase, d'une part nous allons devoir dormir à Limoges et ça, franchement, ça ne m'emballe pas, d'autant que cette maison n'est pas à nous… et d'autre part vous ne pourrez avoir vos réponses. Alors, s'il vous plaît, laissez-moi poursuivre et terminer.

— Heu, pardon mais du coup, on est chez qui là ? demanda tout de même Isabelle.

— Ah, nous sommes chez un charmant ami à nous. Il est tailleur de pierre et sculpteur dans les ateliers de Limoges. Son nom n'a guère d'importance chère Isabelle, mais rassurez-vous, il nous prête bien volontiers sa modeste demeure.

Yves a regardé sa grande sœur puis lui a fait un geste de la main pour l'inviter à continuer.

Elle a rebu un troisième grand verre de Douro. Je lui aurais bien fait remarquer qu'elle avait la même descente que moi, mais j'ai respecté la consigne et je l'y ai mise. Ma langue, à la consigne. Pardon, c'est nul.

— Partez du principe que tout ce que vous savez aujourd'hui, nous le savons depuis longtemps. Quand Pascal est réapparu en Lars, le 2 mars 1823 à Orléans, il s'est retrouvé seul et totalement désorienté. Alors qu'il était monté sur Paris et avant de rencontrer Louise puis Élisabeth dont il tomba éperdument amoureux... navré Isabelle... le hasard a voulu qu'il se fende d'amitié avec un jeune homme, gendarme parisien en début de carrière, Charles Losvec. Cela explique pourquoi Charles se trouve être le témoin de Lars à son mariage en 1825. Mais, ce qui est beaucoup plus important c'est que de l'immense amitié entre les deux hommes va naître une confiance réciproque absolue. Grâce à cela, Lars expliquera très vite tout à son ami. Sur ses origines 200 ans plus tard et sur la fin cataclysmique de l'humanité. Notre hyper grand père à Yves et moi, était donc au courant et il était absolument persuadé que son ami venu du futur disait bien la vérité.

Karine s'arrêta quelques secondes pour reprendre son souffle et regarder son frère afin de vérifier qu'elle n'oubliait rien d'important. Elle enchaîna.

— C'est d'ailleurs Charles qui a convaincu Lars d'écrire des « prophéties » assez précises pour tenter d'alerter les générations qui les suivraient et, peut-être, éviter certaines horreurs. Ce qui, il faut le reconnaître aujourd'hui, n'a malheureusement pas eu les effets escomptés. Même prévenu que c'est un loup dangereux, l'homme reste un loup pour l'homme, pour lui-même, pour ses congénères et même pour sa planète et tous les êtres qui y vivent.

— L'homme est un loup pour l'homme et un relou pour la femme, dit Ista en souriant.

Et hop, un quatrième verre de Duro pour la fliquette qui appréciait grandement la vanne de ma sœur. Sans rien manger du tout, elle avait une descente que je ne pourrai pas remonter à vélo… Karine continuait comme si de rien n'était passé et n'avait coulé dans son gosier.

— Enfin, tout cela pour dire que Charles et Lars n'ont jamais cessé de travailler ensemble. Votre méga arrière-grand-père a bien écrit sept cahiers, dont le sixième traite effectivement du XXIe siècle et donc de l'année apocalyptique 2023. Ces documents ont bien été transmis à Victoria, la fille de Lars et d'Élisabeth. Victoria les a, plus tard, donnés à Roselyne, sa fille et nous savons que son mari Luc Taddée les avait lus en intégralité peu de temps avant sa mort tragique en 1905. Nous perdons la trace du sixième cahier vers cette date, concomitamment avec l'accident qui coûta la vie à Luc et avec la naissance de Jean Taddée, le jeune frère d'Adrien, votre grand-père.

Son frère la coupa alors.

— Si tu me permets Karinette, oh, sorry, je veux dire Karine… le « Nous » de ma sœur est en fait le « Groupe 3 », une organisation montée par Lars, par Charles et par Paulette Sirésolle, la petite amie de Charles qui deviendra Paulette Losvec en 1842 et qui était une des jeunes servantes du grand Jean François Champollion qui a déchiffré les hiéroglyphes égyptiens en 1922.

— OK, d'où la chouette égyptienne et les trois bâtons de votre médaillon ! dis-je tout fier.

— Bravo « Éric Poirot » ! se moqua « Karinette ». Effectivement, ces trois-là montèrent une sorte de confrérie, un Groupe 3, un G3, d'où la chouette qui symbolise le G en égyptien antique et les 3 barres, pour suivre de près la descendance de Lars et Élisabeth, y suppléer en cas de besoin, et surtout protéger les textes de Lars. Ce groupe devait aussi, au gré des années, essayer de recruter des membres dans des unités pouvant avoir de l'influence sur des positions stratégiques, politiques et militaires des pays qui seront en guerre en 2022 et 2023.

— Si je peux me permettre Karine, vu ce que vous avez dit sur la disparition du 6e cahier, votre groupe a failli.

— Oui et non Éric. Nous savons qui, ou plutôt quelle structure, détient ce cahier déterminant. Mais nous ignorons qui ils sont exactement et où ils l'ont caché.

— Bon, là Karine, je perds le fil, dit alors Isabelle.

J'étais pour ma part comme ma sœur, sacrément perdu. Et avec ou sans vin portugais, ma tête commençait à bourdonner.

— C'est normal, je vous précise l'ensemble. Notre G3 s'est bien garni au fur et à mesure des années. Nous sommes à ce jour 137 membres répartis dans 15 pays, majoritairement en France, aux États-Unis, en Ukraine mais aussi en Russie. Par exemple, notre hôte, Étienne, le tailleur de pierre du limousin ainsi que votre médecin, Geoffroy Burgadat, sont des nôtres. Tout comme votre mystérieux « homme au couteau » dont vous avez oublié de me parler Éric… celui qui vous a sauvé la vie lors de la tentative d'assassinat dans votre Clio dont vous avez été victime.

— Vous… vous êtes sérieuse là ? Mais comment vous pouvez savoir ce que je sais à la fin ?

— Ne vous énervez pas Éric. Cela fait des années que nous vous suivons et que nous vous protégeons.

De nouveau, Karine Urblain s'arrêta quelques instants. Cette fois pour nous laisser respirer Ista et moi. Tranquillement, elle poursuivit son fabuleux exposé.

— Toute la lignée de Lars fut surveillée par le G3. Je suis vraiment navrée de vous le dire mais votre téléphone est sur écoute, votre bureau l'est aussi et nous avons installé des micros chez vous à Moigny. D'ailleurs, Damien, votre si charmant voisin, a un magnifique Bowie de collection qui coupe très bien les ceintures de sécurité…

J'étais abasourdi. Totalement effaré, comme dégoûté. Je ne savais comme réagir, entre le fait d'être flatté d'autant d'égards et écœuré de me retrouver surveillé en permanence. Mon voisin m'espionnait depuis le début de son installation à Moigny, comme par hasard arrivée juste deux mois après la mienne à l'époque. Et, en même temps, j'étais bien content qu'il ait été là cette fameuse nuit et j'étais en réalité assez fier d'être l'objet de tant d'attention.

— J'imagine que moi également, demanda Ista bien que connaissant la réponse.

— Oui bien entendu Isabelle. Vous l'êtes tous, l'avez tous été, à chaque génération, dès le jour de votre naissance et ce depuis 200 ans.

— Alors c'est quoi le loupé en 1905 ? Que s'est-il passé ?

La vérité est un leurre

— C'est assez compliqué Éric. Voilà ce que nous savons. Luc Taddée, le mari de Roselyne, était un brave type, mais aussi un alcoolique notoire. De ce que nous avons compris des écrits de ceux du G3 qui surveillaient Roselyne à l'époque, Luc se serait vanté un peu partout, et surtout dans des bars, de connaître plein de secrets historiques à venir, y compris la date de la fin du monde, ce qui faisait bien rire certains mais attirait l'attention d'autres. À qui exactement, ou aux oreilles de qui cela est parvenu, nous l'ignorons. Toujours est-il que comme il avait notamment annoncé à ses interlocuteurs la révolution russe débutant en janvier 1905 et son « Dimanche rouge », il fut finalement pris très au sérieux. Comprenant qu'il avait fait une erreur, il tenta de faire machine arrière en racontant qu'il inventait tout uniquement pour se faire « payer des coups à boire ». Mais cela n'a pas suffi et Jean Taddée, son second fils, né le 5 janvier 1905 fut enlevé. La rançon n'était rien d'autre que le cahier de Lars traitant de la fin du monde. Luc déroba alors le 6e cahier à sa femme Roselyne et voulu aller, seul, récupérer son fils. Le 9 juin 1905, Luc était retrouvé mort sur un chantier, écrasé par un camion, sans aucun document sur lui et sans aucune trace de Jean. Et ce sacré 6e cahier n'a jamais pu être retrouvé.

— Quelle horreur… soupira Isabelle.

— Oui. L'erreur de notre confrérie à l'époque était de se contenter de surveiller Roselyne, pas suffisamment son mari ni ses tout jeunes enfants. Temps est si bien qu'à la fin de ce drame, Roselyne avait perdu son mari et son second fils, le frère de votre grand-père Adrien, et nous avions perdu le document central nous permettant peut-être de sauver le monde !

— Pardon Karine, mais pourquoi vouloir voler ce document ? Pour être ceux qui sauveront le monde ? C'est quoi la motivation de ces assassins.

— C'est là toute la ou les questions mon cher Éric, me répondit Yves. Depuis, en un siècle, nous avons avancé comme vous l'imaginez. Nous avons été très prudents avec la famille d'Adrien puis avec celle de son fils Luc, votre père, et bien entendu avec vous. D'où ce « flicage » à outrance depuis vos premiers pas sur terre. Ensuite, nous supposons que les personnes ayant tué votre arrière-grand-père et, sans doute, le petit Jean également, et qui ont dérobé le cahier traitant de la troisième guerre mondiale, ne le font pas pour sauver le monde. Au contraire, ils veulent s'assurer que tout va bien se dérouler comme prévu.

— Mais ce sont des grands malades. Ils vont y passer eux aussi ! cria Ista.

— Pas s'ils s'y préparent depuis un siècle ! lui répondit Karine juste après son cinquième verre. Leur objectif, selon nous, est, en connaissant la date de la guerre ultime ainsi que les principaux lieux d'attaques déterminés par Lars dans son écrit, de pouvoir se réfugier dans des abris édifiés durant toutes ses années dans des zones préservées ou moins exposées lorsque les missiles tomberont de partout. Les survivants, certainement triés sur le volet selon des critères que nous ignorons, pensent ainsi devenir les nouveaux maîtres d'un monde, en ruine certes, mais encore debout. Et c'est pour cela qu'ils ont totalement paniqué quand Pascal vous a appelé pour vous dire qu'il avait reçu un courrier de Lars ! Tous leurs plans risquaient d'être déjoués si des révélations étaient faites sur cette fin du monde programmée !

— Mais, normalement, vous deviez le savoir vous ?! dis-je en commençant à m'agacer de l'incompétence patente de ce groupe censé nous protéger et qui en fait était juste nul à chier, impuissant et totalement inefficace.

— Non, car Lars s'est écrit à lui-même, c'est-à-dire à Pascal Parson, sans le dire ni à Élisabeth, ni au couple Losvec. C'était sans doute une logique de « plan B » ou de « ceinture et bretelles » qu'il voulait organiser. Malheureusement, là où ce courrier devait arriver à Pascal en main propre le 1er juin 2010, il n'est arrivé que le 24 février 2022 ! Nous ignorons ce qui s'est passé mais nul doute que l'enquête en cours menée par Pascal lui-même auprès du notaire d'Olivet va nous aider à comprendre.

— Ah, oui, vraiment, vous écoutez tout ce qu'on se dit. Vraiment tout ! Et quand je suis sous la couette ou dans l'ascenseur avec lui, vous nous écoutez aussi ?

— Dans l'ascenseur ? dis-je effaré à ma sœur qui rigolait des images que ce souvenir lui renvoyait et que je ne voulais certainement pas connaître. Bon enfin, ce groupuscule qui a assassiné notre ancêtre, rien ne dit que sa motivation est bien celle que vous affirmez Karine.

— Non, mais s'ils voulaient utiliser le cahier pour éviter l'apocalypse, ils se seraient déjà manifestés et agiraient en ce sens. Ce n'est pas le cas et, au contraire, à l'annonce de l'existence du courrier de Lars à Pascal, ils font tout pour trouver et subtiliser ce document, quitte à tenter de vous tuer Éric ! Quelle que soit leur réelle motivation, nous sommes certains qu'ils ne veulent pas que la guerre nucléaire n'ait pas lieu.

— Ok, Ok, Ok ! dit alors Isabelle. Mais pourquoi Lars, ex Pascal du passé, n'a pas proposé au « nouveau Pascal » de se rapprocher de nous, sa descendance, et qu'ensemble nous essayions de retrouver vite le 6e cahier et mettions à l'abri sa lettre ?

— Chère Isabelle, le Pascal qui devient Lars n'a pas vécu le même présent que votre Pascal actuel. Il savait que le G3 se constituait mais il ignorait que le 6e cahier serait volé. Ainsi le Pascal d'avant Lars n'a pas pu vous connaître, Éric et vous, puisque vous n'existiez pas à ce moment-là !

Yves avait raison. Notre réalité en cours était obligatoirement différente de celle vécue par le précédent Pascal avant de réapparaître en mars 1823. Notre existence même, à Isabelle et à moi, ne pouvait naître qu'une fois que le « premier » Pascal soit réapparu 200 ans plus tôt. J'étais totalement perdu par toutes ces réalités parallèles, identiques mais différentes. En parlant de temps, j'ai alors regardé ma montre.

— Vous avez vu l'heure ?! Il est déjà 17 h 30. Si on ne veut pas coucher à Limoges, il va falloir penser à rentrer, dis-je calmement. Et puis, je crois franchement que nous avons notre dose d'information pour aujourd'hui ! Il y a de quoi avoir des migraines pour plusieurs jours ou mois avec toutes ces histoires !

— Mon petit frère à raison, mais j'ai encore mille questions. Une en particulier, pour avancer un peu.

— Je vous en prie Chère Isabelle, dites-nous.

— Eh bien, mon cher Yves, à seulement onze mois de la destruction de l'Humanité, j'imagine que la seule priorité de votre G3 est de retrouver le cahier manquant. Et donc, s'il n'a pas été détruit par votre groupuscule concurrent, de trouver au plus vite cette secte de cinglés, fans de la fin du monde. Or vous dites ne pas savoir qui et où ils sont. Vous comptez faire comment ?

— C'est là que vous entrez en scène tous les trois, Pascal et vous deux, lui répondit assez fermement Karine.

— Oh là, oh là. Je ne suis pas une aventurière et mon frangin n'a rien d'un James Bond. Il est plutôt du côté des deux zéros que du sept… Désolé mon Ricky. Et Pascal, ce n'est pas franchement Ethan Hunt et avec lui toute mission semble réellement impossible !

— On ne vous demande pas de devenir des agents secrets hyper entraînés. Au contraire. Restez vous-même. Nous avons déjà pu avancer grâce à vous.

— Comment cela Karine ?

— À une rue d'ici, à 400 mètres derrière la maison, une Mercedes grise FM 989 MD s'est garée juste après vous deux. Elle vous suit depuis Orléans et, d'après Damien, cela peut être une des deux voitures qui vous a tamponné Éric la nuit du 7 mars.

— Putain, j'en étais certaine, s'écria Isabelle. Vous attendez quoi le G3 pour aller leur couper les couilles et les leurs faire bouffer à ces résidus de fausse couche.

— On se calme chère Isabelle. Vous êtes une femme formidable, je comprends que Pascal ait ouvert un compte Instagram ! Ceci étant, sachez que sur les deux passagers de la Mercedes qui attendent tranquillement que vous sortiez d'ici, il n'y en a qu'un qui ait des testicules. L'autre semble disposer d'ovaires. Plus sérieusement, après cette fameuse nuit où ils ont pu voler l'original de la lettre mais où Damien a perdu leur trace pour venir vous sauver la vie Éric, c'est la première fois que nous pouvons les repérer aussi bien et d'aussi près. Étienne est en ce moment même dans une maison, sur la rue parallèle à ici, à quelques mètres de la Mercedes. Et notre but est bien de ne plus les perdre. De pouvoir les suivre et ainsi de remonter jusqu'au cahier n° 6.

— OK Yves, mais en quoi nous sommes concernés Isabelle et moi ? lui dis-je interloqué et inquiet.

— Ils veulent qu'on serve d'appât frangin. C'est bien ça ?

Chapitre IV – De Charybde en Scylla. De Pervyy en G3

— Bordel, je vous avais dit que c'était une mauvaise idée ! S'il lui arrive quoi que ce soit, vous serez responsables ! Ça fait des heures maintenant qu'ils l'ont enlevée. C'était foireux comme plan. Depuis le début !

J'étais hors de moi. Stressé bien entendu mais aussi très énervé contre eux et surtout contre moi. J'aurais dû insister et refuser qu'elle joue leur jeu débile.

Il s'en était passé des choses depuis ce 21 avril à Limoges où nous avions découvert l'étendue du complot visant à ce que la fin du monde soit maintenue ainsi que l'existence du G3, groupe censé nous protéger et qui faisait preuve d'une incompétence permanente, visiblement depuis plus d'un siècle.

Fin de soirée, début de plan

Ce jeudi soir-là, chez le tailleur de pierre, nous pensions repartir avec Isabelle quand Pascal a téléphoné. Nous étions encore avec Karine Urblain et son frère, mais cela, il l'ignorait évidemment. Il a appelé Ista et je lui ai proposé de mettre le haut-parleur pour que nous puissions tous suivre la conversation.

— Allo, ma voie lactée ?

— Oui mon ange, on t'écoute avec Éric.

— J'ai un truc formidable à vous apprendre.

— Ah, et bien, je pensais te dire la même chose figure-toi, lui répondit ma sœur avec un clin d'œil à Karine et Yves.

— Tu me dis après, moi d'abord. Na ! J'ai eu mon rendez-vous avec Maître Cédric Plaud, le notaire qui m'a remis la lettre de Lars. Je l'ai questionné comme prévu sur comment il l'avait eu et pourquoi elle m'était remise avec douze ans de retard. Et puis je lui ai parlé du notaire d'Orléans, Auguste Garioul, qui aurait dû me faire donner la lettre le 1er juin 2010 d'après ce qu'écrit Lars. Eh, sans me vanter, j'ai été bon sur ce coup-là ! Bien plus pro et efficace que ta belle fliquette chérie mon Éric.

— Heu, mon chéri. Comment dire, si tu pouvais t'en tenir aux faits, lui dit Ista, un peu gênée.

Karine pour sa part trouvait la situation très cocasse et, sans broncher, écoutait attentivement les propos de Pascal.

— Ben quoi, c'est vrai, elle est canon et gentille la fliquette en noir mais elle n'a pas l'air d'avoir l'éclairage à tous les étages. Ça doit être ça la sobriété dans la police.

Bon, là, Karine riait beaucoup moins.

— La suite, merde !

— Oh, ne t'énerve pas Éric. Tout doux Taddée ! Donc, en lui parlant de Garioul, il m'a expliqué qu'Alexandre Garioul, le petit-fils d'Auguste et notaire lui aussi, avait été retrouvé mort en 2008 dans l'office notarial familial qui fut cambriolé par la même occasion. Il aurait été étranglé un samedi soir où il était en train de travailler. D'après ses collaborateurs, rien n'avait été volé. Cela me rappelle quelque chose… Enfin, bon, la police n'a jamais retrouvé le ou les coupables et l'Étude notariale a été reprise par Adrien Plaud, le frère de Cédric. Au fait, vous ne rentrez pas ce soir finalement ?

— Mais on s'en fiche bon sang, continue ! lui jeta Isabelle qui elle aussi était épuisée de notre journée et qui commençait à s'agacer du dilettantisme de « son mec » et à perdre franchement patience avec ses frasques enfantines.

— Je ne sais pas ce que vous avez mangé tous les deux mais ça ne vous réussit pas coté nerfs. Cédric Plaud m'a appris un truc intéressant sur le grand-père Garioul. Il était bien notaire à Orléans mais originaire de… Figeac ! Et un de plus dans l'équation du Lot ! Entre Losvec, ton antiquaire où tu as trouvé le tome 4 de Lars et le notaire auquel Lars donne la lettre à me remettre, ça commence à faire un gros donut !

— Oui, il est évident qu'il va falloir vite fait que nous allions dans le Lot, dis-je alors. Mais tout cela ne dit pas comment Plaud a pu retrouver la lettre.

— Sans déconner, vous êtes défoncés au speed ou quoi ? J'y arrive ! La veuve d'Alexandre Garioul a cassé sa pipe en janvier dernier. Ils habitaient un joli pavillon sur Saint-Jean-de-Braye au-dessus de la Loire. Leur fils a décidé de mettre en vente et a commencé à déblayer certaines choses. C'est en vidant le grenier qu'il a trouvé l'enveloppe avec le tampon de son arrière-arrière-grand père en 1869 indiquant « À remettre en main propre à Monsieur Pascal Parson le 1er juin 2010 de la part de Lars Nocappas ». On a eu de la chance qu'il ne jette pas le tout à la poubelle. Il est allé porter le pli à Adrien Plaud qui a mandaté son frère Cédric, habitant Olivet près de chez moi pour venir me le remettre enfin avec 12 années de retard.

— Donc, repris-je, si je te suis bien, le notaire Alexandre Garioul aurait dû te remettre la lettre en juin 2010 selon les instructions de son grand-père. Mais il est assassiné en 2008. Par chance ou par anticipation et prudence de sa part, il avait préféré cacher ce courrier atypique chez lui dans son grenier et non dans un tiroir de son Étude. Et si son épouse n'était pas décédée en janvier dernier, l'écrit de Lars y serait encore.

— Oui, tout juste Éric et rac ! On a finalement eu de la chance qu'elle meure… enfin, je veux dire avant qu'on ne meure tous dans le feu nucléaire.

— Et sur le courrier de Louise Depinel évoqué dans la lettre de Lars comme devant t'être jointe ?

— Aucune info de la part de Plaud. Il n'a rien reçu du fils d'Alexandre Garioul. Il m'a dit le rappeler pour voir s'il a encore des documents depuis la mort de sa mère.

— OK, mais du coup, il y a de nouveau un meurtre dans l'environnement proche issu de Lars, dit Ista un peu inquiète.

— Pourquoi ? De quel autre meurtre tu parles ? De l'accident d'Éric ?

— Bonjour Pascal. Ici Karine Urblain, vous savez la fliquette en noir plutôt canon mais un peu simplette. Votre sœur veut parler du meurtre de Luc Taddée et sans doute de son fils Jean en 1905. Je crois qu'il serait bon qu'on se parle vite… rassurez-vous, pas au sujet du nombre de mes neurones mais de ce qui devient notre aventure commune. À savoir tenter de sauver le monde !

Il y eut étrangement un grand blanc au bout du fil. Je me réjouissais à l'image de Pascal devenu tout blanc et ne sachant plus quoi dire à la femme en noir.

— Allo mon Ange ? Tu es toujours parmi nous ou tu t'es évanoui ? Écoute, rassure-toi, Karine est avec nous. Elle est une descendante de Losvec et elle veut nous aider à trouver le cahier manquant. Et puis je suis certaine qu'elle a déjà oublié ce que tu as dit sur elle. Pas vrai Karine ?

— Oui Pascal, rassurez-vous je ne suis pas rancunière. Mais j'ai de la mémoire… Je n'oublie jamais rien.

Pendant que ma sœur essayait de rassurer Pascal et de lui expliquer en quoi et comment nous nous retrouvions dans le même camp avec la Capitaine Urblain, je discutais avec elle et son frère sur leur idée de suite. Karine m'exposa celle-ci :

— Voilà le plan : Isabelle et vous allez ressortir de la maison, Yves vous accompagnera jusqu'à la Citroën. En vous saluant, il vous remettra, de façon bien visible et évidente, un dossier… Celui-ci.

Tout en disant suffisamment fort « À vous de jouer désormais ! Avec ça vous avez toutes les cartes en main ».

— Il y a quoi dans ce dossier ? répondis-je. Et vous voulez qu'on le laisse tomber sur le trottoir pour que les personnes qui nous suivent le ramassent ?

— Pas tout à fait. Ce dossier contient une copie de la lettre de Lars à Pascal avec…

— Mais comment vous l'avez eu ?

— Voyons Éric ! Nous sommes allés la chercher dans le casier de Pascal au Lycée Voltaire et on s'est fait une copie. Tout simplement. Je vous ai dit que nous écoutions tout vous concernant.

— Putain, vous êtes des… Bon enfin, continuez…

J'étais dégoûté et en même temps tellement heureux de me retrouver avec elle dans un vrai roman d'espionnage ! Pascal et ma grande sœur étaient géniaux mais ils étaient comme moi, à savoir pas à la hauteur de tout ce qui se découvrait sous nos yeux dans un environnement d'une extrême complexité et dangerosité. Avoir une sorte de Kate Macer digne de *Sicario* avec nous, me rassurait grandement.

— Outre la Lettre de Lars, dont ils ont récupéré l'original, nous avons ajouté une annexe.

— Pardon ? Une Annexe ? C'est quoi ce cirque.

— Je vous montre Éric, me lança Yves Lalaup. Voilà, nous avons utilisé le même papier et un expert graphologue du G3 a écrit un faux post-scriptum de Lars à Pascal.

— C'est n'importe quoi !

— Qu'est-ce qui est n'importe quoi mon frère chéri ? repris Isabelle qui avait enfin raccroché avec son Pascoche chéri.

Yves lui expliqua et nous nous mîmes à regarder ce papier factice.

Post-scriptum :

Mon cher Pascal, loin de moi l'idée de te dire quoi faire, ni comment agir et avec qui. Ton présent est nécessairement différent de celui qui fut le mien entre 2010 et 2023. Toutefois, de mes souvenirs sur les dernières années avant l'embrasement final, le grand intellectuel et historien russe Sergueï Lefimov, Président de la puissante Fondation « Golub'mira » pour la paix. Cette association « Голубь мира » était indépendante du pouvoir de Toupine mais gardait une très forte influence en Russie. Son Président était sur toutes les chaînes de télévision du monde pour essayer de stopper l'escalade.

Si Lefimov existe dans ton présent et qu'il a la même notoriété que celle que j'ai constatée dans ma période 2020-2023, il peut être un allié décisif pour essayer de faire connaître l'issue morbide du conflit et l'empêcher.

Je te souhaite bonne chance et embrasse nos enfants pour moi !

— OK, l'écriture est parfaite, le papier aussi, mais c'est du grand n'importe quoi ! Pourquoi Lars n'aurait-il pas écrit cela dans le cœur de son courrier à Pascal et pourquoi une onzième page qui, comme par hasard, n'est pas avec le reste de l'original ?

— Je ne peux vous répondre Éric, c'est comme le courrier de Louise, il devait être joint et il ne l'était pas. Et puis, est-ce si important pour ceux qui vous pistent ? Prendront-ils le risque de laisser fuiter un dossier visiblement déterminant ? Bien sûr que non, ils vont essayer de vous le prendre.

— Et de nous tuer, ma sœur et moi par la même occasion ?!

— Nous resterons là, comme nous l'étions le 7 mars, dit Karine. Et puis, nous avons pensé qu'il serait mieux qu'Isabelle transporte seule le dossier, car ils ne lui feront rien à elle. Ce qu'ils craignent en vous Éric, c'est votre popularité médiatique et le poids que vous auriez si vous passiez dans les médias du monde entier avec ce 6e cahier de Lars, et ce en plein conflit ukrainien, parfaitement décrit par Lars. Les révélations de ces écrits risqueraient de créer des troubles sans précédents, voire une inquiétude démesurée des populations mais elles pourraient aussi arrêter les conflits !

— Et moi, je fais quoi ? Pas question d'exposer Isabelle seule. Vous avez vu ce qu'ils ont failli me faire ! Putain, c'est vous les agents secrets à la fin, pas nous. Vous devriez être des 007, vous êtes tout juste des OSS117. Et encore, même pas drôles ! Ce n'est vraiment pas sérieux !

— Calme-toi Éric chéri. Ils n'ont pas tort. Et puis le chronomètre tourne et chaque seconde nous rapproche de la fin. Poursuivez Karine.

— Merci Isabelle et bravo pour votre courage. Comme vous le savez sans doute si vous suivez l'actualité la Fondation *Golub'mira* existe bien et Sergueï qui est désormais assez connu dans le monde entier se trouve être un des nôtres. Golub'Mira ou G'M, ou GIII… Il ne peut utiliser pour l'heure le document qui nous manque mais, Éric, imaginait l'impact qu'aurait une intervention commune de Sergueï avec vous !

— Oui, c'est certain, dis-je du bout des lèvres, conscient de me faire instrumentaliser par mon égo…

— Alors voilà le plan. Une fois qu'Yves vous aura remis bien en évidence le dossier, vous irez à l'hôtel Littéraire Pierre Victurnien Vergniaud, 18 rue Théodore Bac dans le centre de la ville. On vous y a réservé une grande chambre pour deux personnes, avec deux lits simples, et nous occuperons, Étienne et moi, une chambre voisine et disposant d'une liaison directe… Oui, pardon, Étienne, le fameux tailleur de pierre chez qui nous sommes actuellement. Et au cas où Éric, non, je ne couche pas avec Étienne ! Ni avec personne d'ailleurs !

— Pour l'instant, lui souria gentiment son frère en me regardant. Karine reprit.

— Demain vendredi, pour 9 h 25, Isabelle, vous déposerez Éric à la gare routière au niveau du bus n° 6. Celui-ci se rend à Cahors puis à Figeac. Il est donc cohérent que vous décidiez d'y aller. Deux cas de figure, soit l'un de vos suiveurs vous emboîte le pas dans le bus et dans ce cas, Étienne montera aussi avec vous. Soit il n'y a personne et quelques kilomètres plus loin sur l'A20 en direction de Brive, nous vous récupérerons Éric. Isabelle, vous partirez alors de la gare en direction d'Orléans, avec le document. Si tout se passe comme nous le pensons, les passagers de la Mercedes voudront vous arrêter quelque part pour vous le prendre. Pour éviter un contact, vous vous arrêterez sur l'aire de Limoges Est, au bout de quelques kilomètres, pour aller aux toilettes. Vous laisserez le document en évidence sur le siège passager et il devrait alors vite disparaître avant que vous ne tiriez la chasse. Puis…

— Et oui, qui tire la chasse, perd sa place ! Oh, pardon. Je n'avais pas pu résiste à une telle blague de chiotte.

— Puis, donc, nous vous récupérerons sachant que nous resterons toujours près de vous et de la Mercedes. Le document contient naturellement un micro traceur qu'il nous restera à suivre pour, nous l'espérons, arriver jusqu'aux responsables de ce groupuscule d'assassins et, peut-être, au dossier n° 6.

— Pardon, mais il ne serait pas plus simple de coller un mouchard sur la Mercedes directement maintenant que vous l'avez récupéré grâce à nous ?

— Techniquement oui, mais d'une part nous prenons le risque en nous approchant du véhicule de nous faire repérer et d'autre part, s'ils récupèrent un document aussi important que le fameux faux dossier que nous allons vous confier, les sbires qui sont dans la Mercedes se rendront à coup sûr dans le quartier général ou du moins chez un de leurs responsables. Sans le dossier, la Mercedes peut se contenter de juste vous suivre, Isabelle et vous, pendant des jours.

Je trouvais leur idée plutôt bien aboutie mais je restais très inquiet pour ma grande sœur. Isabelle voulait absolument tenter l'aventure alors j'ai capitulé. De toute façon, depuis cinquante ans, je n'avais jamais réussi à lui faire changer d'avis ou à la convaincre de ne pas faire quelque chose une fois qu'elle avait pris sa décision. Comme elle le disait souvent, « je ne baisse jamais les bras ». Elle tenait de notre père, Luc, l'homme le plus têtu que je n'ai jamais rencontré.

Rends, temps, Plan

De fait, le plan a parfaitement fonctionné. La Mercedes nous a suivis jusqu'à l'hôtel. Le lendemain matin, le vendredi 22 avril, je suis monté comme prévu dans le bus pour le Lot et Étienne m'a fait descendre quelques kilomètres plus loin puisque personne ne m'avait suivi.

À 10 heures, Isabelle s'est arrêtée pour aller aux toilettes de l'Aire de l'autoroute A20 Limoges Est. L'homme de la Mercedes, situait côté passager pendant que la femme conduisait, s'est précipité vers la C3 de ma sœur, a brisé la vitre de la porte avant gauche avec une barre de fer et a subtilisé le document en un éclair.

La Mercedes est repartie en trombe sur l'A20… Et le traceur a fonctionné.

Avec Étienne — un jeune homme de 30 ans, vrai costaud lui, hyper baraqué, hyper grand, hyper poigne, hyper et gagne à être connu quand on a des ennuis – nous avons rejoint Karine et Isabelle sur l'Aire peu après 11 heures. J'ai serré ma sœur dans mes bras, soulagé qu'il ne lui soit rien arrivé puis nous avons débriefé tous les quatre dans la Renault Kadjar, noire évidemment, de mon adorable fliquette Karine.

Vous avez été tout bonnement formidables tous les deux. Regardez, ça y est, pour la première fois, nous pouvons les suivre. Ils ont mordu à l'hameçon et avec un peu de chance ils vont nous conduire à leur QG.

— Merci Karine, lui dit Isabelle toute exaltée. Je peux être 003 ? Éric t'a qu'à être 004 !

— Et qui est 007 sœurette ?

— Ben voyons frangin, c'est Karine ! Pour une fois où Bond sera une femme, ce sera un grand Bond en avant pour l'humanité !

Cela me convenait parfaitement. « Et sinon, vous pouvez les suivre à quelle distance ? » demandais-je à 007 girl.

— Aujourd'hui ces micropuces sont relayées via un satellite, donc en théorie nous pouvons les pister partout sur le globe. En l'occurrence, cela ne m'a pas l'air compliqué. Ils sont restés sur l'A20 et viennent de bifurquer sur l'A71 plein nord. Ils vont soit sur Orléans, soit sans doute vers Paris via l'A10. Ce serait assez cohérent qu'ils aient positionné leur quartier général non loin d'Orléans. Ils savent que Lars était Pascal, ou l'inverse, et donc qu'il apparaîtrait sur Orléans et qu'il était à surveiller. Tout comme vous êtes tout près Éric sur Moigny.

— Excusez-moi, demanda alors Ista. Comment peuvent-ils savoir pour Lars et Pascal ou Pascal et Lars ?

— Depuis qu'ils ont l'original du courrier de Lars à Pascal le 7 mars, ils ont, à coup sûr l'information. Mais d'après les écrits de nos prédécesseurs du G3, Charles et Paulette Losvec l'ont dit aux premiers membres du G3, ce qui explique, comme nous vous le disions hier avec mon frère, que nous sachions depuis longtemps que Pascal était Lars. Or, il existe une information que nous ne vous avons pas donnée hier, et dont nous ne sommes pas fiers : notre Groupe a connu une « défection » vers 1905. Un des nôtres serait passé du côté obscur de la force. Et il aura alors certainement transmis l'information sur les origines de Nocappas, avec sans doute plusieurs autres données sur le G3.

— Franchement, votre Groupe n'est vraiment pas très efficace Karine, lui dis-je non sans être un peu embêté de devoir le lui dire de peur qu'elle se vexe.

— Vous avez raison. Mais il faut se remettre dans le contexte de 1905. Le G3 était encore balbutiant, formé d'amateurs qu'il n'était jamais facile de convaincre du bien-fondé de la cause. Et vous reconnaîtrez qu'expliquer à quelqu'un qu'il doit s'engager à protéger des gens qu'il ne connaît pas pour tenter de sauver l'Humanité dans plus d'un siècle n'était certainement pas chose facile. Comme je vous l'ai dit, après cette série de loupés de 1905, le Groupe s'est mieux organisé, a élargi son spectre d'influence et de protection et s'est hiérarchisé de l'intérieur.

— À ce propos, Karine, qui dirige aujourd'hui le G3 ? C'est vous ?

— Certainement pas Isabelle. J'en suis un des maillons opérationnels mais je reçois des instructions d'un comité de sages qui dirige nos interventions. Ils sont 3 mais je ne suis pas habilitée à vous en parler et, de toute façon, je n'en connais qu'un.

— Bien sûr… même si vous les connaissiez tous, vous ne nous diriez rien… Et pourquoi 3 ? Ah oui, G3 donc trois dirigeants depuis l'origine. Cette guerre des trois a donc bien lieu.

Karine s'est alors arrêtée de parler en regardant avec Étienne leur écran positionnant le signal du dossier. Celui-ci s'était arrêté subitement au nord d'Orléans.

— Un souci ? dis-je plutôt angoissé d'avoir fait tout cela pour rien.

— Non, je ne pense pas, répondit Karine. Le signal reste entier et cohérent. Ce qui ne l'est pas c'est l'endroit où ils se sont arrêtés.

— C'est où exactement ? demanda ma sœur.

C'est Étienne qui répondit.

— Ils sont au niveau de la voie d'essai de l'aérotrain construite en 1968. Vous savez le grand viaduc en béton formant un T inversé qui devait faire circuler les aérotrains. Un des prototypes y avait d'ailleurs établi le record mondial de vitesse d'un transport guidé avec 430 km/h en 1974, mais le projet fut abandonné en 1977. Il reste aujourd'hui 18 km de tronçon sur gros poteaux en béton qui va de Saran à Ruan en pleine Beauce. La Mercedes s'est, semble-t-il, arrêtée en pleine cambrousse vers Chevilly juste au niveau du viaduc avant que celui-ci ne croise l'autoroute A19.

— Et alors ?

— Eh bien il n'y a rien là-bas. Absolument rien du tout ! trancha Karine.

— Il y en a un qui devait sans doute s'arrêter pour… enfin vous voyez, suggéra Étienne.

— Depuis quinze minutes ? répondit Karine sèchement.

— Un problème de prostate ou il est peut-être constipé. Moi, vous savez, moi, il n'est pas rare que je reste…

— On s'en fout de ton transit difficile mon Kiki. Karine a raison, ce n'est pas logique de rester là, c'est-à-dire nulle part, aussi longtemps.

Elles avaient raison. Sans connaître l'emplacement précis, je savais qu'il n'y avait rien en dehors de champs de blé et de colza. C'est alors qu'Yves a appelé sa sœur. Il suivait lui aussi sur un autre moniteur la progression de la voiture et voulait donner des instructions à Karine et Étienne.

Une fois qu'elle eut raccroché, je compris d'une part que Karine était « sous les ordres » de son frère, ce qui m'étonna grandement, et d'autre part qu'ils étaient tous inquiets de cet arrêt continu du positionnement du signal.

— Bien, voilà ce que nous allons faire. Isabelle, si cela vous convient, vous montez avec Étienne, il va vous déposer chez Pascal. S'il n'est pas chez lui, vous avez les clés je présume… Nous allons nous occuper de vous réparer votre Citroën et quelqu'un vous la déposera à Orléans demain ou dimanche. Éric, je vous propose de m'accompagner. Nous allons essayer de voir où et pourquoi ils se sont arrêtés là-bas.

— Heu… vous êtes certaine ? Je ne suis pas trop un homme de terrain moi…

— Allons, soyez un homme tout court. Et puis, vous venez de passer de simple zéro à un agent double zéro. 004, c'est bien ça ? Et puis avec la « *Bond girl* » que je suis, vous ne risquez rien !

J'ai fortement pensé à lui dire qu'elle était plutôt une « Bombe *girl* », mais pour une fois, j'ai pensé à me taire avant de dire une énième connerie que je regretterai instantanément.

Isabelle n'était pas mécontente de rentrer retrouver son Pascal auquel elle avait tant de choses à raconter. Quant à moi, la perspective de passer un long moment avec la jolie Karine m'enthousiasmait plus que le contexte ne me terrorisait. J'ai embrassé ma grande sœur et nous sommes partis chacun avec un des membres du G3.

Au bout de dix minutes en voiture à ses côtés, je n'avais toujours pas osé dire un mot.

— Vous êtes moins loquace qu'à l'accoutumé Éric. Je vais finir pas croire que je t'impressionne vraiment en fait ! On se tutoie, hein, OK ?

— Heu, oui, bien sûr, avec joie. En fait, vous… oui, tu m'impressionnes vraiment beaucoup. Mais bon, je vous… t'ai rencontré dans un contexte un peu particulier où je répondais sur mon lit d'hôpital puis au commissariat à une Capitaine de Police. Bref, pas sous mon meilleur jour, si celui-ci existe vraiment. Ça n'aide pas pour se sentir à l'aise et faire connaissance.

— C'est certain. Eh bien, toi, tu m'impressionnes aussi beaucoup ! Si, si, j'ai adoré ton livre. Et comme je te suis depuis des années avec le G3, je te connais bien plus que tu le penses, peut-être même mieux que toi, et je sais qu'au fond, tu es un mec vraiment bien.

— Parce qu'en surface je ne le suis pas ?

— Tu restes un « prof » qui se la pète un peu, pas mal même, encore plus depuis 2020 et que tu es devenue une star.

J'étais un peu, même carrément vexé. Moi qui me voyais comme un type cool et sympa.

Enfin, j'ai profité du voyage pour connaître son âge, 41 ans, et d'où elle venait. Son frère Yves et elle descendaient effectivement de Charles et Paulette Losvec. Comme ses parents et grands-parents jusqu'au couple d'origine, ils étaient embrigadés dès leur plus jeune âge dans le G3. Leur père Didier Lalaup était toujours vivant, âgé de 73 ans mais leur mère Agathe était décédée en 2008 dans des conditions qu'elle ne voulut pas m'expliciter. Ils étaient nés, Yves et elle, à Limoges mais sa famille était plutôt originaire de Poitiers.

Vers 15 h 30, nous avions franchi la Loire, étions sortis de l'A71 puis d'Orléans Nord pour nous retrouver en pleine zone mixte entre forêts et champs. Nous avons roulé un bon moment sur des chemins sablonneux puis nous sommes arrivés aux abords de la voie d'aérotrains sur la petite route forestière de Nibelle.

Karine s'est garée derrière un grand bosquet et sous une petite zone de bouleaux, à environ 500 mètres de la ligne de béton. Il y avait bien la Mercedes arrêtée juste dessous celle-ci. Heureusement pour nous, il existait des coins où se cacher et la présence de leur voiture tendait à montrer qu'ils n'avaient toujours pas trouvé le mouchard.

— Je vais m'approcher. Tu restes ici. Si problème, surtout, ne tente rien. Va chercher Étienne ou appelle mon frère. Tiens, voici les clés et leurs numéros. OK pour toi 004 ?

— Tu vas faire quoi ?

— Je vais aller voir aux alentours et essayer de trouver s'ils ont poursuivi à pied et dans ce cas vers où. Cela n'a aucun sens, il n'y a pas d'habitation avant 5 ou 6 kilomètres ici. J'ai mon tel et j'ai un flingue.

— Ton arme de service ?

— Non, bien entendu. Une arme non enregistrée. Mais peu importe, ça va bien se passer. À tout de suite.

Elle est sortie en faisant attention de refermer la portière sans un bruit puis s'est approchée doucement, à pas mesurés, de la Mercedes. Sur la fin de son trajet, il y avait au moins 200 mètres à parcourir à découvert. Elle a sorti son flingue et a avancé pas à pas en regardant partout à chacun d'eux.

Je l'ai vu regarder à l'intérieur du véhicule. Puis examiner tout autour, y compris en dessous. Elle effectuait des cercles toujours plus grands centrés sur la voiture jusqu'à un moment où, toute proche d'un des piliers de la piste d'aérotrains, elle s'est arrêtée net.

Elle s'est alors retournée vers moi mais je ne voyais pas son visage distinctement. J'étais tétanisé. Elle s'est accroupie et est restée là au moins cinq minutes qui m'ont paru des heures. Elle s'est alors redressée d'un coup brusque puis est revenue vers moi en marche arrière sur la zone à découvert avant de trottiner jusqu'à moi dès qu'elle fut protégée par la broussaille et les arbustes.

Une fois dans la voiture, elle semblait stupéfaite. Effarée même.

— Je ne sais ce que l'on a trouvé, mais on l'a trouvé ! Fais voir le moniteur… Le signal ne bouge pas. Le dossier est bien toujours là ! Et donc eux aussi !

— Dans la Mercedes ?

— Non, dans la voie d'aérotrains, ou plutôt juste en dessous ! Il y a une trappe métallique sur le sol, fermée d'un énorme verrou. Elle est cachée sous un ensemble de genets qu'on peut déplacer. Cela ne peut conduire qu'à une galerie ou une chambre souterraine, placée là, juste au-dessous de l'ouvrage ou dans ses fondations. On les tient ces enfoirés !

— On fait quoi ? On va prévenir tes collègues policiers ?

— Non, surtout pas. On perdrait un temps précieux et, tout comme je le suis, il peut y avoir des flics infiltrés par leur groupe à eux. Il ne faut faire confiance à personne d'autre que le G3. Une chose m'a interrogé au niveau de la Mercedes. Si c'est bien celle qui t'a poussé fortement la nuit du 7 mars, comme le pense Damien, pourquoi n'y a-t-il aucune trace sur le parechoc et l'avant du véhicule ?

— On est déjà le 22 avril, ils ont eu tout le temps de faire réparer !

— Oui, tu as sans doute raison. C'est étonnant à dix mois de la fin du monde de se soucier de son parechoc avant. Mais bon, le chauffeur doit être un maniaque de sa grosse voiture. Une courte bite ayant besoin de compenser donc. Toujours est-il que nous devrions…

Son téléphone professionnel, de la police donc, a alors vibré. L'appel provenait de son collègue, le Lieutenant Thévenin. Karine a décroché. Je n'entendais pas bien ce qu'il lui disait mais j'ai compris instantanément à ses diverses réactions qu'il y avait un gros souci.

Au bout d'une bonne minute, elle a conclu leur échange avec un « OK, j'arrive tout de suite. Fait en sorte que rien ne soit déplacé hormis ce que doit faire la scientifique s'ils arrivent avant moi ».

Elle a posé son téléphone sur son réceptacle disposé sur le tableau de bord. Elle ne disait rien. Elle m'a regardé d'un air navré. Elle m'a délicatement repris ses clés et a mis le contact.

— Qu'est-ce qu'il y a ? Il se passe quoi ? Tu m'inquiètes franchement là !

Elle a juste démarré en me disant :

— Je ne suis pas certaine. Je ne veux pas t'affoler. On file sur Olivet.

Je lui ai bien dit que là avec une telle phrase, elle m'affolait vraiment beaucoup. Mais elle ne m'a pas répondu.

Sans un mot, nous avons récupéré l'A10 puis elle a foncé plein sud, rejoindre l'A71, passer la Loire et sortir à l'échangeur d'Olivet – Orléans la Source. Une fois le péage franchi et avoir fait 800 mètres sur la D2271, passant le camp du 12e régiment de Cuirassiers sur notre droite, j'ai vu le barrage de police, les gyrophares allumés autour de deux véhicules arrêtés, l'un dans le sens de la voie déporté sur la bande d'arrêt d'urgence, le second juste devant lui, perpendiculaire à l'axe de la route. Il ne semblait pas y avoir eu de choc entre eux mais c'est en s'approchant que j'ai distinctement vu 3 corps allongés sur le bitume.

Karine a passé le barrage puis s'est garée environ 50 mètres avant le premier corps jonchant derrière la voiture située sur le bas-côté.

— Reste à l'intérieur Éric. Normalement, je ne devrais pas t'emmener ici. Je reviens, me dit-elle assez calmement en posant sa main droite sur mon bras gauche.

Elle savait que j'avais reconnu la voiture. C'était celle d'Étienne. J'étais tétanisé. Les larmes me venaient sans que je ne puisse les contenir.

— Écoute-moi. Il s'agit de trois hommes. Il n'y a pas Isabelle dans les victimes. Je vais faire le point avec Thévenin et je reviens. Surtout ne bouge pas de là, quoiqu'il se passe et quoi que tu entendes.

De toute façon, mon corps tout entier était paralysé. Je me trouvais totalement fusionné avec le cuir noir de mon siège. Je ne pouvais ni parler, ni bouger. J'étais mort de peur et me mis à trembler de tout mon corps, comme si je ne maîtrisais plus mes émotions, voire plus rien.

Karine est descendue de sa Kadjar. Divers officiers de police sont venus la saluer dont Jean-Paul Thévenin. Elle s'est approchée avec lui du corps du milieu. Une fois accroupie, elle a soulevé le drap. Elle a regardé le cadavre quelques secondes sans dire un mot et en faisant comme si elle ne le connaissait pas puis a remis la couverture blanche sur ce son visage. Elle a fait pareil avec les deux autres corps situés l'un devant et l'autre derrière la voiture d'Étienne.

J'ignore combien de temps elle est restée à discuter avec son équipe. Je ne voyais plus rien. J'attendais la sentence.

Quand Karine est remontée dans la voiture, j'étais résigné. Je l'ai écoutée sans pouvoir ni parler, ni réagir.

— Alors voilà. Le corps à gauche de la voiture d'Étienne est malheureusement bien le sien. Il a pris une balle dans le poumon gauche et une autre dans la nuque, par-derrière. Les deux autres me sont inconnus. On verra ce que dira la balistique mais il me semble évident qu'Étienne les a plombés tous les deux avec son Sig Sauer… pardon avec son pistolet. Il a pu en éliminer deux et compte tenu des traces de sangs devant la voiture, il a dû réussir à en blesser un troisième. Éric, tu comprends ce que je raconte ?

J'ai bredouillé un « oui » en hochant légèrement la tête. Alors elle m'a pris la main gauche et a poursuivi.

— N'oublie pas qu'officiellement nous ne connaissons pas Étienne. Bon, sinon, selon deux jeunes qui construisaient une cabane dans les arbres là-bas, à cent mètres, une première voiture a doublé brusquement celle d'Étienne et lui a fait une queue de poisson en l'obligeant à stopper net sur la BAU. Il y avait deux hommes à bord, et deux autres dans une seconde voiture derrière celle d'Étienne. Ista et Étienne se sont retrouvés pris en sandwich. Leurs assaillants sont sortis tous les quatre ensemble, lourdement armés d'après les gosses. Étienne est sorti et a répliqué aux premiers tirs. Mais… Bon, une fois Étienne à terre celui de derrière qui n'avait pas été touché s'est précipité vers la passagère couchée sur le siège. Avec celui blessé de devant, ils l'ont embarquée de force dans la voiture de derrière et sont repartis en fonçant. Éric, je suis vraiment navrée. Tu n'imagines pas à quel point. Ils ont enlevé Isabelle. Mais, comme pour Étienne, je ne peux dire que je sais qu'il s'agit d'elle. À ce stade, pour la police, ce règlement de compte s'est terminé par l'enlèvement d'une femme inconnue.

— Je… oui, je comprends. On sait qu'elle est la marque de la voiture ?

— C'est une BMW couleur beige. Thévenin a lancé un avis de recherche. On va la retrouver. On va retrouver Isabelle, je te promets.

— Tu sais, toute promesse est une dette. Alors, je serais toi, j'éviterais de trop m'engager… Mon Dieu. Pourquoi je l'ai embarquée là-dedans. Je vais dire quoi à Maman ? Et Pascal ? Il va être fou si elle ne revient pas. Et puis c'est ma sœur, j'aurais dû la protéger, et certainement pas lui faire prendre le moindre risque.

Toutes ces idées défilaient à vive allure dans ma tête. Dans ces instants on aimerait que la vie soit un film, dans lequel il soit possible de faire une pause et de revenir en arrière. Mais pour ma part, une chose était sûre, je ne savais pas voyager dans le temps… J'en étais bien incapable contrairement à mon ancêtre.

— Écoute, voilà ce que je te propose. Un officier va te déposer chez Pascal si tu es d'accord. Il restera en faction au pied de son immeuble. Je vais trouver une excuse pour faire cela. Je vous rejoindrai rapidement tout à l'heure. Il est 19h30 passée et la nuit va tomber. Et vu la journée, il te faut te reposer.

À 20 heures j'étais chez Pascal qui, heureusement, avait déjà été prévenu par téléphone par Karine, comme je le lui avais demandé, avant que je n'arrive. Nous ne comprenions pas vraiment ce qui se passait. Le pauvre Pascal était encore plus perdu que moi car il n'avait rien vécu de notre journée de folie débutée le matin à Limoges.

Sans se démonter, il a sorti des gâteaux apéritifs et une de ses bouteilles de Rhum arrangé, cacahouète et caramel beurre salé cette fois. Je me suis précipité dessus.

— Oh putain, c'est une tuerie absolue ! Je…

J'ai éclaté en sanglots dans ses bras. Tu parles d'un vendredi soir !

Pervyy

Karine nous a appelés à 21 heures. Il n'y avait évidemment pas grand-chose de nouveau à ce stade de l'enquête. À notre grand étonnement, les deux tireurs abattus par Étienne étaient des Russes, fichés par Interpol pour grand banditisme en lien avec une mafia de Saint-Pétersbourg. Cela ne permettait pas d'ouvrir de vraies pistes de court terme concernant le lieu où pouvait se trouver Isabelle. Nous avons convenu que Karine passerait chez Pascal le lendemain matin, accompagnée d'un de ses autres compagnons du G3.

Avant de nous coucher et d'essayer de dormir un peu, j'expliquais à Pascal notre étrange découverte au nord d'Orléans au niveau de la ligne d'aérotrain. Je lui montrais l'endroit sur un plan de mon téléphone ainsi que les quelques photos du lieu que j'avais prises avec mon téléphone tout en restant dans la voiture de Karine.

— Ce que je ne comprends pas c'est pourquoi attaquer Ista et le gars du G3, dit Pascal.

— Étienne, il s'appelait Étienne.

— Oui, pardon. Pourquoi tuer Étienne et enlever Isabelle. Ils ont déjà pris le dossier avec le faux P.S. de Lars. À quoi peut-elle leur servir ? Ou alors, ils ont découvert que c'était un leurre et ils ne sont pas contents et se vengent ? Et puis pourquoi des tueurs russes ?

— Je n'en sais rien Pascal. Je suis vraiment lessivé, incapable de penser et encore moins de comprendre. Je vais me coucher, excuse-moi. Et merci de m'accueillir de nouveau chez toi.

— Avec plaisir. Je suis bien content de ne pas passer une telle soirée angoissante tout seul. Après, je me dis que là où vous avez trouvé ce passage souterrain, c'est peut-être là qu'ils ont emmené Ista ? Faudrait aller voir.

— Écoute, tu penses bien que je suis autant pressé que toi de retrouver ma sœur. Mais on ne peut pas agir seuls, il faut attendre Karine demain matin. Et tu as raison, c'est un endroit à aller voir en priorité. Excuse-moi, bonne nuit.

— Bonne nuit Éric.

Assez étrangement, je me suis endormi instantanément, je crois que je dormais déjà avant que ma tête n'atteigne l'oreiller.

Je me suis réveillé en sursaut à 4 h 15 le samedi 23 avril avec l'image d'Ista se faisant enlever par ces brutes. Sans faire de bruit pour ne pas réveiller mon hôte, je suis allé aux toilettes puis boire un peu d'eau. Le Rhum, ça déshydrate pas mal.

En repartant me coucher, j'ai vu un mot sur la table du salon. Du coup, j'ai allumé la lumière et j'ai lu « Éric, excuse-moi mais je ne peux rester à me reposer alors que la vie d'Ista est en jeu. Je suis parti sur le lieu que tu m'as indiqué. Je vais, a minima observer s'il y a une activité autour. J'ai mon téléphone avec moi. »

— Mais quel con, me suis-je dit. À ce prix-là, ils vont bientôt être deux à se faire enlever.

J'ai immédiatement essayé d'appeler Pascal mais je tombais sur sa messagerie. Alors, j'ai fait un SMS à Karine qui m'a répondu instantanément en m'appelant.

— Tu ne dors pas ? lui demandais-je en réponse à la sienne.

— Si je dormais je ne te répondrais pas Bananoïde. Bon sang pourquoi tu as raconté à ce décérébré où nous avions retrouvé la Mercedes. Il est capable de se faire tuer et Isabelle avec. Je passe te chercher dans 15 minutes, il faut qu'on le récupère. Surtout ne l'appelle pas, s'il n'a pas coupé sa sonnerie ce débilos des alpos, tu risquerais de le faire repérer. Et pas de SMS non plus, s'il s'est fait choper, ce n'est pas la peine de prévenir de notre arrivée. Mais quel con, bordel de piaf.

Je me suis bien gardé de lui dire que j'avais tenté de le joindre au moins à trois reprises. Je me suis habillé en un éclair, pris un micro café et j'étais de nouveau dans la Kadjar noire à 5 heures du matin le 23 avril 2022. Mais cette fois-ci, relégué sur la banquette arrière. À la place passager, une armoire à glace type *The Rock* était posée.

— Bien, Éric – Nordine ; Nordine – Éric. Pour ton info, Nordine est un agent analyste de la DGSE. Et il est assez efficace aussi sur le terrain. Il est naturellement de notre Groupe.

— Naturellement ! Enchanté Nordine.

— Moi de même, j'ai adoré ton livre !

— Ah ? heu, merci. C'est quoi votre plan ?

— Si on peut trouver Pascal avant qu'il se soit fait choper, on le ramène avec nous. Sinon, on tentera de pénétrer dans la bouche que j'ai trouvée. On a pris de quoi pouvoir ouvrir la plaque. Quel con ce type quand même.

Karine était très remontée. Elle n'avait visiblement pas dormi et était épuisée comme sur les nerfs. Pour sa part, Nordine semblait très calme et posé.

Vers 5h45, nous arrivions, tous feux éteints à vitesse minimale, près du chemin où nous avions repéré la Mercedes la veille. Elle s'y trouvait toujours. Le jour allait se lever et on y voyait assez clairement. Il n'y avait en revanche aucune trace de la voiture de Pascal.

— Merde, il est où ce prof sans étoffe ! ? dit Karine. Nordine, reste avec Éric, ouvrez l'œil, je vais voir du côté de la Mercedes.

Elle est descendue son révolver en main. Puis s'est rapprochée de la Mercedes. Soudain, elle s'est tournée brusquement sur sa gauche en pointant son arme des deux mains en affirmant sur un ton sec mais d'une faible intensité « Qui est là, sortez tout de suite mains en l'air. Je suis de la Police ».

Et voilà-t-y pas notre Pascal sortant tout péteux de derrière les arbustes avec les mains en évidence. Elle te l'a attrapé par le bras puis ramené dare-dare dans notre Kadjar.

— Mais merde ! lui hurla-t-elle dessus une fois à l'intérieur. Tu te prends pour Rambo ? Tu t'es mis en danger et Isabelle aussi.

Il allait passer un sale moment quand Nordine a fait « Chut » avec le doigt : « Ça bouge là-bas, ne parlez plus ».

Nous nous sommes baissés tous les quatre dans la voiture, tout en essayant d'observer ce qui se passait. À tour de rôle, trois personnes, un homme et deux femmes, sont sortis du sol à l'emplacement de la grande tôle métallique découverte par Karine. Ils ont refermé l'entrée avec un cadenas puis une fois l'avoir camouflée, ils sont montés dans la Mercedes qui est repartie par un chemin parallèle à celui où nous étions garés et cachés.

Tout en se redressant, Nordine a alors fendu notre silence collectif : « S'ils ont refermé de l'extérieur, c'est certainement qu'il n'y a plus personne à l'intérieur. On y va Karine ? »

— Oui, il faut avancer, j'en ai marre d'avoir toujours des métros ou des aérotrains de retard. On va voir. Tu as vu, le dossier est resté là, il bipe toujours ici, ils sont partis sans. Prends la pince monseigneur. Restez là vous deux !

— Pas question ! lui répliqua Pascal très brutalement. Ça suffit à la fin. On n'est pas à tes ordres ni à ceux de votre groupe merdique. La petite femme de ma vie a été enlevée et elle est peut-être là-dessous. Alors je viens avec vous. Et si ça ne te convient pas, t'as qu'à aller porter plainte chez tes copains les poulets. Et puis t'es qui toi, Monsieur Univers ?!

Je l'ai regardé un peu stupéfait. Il venait d'exprimer tout haut ce que je n'aurais jamais osé dire. J'ai regardé Karine en attendant le Scud de retour mais il n'y eut qu'un léger sourire avec un « OK, vous venez les gars. Sinon, Nordine est de la DGSE »

— Ah oui, quand même… Bon ben bonjour Nordine l'espion, bredouilla Pascal bien plus calme. Et sinon, je peux avoir un flingue ?

Les deux se sont retournés en cœur avec un énorme « NON ! » pour lequel il semblait manifestement inutile d'essayer de négocier.

Quand Nordine est sorti de la voiture, j'ai eu l'impression d'un immense chapiteau qui se déplierait et se déploierait d'un seul coup. J'avais bien cerné qu'il était grand et costaud, mais pas qu'il était immense et Terminator à ce point. Crâne rasé sous une petite casquette en cuir noir, petite barbe bien taillée de quatre jours, il était comme sa comparse, tout habillé en noir. Il devait mesurer plus de deux mètres de haut et autant de largeur d'épaule. Sauf s'il était d'origine grecque, il ne devait pas avoir une once de graisse.

On s'est regardé avec Pascal, un peu à la Louis de Funès se comparant sous la douche au bodybuilder à ses côtés dans *Le Corniaud.* Et en l'occurrence, notre Mister Univers à nous semblait de surcroît tout sauf un imbécile. Pascal m'a alors glissé « Ce type, ce n'est pas Vin Diesel, c'est Vin Essence Avec Plomb ! » et je reconnais avoir bien rigolé.

Il est allé ouvrir le coffre de la Kadjar pour en retirer une énorme pince et une arme automatique, type pistolet-mitrailleur de l'armée. Il avait un couteau et un révolver à la ceinture. En refermant le coffre, il nous a regardés, nous les deux gringalets, avec un grand sourire et un « Ça va aller les gars. Restez bien derrière Karine et moi et tout ira bien. »

En attendant, si Pascal avait l'air très remonté et de vouloir en découdre avec les kidnappeurs de ma sœur, je n'étais pour ma part vraiment pas rassuré. Notre Pascal Rambo sapin d'opérette était tout content d'être là. Alors que nous nous approchions sans faire de bruit de la plaque métallique, il ne put s'empêcher de dire à voix basse :

— N'empêche que si je n'étais pas venu là tout seul cette nuit, vous ne seriez pas là et on ne serait pas en train de…

— Tu dis encore un mot face de pet et je te jure de t'exploser la gueule. Et j'ai un silencieux donc ça ne fera aucun bruit mais à nous, ça nous fera des vacances. Ta gueule maintenant.

— Si tu veux Capitaine Caverne, mais n'empêche que j'ai raison…

Elle l'a épargné pour cette fois encore non sans lui glisser :

— T'es têtu ?! Moi aussi, tu l'ouvres, je t'ai tu !

Nordine a explosé le cadenas et a doucement soulevé la plaque. Elle ouvrait grand sur un puits visiblement très profond équipé d'une échelle à barreaux verticale sur un des murs. Karine a regardé avec sa lampe nous indiquant qu'il y avait au moins dix mètres à descendre. Elle y a pénétré la première, suivie de Pascal puis de moi. Nordine fermait la marche.

Rendus plus de dix mètres plus bas, nous nous trouvions au niveau d'une courte galerie où nous tenions debout, même notre géant à casquette mais de justesse.

— C'est manifestement l'entrée d'un abri antiatomique, vu les signaux détaillés dessus, dit Karine en regardant sur le côté nord du tunnel où se trouvait une énorme porte métallique sans poignée mais avec un digicode et un grand écriteau précisant « 20 maximum ». Elle reprit :

— Nordine, inutile d'essayer de l'ouvrir, sans le code, on ne pourra pas. Allons voir de l'autre côté.

— C'est ridicule, ça peut vraiment protéger un tel abri alors qu'on sait qu'une des bombes frappera Orléans, située à peine 20 kilomètres d'ici au sud ? C'est dommage sinon car au nord, on aurait pu manger… ben oui, qui Nord Dine ! demanda Pascal.

— Très drôle le comique ! Et sinon, sache que, si, ça fonctionnera sans problème, d'autant plus à cette profondeur. Et si les équipements internes permettent aux vingt occupants de tenir plusieurs jours, cet abri peut les sauver d'une attaque nucléaire, c'est certain.

Nous ne risquions pas de contredire Nordine qui semblait parfaitement maîtriser ce qu'il nous disait. Nous avons progressé quelques mètres vers le sud de la galerie et nous sommes arrivés dans une grande pièce. Karine a tenté d'allumer à un des interrupteurs et... la lumière fut.

— Démentiel, on se croirait à Cap Canaveral. Il y a quoi, quinze ou vingt ordis ? J'étais effaré de trouver ici autant de matériels.

— Et regarde Éric, tu es une star. Ta photo est sur le mur de ce côté et tu as un énorme dossier à ton nom. C'est qui l'autre qui semble les intéresser tout autant ?

C'est Karine qui répondit à Pascal :

— Il s'agit de Sergueï Lefimov le Président de la Fondation « *Golub'mira* » pour la paix. Celui que nous avons indiqué comme un contact potentiel dans notre faux Post-Scriptum. La question est de savoir s'ils ont créé ce dossier depuis hier à la lecture du dossier qu'ils ont piqué, ou bien s'ils surveillent Lefimov depuis plus longtemps. Je n'aime pas ça du tout. Il faut prévenir les « 3 Grands », Nordine. Avant une blague pourrie, il s'agit des responsables du G3. Ok ?

— OK, ça va, je n'ai rien dit, lui sourit Pascal, clairement visé par la remarque de Karine. En attendant, aucune trace d'Ista ici. Il n'y a aucune porte dans cette pièce. Vous croyez qu'il faut essayer d'ouvrir l'abri antiatomique ?

— Même si nous le voulions, nous ne sommes pas assez équipés. Et puis, je ne vois pas pourquoi ils la détiendraient là-dedans, morte ou vivante... Oh, pardon, je ne voulais pas vous inquiéter.

— Que veux-tu Nordine, dis-je avec des trémolos dans la voix, tu penses bien que l'on se prépare à une telle éventualité. Mais, il...

Pascal me coupa en criant :

— Ce n'est pas vrai, ce n'est pas possible !

— Oh, à douze mètres sous terre dans un abri antiatomique, nulle part en pleine Beauce et au niveau d'une ligne d'aérotrain abandonnée, je pense que rien n'est impossible mon pote. T'as trouvé quoi ?

Karine s'était approchée de Pascal et, pour la première fois depuis que je la connaissais, elle souriait.

— Ce sont des pages, des copies des pages du 6e cahier de Lars. Bien joué Pascal ! Il y en a… 18. C'est déjà énorme, et si elles sont là, c'est qu'elles sont importantes. Putain, bien joué le fouineur ! Ouvrez tous les dossiers, on ne sait jamais, il y en peut-être d'autres.

Nous nous sommes mis au travail. On est bien restés une demi-heure à tout regarder. Pascal a fait une autre découverte : le dossier sur Sergueï Lefimov était ancien. Des documents avaient été imprimés dès 2021. Sergueï et moi étions donc sur surveillance depuis longtemps. Je me suis alors dit que le faux PS inventé par le G3 était finalement très malin et très crédible pour nos adversaires. Peut-être que le G3 n'était pas aussi incompétent que je le pensais.

Nous n'arrivions pas à ouvrir les ordinateurs tous protégés de mots de passe. Alors Pascal, très en forme depuis que nous avions pénétré dans cette pièce secrète, dit tout haut :

— Moi, je dis qu'on détruit tout. Si ces enculés ont des choses importantes dans leurs ordinateurs, on les détruit. Et on prend tous les dossiers. De toute façon, ils sauront que quelqu'un est venu puisqu'on a cassé le cadenas d'entrée extérieure. On leur nique leurs travaux à ces résidus de smegma et quand on va les retrouver, on leur fera bouffer leurs couilles !

On s'est regardé Karine, Nordine et moi et nous n'avons pu nous empêcher de rire. Il avait raison le bougre. Je le sentais déchaîné, effectivement prêt à tout casser.

— Tu as raison. Inutile de casser les ordis, nous avons une grenade IEM, à impulsions électromagnétiques. Nordine, prenons les dossiers et sortons de là. Je la programme pour dans cinq minutes. Plus rien ne fonctionnera après ça.

— OK Captain. Une grenade IEM, c'est certain, ça détruit tout ! Mais moi, je propose aussi qu'on fasse exploser leur boîtier d'entrée dans leur abri antiatomique. Comme ça, ils seront aussi niqués et ne pourront se protéger si on n'arrive pas à empêcher cette saloperie de fin du monde !

Déchaîné. Il était déchaîné le Parson !

— Oui, encore d'accord. Nordine, programme sur la porte de l'abri et moi je me charge de cette pièce avec l'IEM. Vous deux, remontez vite, on vous rejoint. Go !

Nous n'avons pas traîné. Pascal et moi sommes remontés vite fait puis nous sommes dirigés vers la voiture. Nordine est sorti quelques secondes plus tard puis Karine a fait de même. Elle avançait vers nous toute tranquille en marchant calmement et, soudain, derrière elle une énorme déflagration a retenti et un puissant souffle a fait voler la plaque métallique protégeant l'entrée. En arrivant à notre niveau à côté de la voiture, Karine a regardé Nordine en souriant. Elle a juste dit « Boum ! Pour Étienne ! ».

En remontant dans la Kadjar sous le franc soleil de 8 h 30 s'élevant sur la Beauce, Nordine s'est retourné vers Pascal « Inconscient, spontané, déterminé et courageux. Si tu cherches du boulot, je peux te recommander à la DGSE sur des missions suicides ! Et sinon, c'est quoi du Smegma ? »

Pascal souriait, Karine démarrait, Nordine se retournait et mon téléphone vibrait.

— Stop ! criais-je. C'est un numéro masqué qui m'appelle en vidéo. Je fais quoi ?

Karine a pilé. Elle m'a pris le téléphone et l'a donné quelques secondes à Nordine. J'étais juste derrière son siège et je ne voyais pas ce qu'il bidouillait. Elle me l'a rendu, il sonnait toujours.

— Écoute, tu sors et tu réponds. On enregistre tout. Ne dis pas où tu es ni que nous sommes à tes côtés. Protège l'angle de ta caméra pour qu'ils ne puissent pas voir la voiture ; Juste ta tête et les arbres derrières. Je sors avec toi.

Karine est sortie avec moi. Pascal est resté avec Nordine dans la voiture. J'ai décroché.

— Bonjour Éric. Vous n'êtes pas rapide à la détente alors que votre sœur a été enlevée !

— J'installais un logiciel pour pouvoir déceler le lieu de votre appel, enfoiré !

— Très drôle Éric. J'espère que ce n'est pas du matériel du G3 ! Rien ne fonctionne avec eux. Au fait, si, comme je le pense, le Capitaine Urblain est en face de vous, saluez-la pour moi je vous prie. Je suis navré pour son ami, nous n'avions pas le choix. Et oui, le tailleur s'est taillé !

Je n'ai pas bronché. J'avais sur l'écran un homme d'une cinquantaine d'années habillé en veste militaire. Il parlait avec un fort accent slave sous une grosse moustache noire et une chevelure argentée. Il avait une grande cicatrice partant de l'oreille gauche en finissant au niveau du menton. Sa fossette permanente de la joue droite donnait l'impression qu'il souriait tout le temps. Si je n'avais deviné à qui j'avais affaire, je l'aurais presque trouvé sympathique.

— Je ne connais pas de G3, mais je veux savoir où est ma sœur ! Que lui avez-vous fait espèce d'ordure ?

— Oh, tout doux bijoux. Isabelle va bien et j'ai un marché à vous proposer.

— C'est sur ta gueule que je vais marcher enfoiré ! Libère-la immédiatement et après on parlera !

— Ah, on se tutoie déjà. Volontiers. Alors voilà, je te…

— Je veux une preuve qu'elle est vivante.

— Bien sûr, bien sûr ! Regarde, la voilà !

Il a alors déplacé son écran de téléphone. Isabelle était assise dans ce qui semblait être un grand hangar ou un gymnase. Elle était attachée sur une chaise, bâillonnée, fatiguée et apeurée mais vivante. Il s'est alors placé devant elle, je pouvais continuer à la voir derrière lui, essayant de se libérer et de parler. J'étais tellement hors de moi que si j'avais été en face de lui je crois bien que je l'aurais tué.

— Libère-la, ordure, sinon je te…

— Sinon quoi Éric ? Tu vas appeler la police ? Et après ? Bon, écoute, nous n'avons pas de temps à perdre. Alors voilà, le marché est le suivant : Isabelle restera en vie tant que tu ne bougeras pas ni ne parleras pas d'ici mars 2023. Lorsque tout explosera, elle aura même une place dans un de nos abris. Elle survivra, et toi aussi si tu le veux. Tu as ma parole. Par contre, d'ici là et de façon immédiate, je veux que tu nous donnes le 6e cahier original !

— Quoi ? Mais c'est vous qui l'avez ce cahier ! Je ne l'ai pas !

— Incroyable. Ils sont donc mauvais à ce point-là tes amis du G3 ? Ils ne l'ont toujours pas récupéré chez les « Pervyy » ?…. Non… Stupéfiant de médiocrité, ne me dit pas qu'ils ignorent qu'il existe deux groupes distincts et concurrents ? Franchement, Nocappas et Losvec n'avaient aucune chance d'arriver à empêcher quoi que ce soit avec une telle bande de crétins !

— C'est qui ça les « Pervyy » ? Et t'es qui toi à la fin. Achète-toi une paire de balloches et viens me voir en tête à tête et je te les explose !

— Je ne pense pas gringalet. Tu ne devrais pas insulter la seule personne qui puisse vous sauver ta sœur et toi dans 10 mois… Mais peu importe, il se trouve que c'est moi qui dicte les règles. Alors les voici : tu as une semaine pour récupérer le 6e cahier original puis me l'apporter là où je te l'indiquerai. Sinon, je coupe une main d'Isabelle. Puis ce sera un autre petit morceau après chaque semaine de retard. Et si tu parles aux médias, je la tue dans des conditions où elle regrettera d'être venue un jour au monde. Je t'assure que j'en connais un rayon en torture. Tu as une semaine !

— Attendez !…. Putain il a coupé !

J'ai regardé Karine. À la fois désespéré et furieux.

— Bordel, je vous avais dit à Limoges que c'était une mauvaise idée ! S'il arrive quoi que ce soit à ma sœur, vous serez responsables ! C'était foireux comme plan. Depuis le début ! Et vous le saviez !

J'étais hors de moi. Stressé à mort et désespéré bien entendu mais aussi très énervé contre eux et surtout contre moi. Comment avais-je pu être aussi bête et naïf ? J'aurais dû insister et refuser qu'Isabelle s'expose et joue leur jeu débile. J'avais manqué de courage et n'avais pas su dire non pour protéger ma sœur. Si cela devait se terminer mal, je leur en voudrais toute ma vie à ces décérébrés de « G3 neurones seulement » !

Chapitre V – Quand tu ignores où tu vas, regarde d'où tu viens

Pascal est sorti de la Kadjar pour venir m'enlacer. Avec Nordine, ils avaient pu suivre et enregistrer toute notre conversation avec le kidnappeur d'Ista.

En se tournant vers Karine, il a dit très fermement d'un ton que je ne lui connaissais pas : « Alors maintenant le G3, on va se retirer les doigts du cul et on va trouver Isabelle. Maintenant ! On verra après pour cette histoire de double groupe adeptes de fin du monde. Je vous ai mis en place il y a 200 ans, certainement pas pour observer tranquillou mais pour protéger ma descendance et essayer de préserver l'Humanité. Vous avez déjà failli il y a 120 ans, il est hors de question que cela se reproduise. Alors au boulot ! Maintenant ! ».

Karine semblait ravie de cette posture de Pascal. Un rictus pointait sous le bout de son nez. J'ignorais si elle trouvait l'intervention de Pascal assez pathétique ou bien si, au contraire, elle était soulagée qu'il endossa enfin son costume de Lars Nocappas. Elle m'a mis la main sur l'épaule puis en repartant vers la voiture nous a dit « Bien Chef ! Allons chercher Isabelle ! ».

Statler et Warldorf

Nous nous sommes tous assis dans le véhicule puis Nordine a remis la vidéo. Karine étant devant moi pendant l'échange, elle n'avait donc pas encore vu les images, mais juste entendu notre conversation. Au bout de quelques secondes de vidéo, elle l'arrêta.

— Il tient le téléphone de sa main gauche et regardez sur le dessus de sa droite entre le pouce et l'index. C'est un tatouage. Les tueurs abattus par Étienne avaient les mêmes.

Il s'agissait d'un couteau croisé en son milieu par une ancre et un grappin de marinier.

— Il semble que ce soit un rappel des armoiries de Saint-Pétersbourg. Dans le véritable blason de la ville, le couteau est en réalité un sceptre surmonté d'une couronne. D'après Interpol, il s'agit de la Mafia locale, celle qui fut en partie créée par Toupine en 1990 avec son agence de sécurité, quand il quitta le FSB, l'ex KGB, et avant de prendre le pouvoir au Kremlin en 2000. Il est cohérent que ce gars qui dirige ce groupe ait le même tatouage que ses hommes de main, mais ce qu'il faut retenir c'est que cette mafia toujours active travaille encore aujourd'hui au service de Toupine !

Nous nous sommes regardés, complètement dépassés par une telle information. Puis Karine a relancé l'enregistrement vidéo.

En revoyant de nouveau ma sœur prisonnière, j'avais cette fois bien du mal à retenir mes larmes. Pascal, assis derrière Karine et sur ma gauche me mit la main dans le dos puis soudain : « Qu'est-ce qu'elle a aux yeux ? Regardez, elle pleure ? Non, elle bouge les paupières mais de façon dissymétrique entre la droite et la gauche ? C'est ça qui lui donne un air si bizarre. Et puis, c'est dingue, regardez, elle continue tout le temps. »

Karine s'est penchée vers l'écran en demandant à Nordine de zoomer sur Isabelle durant l'intégralité de la séquence où elle apparaissait derrière le maffieux en chef. Puis à la fin de celle-ci, elle se tourna vers moi :

— Éric, Ista a été scout ?

— Heu… Oui, quand elle était jeune. Il me semble qu'elle a dû faire 3 ou 4 ans avec un groupe de scouts laïques. Mon père n'aurait jamais accepté qu'elle aille chez les « cathos pédos » comme il disait. Enfin, bref, oui, elle a été scout vers ses 10 – 15 ans. Pourquoi ?

— C’est du Morse, me répondit Nordine. Elle nous passe un message en Morse oculaire, elle est trop géniale ! Regardez, un clin d’œil vaut un point dans le morse écrit. Les deux yeux fermés valent un trait. Je repasse la vidéo depuis qu’elle apparaît à l’écran.

J’étais trop fier de ma grande sœur. Sans aucun doute Isabelle était une personne vraiment géniale, d’une intelligence et d’une finesse exceptionnelles. Elle le démontrait là plus que jamais dans cette situation dramatique. J’écoutais attentivement les lettres s’enchaînant données par Karine à voix haute. Cela donnait : « 1 – H – G – ? – O – S – A – V – ? – O – N »

— Bon, reprit Karine, deux signes sont indescriptibles du fait de la qualité de l’image. Mais bon, ça pourrait être : *Gros Avion.*

— Mais elle n’est pas dans un avion ? ! dis-je, à nouveau complètement perdu.

— Non, mais si 1 – H signifie 1 heure, ça peut être le temps de transport suite à son enlèvement. Et elle serait donc retenue à côté d’un aéroport à environ 1 heure d’Orléans ? reprit Pascal, de plus en plus étonnant.

— Oui, j’suis d’accord avec toi. Le hic, c’est que le plus proche est Orly et c’est à plutôt 1 h 40 d’ici.

Karine avait raison, il n’y avait pas d’aéroport à proximité d’Orléans ou d’Olivet.

Nordine s’écria alors :

— Bricy, putain, ils sont sur la base militaire de Bricy, elle est à environ 1 heure d’Olivet et c’est la base des gros transporteurs de l’armée, les Airbus A400M Atlas. Bon sang, ta sœur est digne de rentrer à la DGSE !

— Et le vert des murs du hangar derrière elle est typique du kaki militaire. Oui, elle est dans ou à proximité de la base 123 de Bricy ! On va aller la sortir de là les gars !

À ces mots encourageants de Karine, je retrouvais espoir. J’avais envie de les embrasser tous les trois.

Karine est ressortie du véhicule pour téléphoner. J'ai clairement compris qu'elle appelait son frère, Yves, à la fois pour lui rendre compte de nos découvertes et pour prendre ses instructions. Pendant ce temps-là, Nordine examinait déjà les plans de la Base de Bricy et Pascal avait commencé à feuilleter la copie d'une partie du cahier n° 6 trouvé dans le bunker une heure auparavant. J'étais vraiment trop bouleversé pour l'aider même si je mourais d'envie de découvrir le contenu de ces quelques pages que j'avais recherchées tant d'années.

Nous étions le samedi 23 avril, il était pratiquement 10 heures du matin et la partie reprenait avec, cette fois-ci, enfin et grâce à ma grande sœur, quelques atouts en notre main.

Au bout de 20 minutes et plusieurs appels, Karine est remontée dans sa Renault et a démarré.

— Bien, alors, voilà. Yves a joint un des « 3 Grands ». Nous avons l'autorisation d'aller libérer Isabelle cette…

— Pardon, mais en ce qui me concerne, je n'ai besoin de l'autorisation de personne pour aller libérer ma sœur !

— Oui, bien sûr Éric. Ce que je veux dire, c'est que nous allons recevoir le soutien de deux « spécialistes » du G3 pour ce genre d'opérations. On les appelle Mac et Lyly. Nordine et moi les connaissons bien. Ils sont très pros, très efficaces…

— Des spécialistes de quoi ? dis-je, il faut bien le reconnaître un peu bêtement.

— Des tueurs, voyons ! Elle veut dire des tueurs, me coupa Pascal en levant les yeux au ciel.

— Bref, poursuivit Karine, ils sont vraiment très efficaces, vous verrez et les Russes vont le découvrir eux-aussi à leurs dépens, dès cette nuit. Ils nous rejoignent vers 16 heures tout à l'heure dans notre planque d'Orléans sud. Je vous y emmène dès maintenant. Nordine va y préparer le matériel pour l'intervention de cette nuit et moi je dois scanner et envoyer les 18 pages trouvées tout à l'heure au QG du G3. Je vais essayer de dormir un peu également et vous devriez faire de même les garçons.

Pascal a repris sa voiture qu'il avait garée à un bon kilomètre de là puis a suivi la Kadjar de Karine. Nous avons roulé vers le sud, franchi de nouveau la Loire puis notre chauffeuse a tourné plein ouest sur la D951 jusqu'à Cléry-Saint-André à environ 15 km du centre d'Orléans.

C'était un charmant village situé en pleine zone agricole de Sologne. Je le connaissais de nom car la Basilique Notre-Dame de Cléry abrite le tombeau d'un roi de France, Louis XI dit « le sournois » dont je reconnaissais en mon for intérieur ne plus savoir grand-chose sur son règne entre 1461 et 1483.

Une fois passé le village, Karine bifurqua sur un chemin de terre vers le nord à travers des champs de maïs, nous rapprochant des levées de la Loire. Arrivés au niveau de la capricieuse petite rivière l'Ardoux et d'un étang très bucolique, elle s'arrêta devant un grand portail en bois qui donnait accès à une ferme solognote typique.

Cette bâtisse était très longue et assez vaste, enfoncée légèrement dans le sol, en façade à pan de bois et en torchis, avec une toiture végétale descendant et touchant le sol sur un côté. Elle était entourée, autour d'une jolie petite cour d'un pavage haut, par un garage et de ce qui avait dû être un jour une grange ou une bergerie. L'ensemble semblait juste assez entretenu pour faire comprendre qu'il n'était pas abandonné, cependant aucun signe de vie n'apparaissait de l'extérieur.

Si le portail s'ouvrait manuellement d'une façon archaïque, les portes d'entrées étaient parfaitement fermées et ne s'ouvraient pas sans un boîtier électronique que Nordine sorti de sa poche.

Nos hôtes nous ont fait entrer. L'intérieur était un mélange de grande modernité dans un cadre demeuré entièrement rustique. Pour être parfaitement sincère, hormis le manque de luminosité du fait de garder les volets fermés en permanence, je trouvais cette maison extraordinairement apaisante et hyper bien agencée.

— Tu as repéré des choses intéressantes en les parcourant ? demanda Karine à Pascal en lui reprenant le document récupéré dans la cache sous l'aérotrain.

— Je n'ai pas tout lu tout à l'heure, j'ai du mal à me concentrer n'ayant pas vraiment dormi cette nuit. Mais, il y a des données de « ouf » ! Il semble pointer où se sont produites, plutôt où vont se produire les premières frappes le jeudi 2 mars 2023 en matinée, il dit que Paris est touché à 20 heures puis Orléans à 23 h 23, comme Lars me l'écrit aussi dans sa lettre. Et j'ai l'impression que l'écrit tente ensuite de donner des zones qui seraient potentiellement non atteintes par les explosions et les radiations. Cela semble très précis. Et à lire cela en 1850, cela devait effectivement semblait l'œuvre d'un total et profond cinglé.

— Oui, mais il, tu l'as fait justement pour qu'il soit lu aujourd'hui et pour essayer de l'éviter. Tu m'étonnes que si les cent pages de ce cahier sont de cet ordre, ceux qui veulent l'apocalypse nucléaire font et feront tout pour cacher ce document !

Karine a scanné les dix-huit pages et les a envoyées par une boîte sécurisée à ses « supérieurs ». Nordine était fort aimablement allé nous faire un café que nous sirotions avec Pascal, assis autour d'une magnifique table en bois qui devait bien faire 8 mètres de long et 2 de large.

— Voilà, c'est fait, dit Karine en prenant à son tour son mug. Putain, Nordine, t'as mis du sucre ?! Pas de sucre bordel, ce n'est pas bon pour ma ligne !

Elle a souri puis a terminé son café d'une traite.

— Bon écoutez, continua Nordine, je vais aller au village nous chercher de quoi déjeuner puis dîner en soirée. On va attendre Mac et Lyly pour manger. Ensuite, j'irai installer deux ou trois petites choses dans le van, dit-il en se tournant vers Karine.

— OK, merci. N'oublie pas de prévenir Geoff. Ils veulent qu'on ait une assistance médicale pour l'opération, au cas où on aurait besoin d'une intervention pour Isabelle ou si un de nous venait à être blessé. C'est une bonne idée. Les deux papys du Muppet Show, j'imagine que je n'arriverai pas à vous convaincre de nous attendre ici cette nuit ?

— Alors là, Piggy la cochonne, tu peux rêver. On vient ! Et sinon, moi c'est Statler, Warldorf c'est Éric, je n'aime pas la moustache, ça ne me va pas !

Je reconnais que retrouver au débotté les noms des deux vieux du Muppet m'impressionnait et le fait qu'il qualifie Karine de cochonne m'interpellait et m'intéressait au plus haut point…

Nos deux agents du G3 nous ont ensuite montré nos chambres. On se serait cru dans un gîte prestige cinq épis ! Nous avions même les serviettes de toilette au pied du lit avec douche privative dans la chambre et shampoing et savon disponibles. Pascal a bien tenté une blague du genre « Vous serez gentille de me réveiller pour 14 h 30 et pour déjeuner je souhai… ». Il s'est mangé une porte dans la gueule en guise de hors-d'œuvre de la part de la Capitaine de police.

Je me suis affalé sur mon lit et sans même avoir pris le temps d'enlever mon pull ou mes chaussures, je ronflais instantanément. Quant à mes rêves de Karine en Miss Piggy…

Ken et Barbie en mode Assasin's Creed

— Oh, Warldorf, réveille-toi ! Il est 15 heures déjà. On va manger !

Pascal me secouait gentiment et j'émergeais tant bien que mal.

— Oh… bon sang, que c'est dur… On est où déjà ?…. Ah, oui, c'est vrai… Ils… Ils sont là les deux portes flingues ?

— Carrément, tu vas voir, c'est Barbie et Ken en mode Assasin's Creed ! Ils sont super cools mais alors t'as pas du tout envie d'aller les chatouiller sous les aisselles !

— Tu pourrais éviter ce genre d'images à mon réveil et avant de déjeuner… Et puis vraiment qui veux-tu que j'aie envie d'aller caresser !

— Ben, la couenne de Karine la cochonne ?

— Oh, ta gueule, putain que t'es lourd. Fiche le camp, j'arrive.

J'ai fait un brin de toilette et les ai retrouvés dans la pièce principale, attablés autour d'un repas pantagruélique. Le « Ken » s'est immédiatement levé pour venir me serrer la main et me dire gentiment qu'il avait adoré mon bouquin. C'était effectivement une sorte de Brad Pitt en GI Joe. Et la « Barbie » aurait pu remplacer Angélina Jolie en Lara Croft sans problème.

Une fois les présentations faites, j'ai pu découvrir un talent inattendu de Nordine. Il était un agent top secret et un cuisinier top chef. Ou l'inverse. J'ai rarement mangé aussi bien et ce malgré l'angoisse qui me serrait le ventre depuis des heures et l'enlèvement d'Ista qui ne cessait de me tourmenter.

Évidemment, Pascal continuait pour sa part d'évacuer son stress par la parole et l'humour, ou du moins des tentatives d'humour. Un vrai moulin à paroles… lui générant bien des vents en retour.

— Dites, vous deux, j'imagine que Mac et Lyly ne sont pas vos vrais noms ? En même temps, je vous le souhaite.

— Tu sais, lui dit alors Lyly en le transperçant du regard, nous, on n'a pas l'habitude de répondre aux questions. Par contre, Mac est expert pour faire parler les autres mêmes lorsqu'ils ne connaissent pas la réponse.

Bon, et bien, on ne l'a plus trop entendu ensuite le Parson… Il s'est bien rattrapé juste après en trouvant une guitare sèche dans une des pièces des combles à l'étage. Il a pu détendre un peu l'atmosphère de préparation de l'intervention en fin d'après-midi en nous jouant plusieurs chansons de *The Noodles*, ce groupe originaire d'Orléans-la-Source et dont il connaissait le guitariste, *The Pace*, pour avoir été au collège Alain Fournier et au lycée Voltaire avec lui, ce qui le rendait particulièrement fier.

Le jeune Docteur Geoffroy Burgadat nous a rejoints à 20 heures. Il est venu immédiatement s'enquérir de comment j'allais et il avait, de plus, un message de la part de Damien, mon voisin de Moigny à me transmettre : « Il m'a demandé de vous dire que vos trois chats allaient très bien et que le petit Rainbow est toujours aussi zinzin. Il a, semble-t-il, décidé d'ouvrir un salon de manucure féline pour se faire les ongles sur votre canapé, du moins ce qu'il en reste. Voilà, je n'en sais pas plus ».

J'étais content d'avoir de leurs nouvelles à mes drôles de petits monstres et j'avais hâte de me retrouver avec eux et Isabelle à boire un verre à côté d'un feu de bois assis sur mon canapé en lambeaux. En attendant, c'est autour d'un dîner pique-nique que Karine a exposé le plan de l'intervention.

— Nous allons partir vers 23 heures. Nordine conduira le fourgon avec Éric, Pascal et Geoff à l'intérieur. Je pars avec Mac et Lyly dans leur Jeep. Une fois à Bricy, d'après nos analystes parisiens, ils ne peuvent détenir Isabelle dans un hangar situé à l'intérieur de la Base. Nous privilégions deux zones, les bâtiments de l'ex subdivision de l'Équipement sur la route de Boulay, à l'est de la Base, ou bien, plus probablement selon moi, le grand hangar désaffecté situé juste à l'extérieur de la clôture sur le chemin du Fossé Claveau, à l'Ouest. Une fois sur…

— On fait comment pour savoir si elle est là ? On frappe à la porte ?

— Tu sais Pascal, tout ex ou futur Lars que tu es ou seras, après la porte de ta chambre ce matin, ma main finira à un moment incrustée dans la joue. Nous avons deux drones équipés de lecteurs thermiques. S'il y a du monde dans un de ces locaux abandonnés, nous le verrons tout de suite du fourgon. Voilà, je peux continuer ?

— OK, mais s'ils ne sont pas là-bas ?

En fait, je pense que Pascal ne savait pas s'arrêter. Cette tête de mule poursuivait jusqu'à rendre chèvre son interlocuteur ou à se prendre un coup de corne. Comme il me disait parfois : « Je négocie en guerre d'usure. À un moment, ils craquent tous ».

— Dans ce cas, nous chercherons ailleurs autour de la Base ! Bon, une fois que nous aurons déterminé le lieu précis où est détenue et attachée Isabelle, ainsi que le nombre de membres du commando russe, et que nous aurons évalué nos options possibles, Mac et Lyly s'occuperont du nettoyage, extérieur puis intérieur. Nordine et moi nous nous focaliserons sur la libération et l'extraction d'Isabelle. Les deux comiques vous resterez avec Geoff dans le van. Et ce n'est pas discutable ! Là, on ne rigole plus du tout. Il faut être entraîné pour ce genre d'actions et ça ne va pas être les Bisounours au pays de Oui-Oui. De toute façon, vous pourrez suivre notre progression comme si vous y étiez puisque vous aurez les images et le son en direct grâce à nos casques connectés. OK pour tous ? Alors à table !

Je ne pouvais rien avaler. L'angoisse me serrait les entrailles comme jamais. J'aurais voulu être le dimanche matin à l'issue de l'intervention, où tout se serait bien déroulé et où nous rentrerions tous vivants entourant Isabelle. Je me jurais alors que plus jamais je ne laisserais ma grande sœur prendre des risques. Mais cela faisait déjà quelques jours que j'avais compris que de mes désirs à la réalité, il pouvait se creuser un abîme. Cette perspective m'effrayait.

À 23 heures pétante, nous étions tous en voiture. Enfin, 23 h 10 puisqu'il a fallu attendre que Pascal fasse sa grosse commission, visiblement très grosse vu le délais d'attente, ce qui avait obligé Nordine à rouvrir la maison. Il est rentré hilare dans le fourgon en nous lançant un « Désolé, tempête en avril, temps chie en mai ! ». Geoffroy a bien rigolé, moi j'étais trop constipé pour y arriver. À rire et à autre chose.

Notre camionnette était équipée de plusieurs moniteurs et écrans. Sur les flancs, on trouvait accrochées diverses armes : couteaux, pistolets, mitraillettes, fusil d'assaut… en plus de celles qu'avaient déjà sur eux nos quatre superhéros.

Nous sommes passés par Meung-sur-Loire en franchissant le plus grand fleuve de France par ce magnifique Pont suspendu inscrit au patrimoine mondial de l'UNESCO et qui succéda à l'original, repris aux Anglais en 1429 par une certaine pucelle d'Orléans.

Cela donna, hélas, à Pascal l'occasion de raconter ses meilleures blagues sur Jeanne d'Arc. De « Jeanne à l'Abbé Cochon : vous ne m'avez pas crue, vous m'aurez cuite » à « Elle s'est éteinte une heure après être morte » en passant par « Je veux descendre du bûcher – Bientôt, attendez 20 minutes ! ». Et bien sûr « Je suis comme Jeanne, j'ai horreur des lendemains de cuite ! ».

Le Docteur Burgadat semblait beaucoup apprécier cet humour. Au moins, ils étaient deux à arriver à déstresser.

Une fois en rive droite de la Loire, nous sommes remontés plein nord via des routes secondaires en passant par Huisseau-sur-Mauves, Rozières-en-Beauce et Gémigny.

Une fois arrivés à proximité, les conducteurs ont éteint leurs phares et ont roulé, au pas, avec des lunettes à vision nocturne. C'était très impressionnant d'autant que les nuages masquaient la lune et qu'il faisait « noir comme dans le cul de Batman » dixit vous savez qui… Karine a voulu commencer par la zone ouest de la BA 123.

Une fois arrivés à environ 500 mètres du Chemin du Fossé Claveau, au niveau de la route de Sennelay, Nordine et Karine se sont garés sous un bosquet d'arbres. Sans un bruit, les trois passagers de la voiture nous ont alors rejoints dans la camionnette.

Nordine est sorti avec Mac pour régler un des deux drones puis ils l'ont fait s'envoler en direction du grand hangar désaffecté de l'armée qu'avaient identifié les équipes du G3. Nous pouvions regarder dans le van les images thermiques de l'engin volant identifié.

— Bingo ! Karine était ravie d'avoir vu juste. Ils sont là. J'en compte… six dehors, trois à l'intérieur et visiblement, Isabelle se trouve là… sur l'aile Nord du hangar. On est d'accord Lyly ?

— Attendez. Nordine, refait un survol côté Ouest… Ouais, ils sont sept à l'extérieur. On a un petit comique qui fait une ronde excentrée ou qui s'est juste éloigné pour aller pisser.

— Bien vu Lyly ! Donc ils sont dix à devoir être éliminés. Vous voulez procéder comment ?

Lyly poursuivit : « On va commencer par les deux au sud, puis Mac remontera avec vous du côté est du bâtiment. Il va vous ouvrir la voie de cette porte-là en supprimant le garde qui est face à la clôture de la Base. Moi j'irai aux niveaux ouest puis nord pour en terminer avec les quatre restants. Ça ne posera pas de problème. Une fois entrés, il vous en restera trois à l'intérieur. Je vous suggère que Nordine se fasse les deux au sud du bâtiment et que tu fonces récupérer Isabelle en t'occupant de son garde rapproché. Sur le principe, Mac et moi resterons à l'extérieur pour surveiller vos arrières sauf si l'un de vous dit « Help ». Dans ce cas, nous vous rejoindrons. Cela convient à tous ? »

Pascal n'a pas pu s'empêcher de se moquer du mot « Help ». « Sérieux, « Help » ? vous pourriez trouver un truc plus fun genre « Batgirl » ou « Geronimo » ou… »

— Ou ma crosse d'HK416 dans ta gueule ? Ça aussi, ça devrait être fun de te retrouver sans dents. Si tu pouvais la fermer deux minutes maintenant.

Karine n'avait pas tort, il commençait à agacer tout le monde. Elle poursuivit :

— OK, Nordine, ramène le drone. Mac et Lyly, vous partez à 00.10, on vous suit à 00.11. Ne prenez aucun risque, tirez à distance si vous le pouvez, on a des silencieux. Geoff, au cas où, voici les clés du fourgon. Si problème, vous foutez le camp ! Ne jouez pas les héros, si on est à terre, même juste blessés, vous partez immédiatement. On est entraîné pour s'en sortir seul. Bon Go, c'est parti.

Lyly, Karine, Nordine et Mac étaient équipés de la tête aux pieds en tenues et matériels de groupe d'assaut comme on ne pouvait en voir qu'au cinéma. Sauf que là, c'était bien réel.

J'étais très impressionné, y compris par la peinture noire faite sur le bas de leurs visages, seules parties visibles de leurs corps. J'avais vraiment envie de les embrasser et de les remercier par avance de risquer leurs vies pour sauver ma sœur, mais j'étais vraiment trop bouleversé par le moment et fasciné par leur courage pour arriver à bouger ou à parler.

Ils ont rangé le drone, puis Nordine a refermé la porte arrière de notre camionnette en nous faisant un clin d'œil tout en descendant ses lunettes à visions nocturnes et enfin en nous disant « Prenez un p'tit café dans le thermos. On revient dans dix minutes avec Ista ! »

Geoffroy semblait assez calme. Sans doute avait-il déjà vécu pareille aventure malgré son jeune âge. Pascal et moi en revanche, nous étions livides, avec l'intestin comprimé et une forme de nausée que je ne connaissais alors pas. Le Doc, voyant notre état catatonique et presque translucide, a alors essayé de nous calmer.

— Écoutez, on va les suivre sur l'écran. Là c'est Lyly, celle-là, c'est Mac, et… bon vous savez lire, c'est comme le *Port-Salut*, c'est marqué dessus. Ils ont bien 900 mètres à faire avant la première rencontre. Ne vous inquiétez pas, ce sont des pros !

Voyant que ça ne suffisait pas à nous rassurer, il a tenté autre chose :

— Pascal, votre fille fait médecine, c'est bien ça ?

— Heu, oui… Maëlle est externe en 5e année…

— Ah, les choses sérieuses commencent alors ! Quelle fac ?

— Elle est à Tours. Oui, elle est à Tours, lui répondit Pascal, les yeux rivés sur les quatre écrans des caméras des casques de nos assaillants aux cœurs vaillants.

— Moi aussi, j'ai fait Tours. Belle fac. Le doyen est un peu con, mais bon, c'est un doyen, donc ça doit être un pléonasme « Doyen con ».

Le Doc tentait de nous dérider la rate, mais raté ! Ça ne fonctionnait pas. Nous étions avec Pascal rivés sur les écrans.

— Putain ça y est, Mac est derrière un gars et Lyly aussi.

En fait, je n'écoutais pas Pascal. Je regardais, juste scotché. Les deux gardes situés au sud du hangar se sont retrouvés au sol en une seconde, le premier avec un couteau lui ayant transpercé le crâne par-derrière, le second avec une main sur la bouche et un cou tranché en deux.

— C'est parti, dit doucement Geoffroy. Ils vont prendre cher les Russkoff avec ces deux-là !

Eh oui, ils ont pris excessivement cher ! Plus que des dividendes du CAC 40. Alors, bien sûr, j'assistais en direct à l'exécution pure et simple de personnes dont je ne connaissais rien. Mais moi qui étais radicalement contre la peine de mort, je dois reconnaître que je trouvais comme un côté jouissif à ces meurtres abominables fomentés contre ceux qui avaient enlevé ma grande sœur.

Nos « Ken et Barbie » étaient sidérants. Le garde à l'est du hangar s'est retrouvé avec une dizaine de balles dans le dos sans même avoir pu entendre les coups de feu puisqu'ils émanaient d'un silencieux. La voie était libre pour Karine et Nordine sur le flanc où le soleil se lève.

Lyly progressait doucement à l'ouest en distillant les cadavres comme le petit poucet disposait ses petites pierres blanches, plutôt rouges sang en ce qui concernait Lyly. C'était un véritable carnage. À chacun, elle gratifiait son cadavre d'un « Pour Étienne, *Sukin Syn !* » Je me doutais que « *Sukin Syn* » ne devait pas être du Pouchkine…

Nous étions captivés par leurs progressions sans accroc. C'est à cet instant que la porte arrière du fourgon s'est ouverte.

Marche ou rêve

Dans un sursaut, nous nous sommes retournés tous les trois. Geoffroy a vu le tireur pointer son fusil Mosin-Nagant vers moi, alors dans un réflexe incroyable, il a sauté dans sa direction pour me protéger. Il y a eu trois coups de feu, les trois ont touché le Doc en pleine poitrine. Il s'est effondré en se jetant sur notre attaquant, ce qui a laissé quelques fractions de seconde à Pascal pour saisir un couteau sur le côté du van et sauter sur le tueur.

Il s'est relevé quelques instants après, le buste et les mains en sang. Geoff gisait, agonisant à sa droite et le tueur qui nous avait surpris, bel et bien mort, un couteau enfoncé dans le crâne entre les deux yeux.

Pascal a pris Geoff dans ses bras. Ce dernier a rendu l'âme instantanément. Il venait de me sauver la vie. Et moi, je ne pouvais pas bouger du fond de la camionnette.

Pascal a reposé Geoffroy délicatement au sol puis est remonté dans notre véhicule où il a pris deux pistolets. Il m'en a donné un : « Les coups de feu de l'autre enculé se sont entendus. Regarde, putain, Nordine s'est fait repérer lui aussi, il est au sol et, putain, Mac est à terre. Merde, ils étaient bien plus que sept dehors. J'y vais. Tu tires sur tout ce qui tente de rentrer ! Ne bouge pas ! Tu m'entends… Oh, Éric ! Ne bouge pas ! Je reviens. »

Je ne comprenais absolument plus rien. Je ne savais ni quoi, ni où regarder. Les écrans ? L'extérieur de la camionnette avec le corps du russe un couteau dans la tête, la cervelle dégoulinant au sol et celui du pauvre Geoff à ses côtés ? Et Pascal qui avait disparu en un éclair hors du fourgon. J'allais m'évanouir quand j'ai entendu la voix de Karine à l'écran : « Isa est avec moi, on va ressortir. C'était quoi ces coups de feu ? Nordine, ça va ?…. Mac ? »

Alors, à mon tour, je suis sorti du van, une arme à la main sans même m'en rendre compte et j'ai progressé entre les cadavres vers l'entrée est du bâtiment. Je n'avais plus de son, plus d'image, plus de conscience. J'avançais tel un zombie déjà mort vers je ne savais pas trop quoi ni trop où.

J'ai aperçu Pascal, à cent mètres devant moi. Mac s'était fait surprendre par un autre tireur, un neuvième homme extérieur après le huitième qui venait de tuer Geoffroy. Il s'avançait vers lui pour l'achever après lui avoir tiré dans la jambe droite et le ventre. Pascal a surgi en hurlant un truc genre « Enculé de Toupine de merde » et lui a balancé une rafale en pleine tête. Ça a fait un boucan d'enfer car son arme n'avait pas de silencieux. Mac l'a regardé médusé mais en souriant en lui faisant signe de la tête de rentrer aider Karine et Nordine.

J'ai suivi Pascal et je suis entré à mon tour. Karine tenait Isabelle. Elle était là, vivante ! Elles progressaient doucement vers la sortie en traversant le hangar. Nordine était blessé mais s'était relevé avec l'aide de Pascal qui le soutenait autant que possible, 75 kg devant contenir le double, si ce n'est le triple. Les trois kidnappeurs de l'intérieur jonchaient tous sur le sol. Je me suis alors précipité vers ma sœur.

C'est là, comme dans un ralenti d'un film de John Woo mais sans les colombes, que j'ai vu sur ma gauche, alors que je courais vers Ista, le chef du gang qui m'avait parlé le matin même se retourner brusquement au sol, du dos sur le ventre, et me pointer de son révolver. J'allais donc mourir, cette fois pour de bon. J'allais mourir en courant comme un fou et sans être incapable d'un mouvement d'esquive. Après tout, Isabelle était vivante et comme de toute façon, dans quelques mois, l'humanité allait disparaître, durant cet infime instant, je n'avais pas peur d'en finir.

Le Russe a tiré, Pascal s'est retourné et l'a maîtrisé, Isabelle a plongé et je n'ai rien encaissé.

Ma grande sœur, mon tout, ma confidente depuis mes premières secondes de vie, ma protectrice, mon modèle ; elle était là, dans mes bras, la gorge ouverte, transpercée par une balle qui m'était destinée. J'étais à genoux, mes mains tentant de limiter le flux de sang qui jaillissait de sa carotide droite.

— Pourquoi ? Pourquoi as-tu plongé ?

— Parce… mon p… tit frèr… Hargggg… Tu… Tu dois sauver… Hargggg… sauv… le monde… Je t'aim…

Isabelle est morte dans mes bras en une vingtaine de secondes, nos regards plongés l'un dans l'autre. Étouffée par son sang après avoir héroïquement pris la seconde balle qui m'était destinée durant cette épouvantable nuit d'horreur. Nous l'entourions, moi avec sa tête sur mes genoux et mes innombrables larmes nettoyant son visage, Pascal son arme pointée sur la tempe de son meurtrier, Nordine, deux balles dans l'épaule et le bras droit, Karine à genoux à mes côtés en rage et en larmes elle aussi de n'avoir rien pu faire de plus.

Isabelle Taddée, Ista, est morte en sauvant la vie de son petit frère le dimanche 24 avril 2022 à 1 h 18 du matin, dans les bras de celui-ci. Les Français élisaient un président de la République. Moi, je m'enlisais dans un présent chaotique et ma peine était infinie.

Nordine s'est approché de Pascal et lui a pris son arme : « Donne-moi ton flingue mon grand. On va garder celui-là vivant, qu'il parle ». J'ai vu plus de haine dans le regard de Pascal que je ne pouvais en ressentir malgré ma douleur. J'ai pensé qu'il allait tirer et tuer son troisième homme en quelques minutes, mais il a donné son pistolet-mitrailleur à Nordine et s'est penché vers l'assassin de ma sœur « Oui, on va te faire parler ordure et après, c'est moi qui te tuerais ». Puis il s'est tourné vers Karine et moi aux côtés du corps d'Isabelle.

— Putain, merde Éric, c'est quoi que tu ne comprends pas dans « Reste dans le van ! ». Il va te falloir combien de personnes qui meurent en te sauvant la vie pour comprendre que c'est TOI qu'ils veulent tuer tous ces enculés… Oui, Karine, Geoffroy est mort lui aussi. Ils n'étaient pas 7 dehors mais 9. Bon, les pros du G3, on fait quoi ? On bouge ?

Karine s'est relevée au même moment où Lyly soutenant Mac rentraient à leur tour dans le hangar. Comprenant la situation, c'est elle qui a pris les choses en main.

— Bon, Karine et moi, nous portons le corps d'Isabelle dans le fourgon. Nordine et Pascal vous prenez l'autre *Sukin*. On verra ce qu'on en fait. On fout le camp avant que d'autres ou des militaires de la Base n'arrivent.

J'ai finalement porté le corps d'Isabelle avec Karine. Lyly aidait Mac à rejoindre leur Jeep. Nous avons placé les corps de Geoffroy et d'Isabelle dans le fourgon. Le chef du commando russe était dans la Jeep sous la surveillance de Lyly.

C'est Pascal qui a pris le volant de notre camionnette. Il n'avait pas dit un mot à la mort d'Ista. Il n'arrivait pas à regarder son cadavre et tentait de se maintenir debout grâce à son stock d'adrénaline constitué depuis quelques minutes. Il a conduit jusqu'à la ferme sans un son. Nordine et moi n'étions pas plus bavards.

Je regardais ma sœur en essayant de me dire que j'allais vite sortir de ce cauchemar. Mais je savais que cette abomination allait constituer ma nouvelle réalité dans les jours, les semaines et les mois à venir. Je rentrais dans une guerre totale, sans aucune règle ni limite, où l'unique enjeu était d'éviter, pour les uns, ou de laisser se produire, pour les autres, l'autodestruction absolue de l'humanité.

À 2 h 40 nous étions rentrés à la ferme. Une voiture et trois autres membres du G3 nous y attendaient. Il y avait notamment une femme, visiblement médecin, qui a immédiatement pris en charge Nordine et Mac.

Karine et Lyly discutaient avec un homme et une autre femme dans la cour. Pour ma part, tout seul, perdu, je cherchais Pascal. J'ai mis quelques instants à m'apercevoir qu'il était toujours assis au volant du fourgon. Il n'arrivait pas à en descendre. Je suis allé lui ouvrir la porte et lui ai tendu la main.

— Descends mon pote. Ne reste à pas dehors, viens, allons-nous mettre au chaud.

Il m'a donné sa main gauche puis est descendu. En marchant vers l'entrée de la ferme, il s'est arrêté brusquement et s'est tourné vers moi : « Je… Je suis désolé. Je n'ai pas pu la protéger. Je croyais qu'il était mort. J'aurais dû vérifier. Je… Je n'ai même pas pu lui dire au revoir… »

Alors qu'il allait s'effondrer, Karine est sortie m'aider à le maintenir debout et à le faire entrer. Avec l'autre femme, elles ont conduit

Pascal jusqu'à sa chambre après lui avoir donné quelque chose à avaler.

Pour ma part, assis devant un verre d'eau, je n'arrivais pas à atterrir ni à complètement réaliser. Je savais que le corps d'Isabelle était là, à cinquante mètres de moi dans une camionnette garée dans la cour mais j'étais comme dans l'incapacité de me représenter ce que cela voulait signifier. Je suis resté un long moment dans une sorte de monde parallèle, n'entendant rien de la conversation qui m'entourait entre l'homme, la femme, Karine, Lyly et Nordine qui nous avait rejoints le bras droit en bandoulière.

Ce fut l'image de ma maman devant le corps de sa fille qui me fit sortir de ma torpeur. J'ai dû m'évanouir à cet instant-là, ou en tous les cas décider de ne plus rien voir. Toujours est-il que je me suis réveillé dans un des lits de la ferme, plusieurs heures après avec la vaine espérance d'avoir tout rêvé.

Depuis ma rencontre avec Pascal et la découverte du courrier de Lars, j'étais persuadé que ce même individu pourtant séparé de 200 ans était la clef. Je n'étais pas arrivé à comprendre que j'en étais la porte. Celle permettant d'ouvrir la vérité au monde.

C'est ma notoriété, acquise par mon livre sur mon ancêtre, qui pourrait faire la différence. Geoffroy et Isabelle le savaient, comme tous les autres, et à me comporter comme si de rien n'était, je les mettais tous en danger. Il me fallait accepter ce statut d'homme providentiel pouvant, peut-être, arriver à convaincre le plus grand nombre et bon nombre de grands que nous courrions à notre perte le 2 mars 2023.

Je me devais désormais d'obéir aux consignes et de rester à ma place, ou dans un van, quand on me le demanderait.

C'est avec ces pensées-là et avec la tristesse abyssale de la mort de ma sœur que j'ai retrouvé tout le monde à 14 heures dans la grande salle de la ferme solognote. Karine est venue me prendre dans ses bras en voulant s'excuser de n'avoir pu protéger Isabelle.

Mais je savais que si j'avais respecté la consigne de Pascal, mon Ista serait toujours là.

— Merci Karine. Vous avez fait ce que vous pouviez et je vous en remercie. Je… Je suis navré pour Geoffroy… Pascal dort encore ?

— Non, il est dans la grange aux côtés de votre sœur et de Geoff, me dit alors l'homme que j'avais aperçu dans la nuit. Je vous présente mes plus sincères condoléances. Je m'appelle Henri Holms, je suis l'un des responsables actuels du G3 et bien que j'aie aimé le faire dans d'autres circonstances, je suis sincèrement honoré de vous rencontrer Monsieur Taddée.

— Heu… Merci. Je… Enchanté aussi… Je vais laisser Pascal tranquille avec Ista… enfin la dépouille de ma sœur. Mais il faut que je prévienne notre mère.

— Si vous le permettez Éric, il serait sans doute préférable de se caler avant sur l'histoire officielle du décès d'Isabelle. Vous devez comprendre que son enlèvement et son meurtre ne peuvent être présentés comme tels, pas même à votre mère. Du moins à ce stade.

— Vous… vous ne pouvez pas me demander de cacher la mort d'Isabelle à notre mère. Je… Nous devons organiser ses funérailles.

— Bien sûr ! Écoutez, si vous le voulez bien, nous avons pensé maquiller la mort d'Isabelle en un accident de voiture. Notre équipe de Limoges a toujours sa voiture. Si vous nous laissez faire, nous pouvons faire en sorte que le décès de votre sœur soit lié à un accident, une panne survenue sur sa voiture qui l'aura fait sortir de la route et malheureusement se tuer. Cela permettra que vous préveniez votre mère dès demain.

J'étais sans voix parce que sans voie. Je ne savais quoi faire. Par fatigue, par désespoir, par volonté de pouvoir appeler ma maman, j'ai accepté.

Je suis alors sorti rejoindre Pascal autour de la dépouille d'Isabelle. Il était évidemment bouleversé mais semblait apaisé, sans doute par ce que Karine lui avait administré mais aussi et surtout parce qu'il avait eu le temps de dire à ma sœur ce qu'il voulait lui exprimer.

Il s'est levé de sa chaise et est venu m'embrasser en m'invitant à prendre sa place.

En sortant de la grange, il m'a dit : « Je suis atrocement désolé. En quelques semaines seulement, je t'assure que j'étais profondément tombé amoureux d'Isabelle. Je sais que c'était elle, pour toujours. Et cela le restera. Je ferai tout pour qu'elle ne soit pas morte en vain et pour t'aider à empêcher le feu nucléaire ».

À mon tour, je suis resté un long moment au chevet du corps de ma sœur. Je pense même que je m'y suis assoupi en rêvant de nous deux, de notre complicité, de notre affection, de notre enfance. C'est un cri, extrêmement fort et dégageant une douleur insupportable, qui m'a fait revenir en un instant. J'ai embrassé le front d'Ista qui avait été nettoyé et dont le cou avait été bandé par quelqu'un du G3 et je repartis dans la ferme. Il était presque 17 heures.

Pascal était au lavabo du coin cuisine avec Lyly. Il se lavait les mains. Mac était là lui aussi, assis à côté de la femme médecin en train de boire un verre de vin. Il ne s'était pas changé et ses vêtements restés couverts de sang. C'est là que j'ai réalisé qu'il en était de même de mon jean, presque intégralement rouge du sang d'Isabelle.

Je me suis assis à mon tour et Nordine m'a servi un verre de vin rouge que j'ai avalé sans sourciller.

Outre Henri Holms, la femme médecin en était bien un. Elle s'appelait Nadine Banon et était chirurgienne thoracique à l'Hôpital Européen de Marseille. La seconde qui accompagnait Holms partout, même aux toilettes, était visiblement sa garde du corps, même s'ils nous l'ont présentée comme son assistante. Elle se faisait appeler Sybille. Je ne suis pas arrivé à avoir un nom mais je m'en foutais complètement.

— Bien, voilà. Éric, la mort d'Isabelle aura lieu cette nuit. Cela se produira vers Châteauroux, sur l'A20, dans le sens Limoges-Vierzon. Vous pourrez prévenir votre mère dès demain matin.

Veuillez accepter à nouveau toutes nos condoléances et toutes les excuses de notre organisation de n'avoir pu mieux vous protéger.

— Moi, je m'en tape de vos excuses le « 3 Grand » d'imposture qui mesure à peine 1m60.

Pascal avait changé durant l'intervention mais là, il était méconnaissable et rien ne semblait plus pouvoir l'arrêter.

Il était debout, face à nous tous. Ces mains étaient propres mais pas sa chemise immaculée d'un sang que j'ai pensé d'abord être celui de Nordine. « Ce que je veux maintenant, c'est qu'on avance et qu'on prenne le lead. Bordel, la seule défense c'est l'attaque ! Il faut retrouver ce cahier de merde. Il faut qu'Éric puisse parler au monde avec le russkoff de la paix qui est avec vous, machin là, Sergueï Equimov ou Lefimov, enfin, on s'en branle de son nom de Popov. Alors, vous avez les documents qu'on a trouvés dans la planque de l'autre groupe. Et l'assassin d'Ista nous a dit des choses avant que je lui arrache ces putains de dents et sa saloperie de langue. Alors, au boulot maintenant ! »

Holms a regardé Lyly et Mac qui souriaient légèrement en haussant les épaules comme pour dire « On n'a rien pu faire ».

Je l'ai dévisagé à mon tour :

— Tu… Tu as fait quoi au Russe ?

— Tu veux dire à l'ordure qui a tué Isabelle ? On n'avance plus à l'aveuglette sans casser des yeux ! Il lui reste encore ses oreilles et ses couilles !

J'ai repris un ou deux verres. Je ne savais quoi dire, je ne trouvais aucun mot. Karine a coupé le silence de la pièce :

— Il a raison, nous subissons depuis le début. Il nous faut prendre des initiatives si on veut avoir une micro chance de trouver ce 6e cahier de Lars. Il vous a dit quoi le mafieux tant qu'il pouvait encore parler ?

C'est Lyly qui reprit l'explication, avant que Pascal ne reparte dans une nouvelle phase d'exaltation.

— Pour un type qui se vantait de ne pas parler et d'être un dur, il a parlé très rapidement et sans difficulté. Au cas où vous vous poseriez la question aux dires qui ont précédé, il est toujours vivant, bien attaché et il a encore ses yeux, sa langue et ses dents… enfin, il lui en manque 2 mais bon… Il nous a confirmé que son groupe est différent de ceux que nous combattons depuis l'origine. Eux sont effectivement plutôt slaves et en lien encore fort avec le Kremlin et Toupine. Ils veulent protéger leur nouveau tsar à gros muscles et petits neurones et, au cas où le 2 mars 2023 aurait lieu, leur but est d'avoir le cahier pour savoir où se planquer. D'après lui, leur groupe est issu du groupe historique. La séparation daterait juste après la première guerre mondiale, vers 1920. La volonté d'ouvrir le groupe à de riches familles du monde entier pouvant acheter leur sécurité pour accéder à des bunkers en zones protégées le moment venu ne plaisait pas à certains, notamment à la branche russe du groupe, qui auraient fait « sécession ». Ils se font appeler les *Chistyy*, les « purs », et ils appellent les autres, plus nombreux et qui ont le cahier n° 6, les *Pervyy*, les « premiers ». Le responsable français des *Chistyy* est un homme qu'il dit ne pas connaître mais qui habiterait à Saunay, un village entre Tours et Blois et…

— C'est délirant, le coupa Holms. Nous savions qu'ils n'étaient pas tous d'accord entre eux et qu'ils cherchaient à « vendre » des places en bunkers à des très fortunés depuis quelques années mais nous sommes passés complètement à côté d'un groupe parallèle. Cela nous fait deux fronts à combattre désormais.

— Oui, ou alors leur division peut nous servir ?

On a tous regardé Pascal qui n'était pas mécontent de sa réflexion. Il continua :

— Pas grand-chose à rajouter à ce que vous a dit Lyly. Je vais y retourner 10 minutes le voir avec Mac et je vous assure qu'on aura le nom de leur chef vite fait ! Et même s'il ne le connaît pas, il va nous en donner un !

— On peut arrêter ce discours débile à la con ? dis-je excédé.

— T'as raison mon pote, bouche-toi le nez et les oreilles, ferme les yeux et la bouche, et réveille-toi dans un salon doré quand il aura été fait ce que tu ne veux pas faire mais que tu sais qu'il faut faire sans qu'on te dise qu'on l'a fait. Je sais dans quel camp ta sœur serait, elle, si c'était ton cadavre qui gisait dans la grange !

Je me suis levé d'un coup le verre en main. Il a volé vers Pascal qui l'a esquivé et je me suis jeté sur lui. Le problème c'est qu'il avait aussi dû avoir un cours accéléré par Mac en sport de combat parce que je me suis pris une mandale de sa main gauche que je n'ai pas du tout vue venir suivie d'un crochet avec sa droite qui m'a propulsé encore plus loin de la chaise d'où je venais.

Karine a hurlé :

— C'la suffit vos conneries ! Le G3 n'est peut-être pas à la hauteur de vos attentes mais vous deux vous êtes de vrais gamins ! Alors soit vous vous calmez, soit je vous jure que je vous enferme dans vos chambres en vous y portant par les couilles. Avec Étienne, trois personnes sont mortes pour une cause qui dépasse largement vos deux petits ego de coquelets. Alors, stop ! Maintenant !

Nordine allait m'aider à me relever mais c'est Pascal qui m'a tendu la main :

— Excuse-moi, excusez-moi. Je suis ridicule. Bouleversé mais ridicule. Je te demande pardon.

Je me suis remis debout avec son aide. J'ai retiré de ma bouche ensanglantée ce qui venait de quitter ma mâchoire en lui disant :

— En fait, entre le mafieux et moi, si tu ne fais plus prof un jour, tu pourras faire dentiste, ou plutôt arracheur de dents… Excusez-moi Madame Banon, vous auriez un antidouleur ?

Je suis parti quelques instants avec elle me soigner dans les toilettes, Pascal me suivant à la trace et s'étant excusé au moins cinquante fois en dix mètres.

Nous sommes revenus nous attabler tous ensemble autour du dîner préparé par Nordine. Après les trente-six chandelles des coups de Pascal, un mot tournait dans ma tête.

— Excusez-moi Lyly. Tu as parlé de Saunay. S, A, U, N, A, Y en Touraine ?

— J'ignore comment cela s'écrit. Il a parlé de ce village entre Tours et Blois. On n'a pas encore eu le temps de regarder de plus près. Tu connais ?

— De nom, juste de nom. Luc Taddée, pas mon père, mais mon arrière-grand-père, est né à Tours mais j'avais lu que sa famille était originaire de ce petit village proche de Château-Renault. J'avais failli m'y rendre en 2019 pour consulter des archives quand j'écrivais mon livre, mais j'avais eu la Maire de Saunay par téléphone. Elle était un peu loufoque mais super sympa. Elle m'avait alors dit que tous les documents administratifs avaient brûlé dans un incendie de l'annexe à la mairie en 1965 et qu'ils n'avaient plus donc rien d'antérieur à cette date. Comme pour Figeac, c'est quand même une sacrée coïncidence que ce petit village avec à peine, je ne sais pas, 500 ou 700 habitants se retrouve au cœur de notre affaire par deux fois !

— Oui, c'est effectivement très étrange, reprit Henri Holms. La question est de savoir s'il est intéressant de suivre ce groupe russe *Chistyy* et leur chef français à retrouver ou bien les autres qui, eux, ont le cahier.

— Henri, je pense qu'il ne faut plus fermer aucune piste. Et tant pis si nous nous retrouvons dans des voies sans issue. Ce groupe n'a pas le cahier mais il a sans doute des connexions avec le Kremlin qui pourraient nous être utiles un jour prochain.

— Vous avez raison Karine. J'en informe les autres membres de notre direction, mais allez gratter dans ce village. Mac et Lyly, essayez d'obtenir le nom de ce chef des *Chistyy*. Monsieur Parson, je vous suggère vivement de ne pas vous en mêler.

— Oui, naturellement. Encore toutes mes excuses pour mes pétages de plombs. Éric, si tu le veux bien et si tu as besoin, je serais heureux de vous aider, ta maman et toi pour les obsèques d'Isabelle.

— Bien sûr mon pote. Elle en aurait été heureuse, elle aussi.

Dans les drames les plus difficiles comme dans les épreuves décisives, on ne franchit l'obstacle que de face, en faisant front et dans ces heures sombres et incertaines, aucun soutien n'est de trop. Surtout pas celui d'un véritable ami. Et c'est bien dans la peine que l'on reconnaît les rares vrais !

Chapitre VI – C'est quand la mer se retire qu'on découvre qui se baigne sans maillot

Conformément à ses volontés, nous avons enterré Isabelle aux côtés de notre père dans le cimetière de Manigod, petit village du massif alpin des Aravis, le vendredi 29 avril 2022.

On ne se souvient pas des jours, mais on se souvient de ces instants. Par cette belle journée ensoleillée, la cérémonie fut très digne et très forte en émotions. Nathalie, ma maman, notre maman y a rendu un hommage prégnant à sa fille et le texte écrit puis lu par Pascal, adaptant le poème *Funeral Blues* du poète anglais W.H. Auden à son éphémère relation avec Isabelle, restera comme l'un des moments les plus intenses de ma vie.

Ranger mes livres, arrêter ma guitare,
Empêcher les chats d'Éric de miauler pour son retard.
Faire taire toutes ces armes, et sans roulement de tambour,
Lui crier mon amour avant la fin du jour.
Que notre équipe à jamais soit unie et forte,
Et partout écrive ces trois mots : Ista est morte.
Nouer des voiles noires sur chaque cime de montagne,
Nos souvenirs sans elle désormais seront mon bagne.
Elle était mon Nord, mon Sud, mon Est et mon Ouest,
Mon univers, mon dimanche de sieste,
Mon midi, mon minuit, mon prochain bonheur, mon nombre d'or,
Je croyais notre seul et vrai Amour immortel, j'avais tort.
Que les étoiles se retirent, que la voie lactée s'éteigne,
Mais que sur moi, à jamais, sa joie déteigne.

Démonter la Lune et le Soleil, vider l'océan sans cesse,
Mais remontez-moi le temps avec elle, ma princesse.
Sans toi, mon Ange, « la vie continue » m'insupporte,
Car rien d'exceptionnel ne peut advenir désormais. Tu es morte.

Isabelle avait rejoint la montagne, qu'elle avait tant aimée et admirée toute sa vie, comme ultime demeure et pour l'éternité.

Je me plaisais à me dire qu'elle était désormais et pour toujours avec notre père face à la vue exceptionnelle, calme et reposante, de ce Mont Charvin et de ces Trois Aiguilles qu'elle aimait intensément arpenter depuis notre enfance.

C'est à cette occasion si pénible que j'ai fait la connaissance des enfants de Pascal. Lilian, Bastien et Maëlle avaient rencontré Ista à quelques reprises chez leur père à Orléans et ma mère et moi étions à la fois ravis et touchés qu'ils aient fait en sorte de se rendre disponibles à ses obsèques dans nos montagnes si loin de tout. Même si nos échanges furent extrêmement courts, j'ai perçu chez eux la même détermination que chez leur père, tant pour faire justice à ma sœur que pour tout faire pour sauver le monde.

En dehors du Capitaine Urblain et de Damien, mon voisin de Moigny, il n'y avait bien sur aucun membre du G3 présents afin de ne pas éveiller les soupçons partant du fait, comme ils le pensaient de façon pertinente, que ces obsèques étaient certainement surveillées par les deux groupes concurrents et adeptes de fin du monde.

Je suis retourné avec ma mère à Annecy où je l'ai ramenée dans son EHPAD. Je suis resté quelques jours auprès d'elle, puis le jeudi 5 mai je suis rentré chez moi à Moigny-Sur-École.

Une semaine, bien lourde et difficile malgré la présence apaisante et affectueuse de *Bohemian, Rhapsody* et *Rainbow*, s'était encore écoulée et j'accueillais Karine, Pascal et Damien le mardi 10 mai pour faire un point des avancées du G3 depuis le drame de Bricy.

L'impossible recule parfois devant ceux qui avancent

Après des retrouvailles autour d'un bon apéro chargé en Rhum, amené et concocté par Pascal, nous nous sommes mis au travail autour d'un repas que Damien avait eu la gentillesse de préparer dans la maison voisine. En plus d'être adorable et très serviable, ce responsable de l'Établissement Français du Sang de Melun, où je donnais plaquettes et plasma de façon régulière tous les mois au sein d'une équipe cent pour sang en or, était comme Nordine, un excellent cuistot. À croire que c'était un critère pour intégrer le G3 !

Avec cet agréable échange, je pouvais alors constater que les choses avaient fortement évolué en quinze jours.

— Bon, engagea Karine, je te fais le topo de la progression des différentes voies ouvertes depuis… depuis notre intervention sur la Base de Bricy. Tu vas voir, nous avançons bien.

— En même temps, on est déjà mi-mai ! l'interrompit Pascal, toujours à fond.

— Oui. Enfin. Sur Bricy tout d'abord, c'est la gendarmerie qui a pris l'enquête de la tuerie du hangar. Nous avons un contact chez eux. Nous savons qu'ils n'ont aucune piste pour l'instant et la hiérarchie parisienne en lien avec la DGSE est pour étouffer au maximum l'affaire s'agissant de morts de la mafia de Saint-Pétersbourg. Bref, pas d'inquiétude de ce côté-là.

Elle s'arrêta pour s'enfiler une belle rasade de vin, après les 3 verres de Rhum arrangé de l'apéro. Je me suis dit que la bouteille de rouge ne survivrait pas à son compte rendu. Elle a alors repris, non sans se resservir un grand verre.

— La super bonne nouvelle, c'est que le mouchard que j'avais placé sur la Mercedes…

— Un mouchard ? Quel mouchard ? lui dis-je interloqué.

— Tu sais bien, quand nous avons suivi la Mercedes la première fois de Limoges jusqu'à la cache sous la ligne d'aérotrain et que je suis sortie pour découvrir leur entrée souterraine, j'ai placé une puce sous leur voiture. Du coup, quand ils sont repartis le lendemain, le G3 a pu les suivre. Nous pensions qu'ils iraient sur Paris mais non, ils ont poursuivi au Nord, jusqu'à Douai. Ils se sont arrêtés dans un grand complexe, en plein centre, Boulevard Paul Hayez, au niveau de l'ancienne Bourse d'Affrètement des voies navigables. Depuis, nous avons deux équipes qui surveillent ce site et nous pouvons affirmer qu'il s'agit du QG ou d'un centre névralgique des *Pervyy* pour la France ! D'après Holms et les autres responsables du G3, il est fort…

— Moi je ne l'aime pas ton nain de jardin ! la coupa Pascal.

— C'est Holms que tu appelles comme ça ? lui demanda Damien, hilare, en regardant Karine qui souriait elle aussi.

— Oui, ce type ne me revient pas du tout. Il n'est pas franc du collier.

— En l'occurrence, c'est plus un profil de Hobbit que de Nain, tu ne trouves pas ?

— Ouais ! T'as raison Damien, c'est plutôt un Sacquet qu'un Gimli. Mais ça ne change rien au fait que je ne peux pas le saquer !

Satisfait de sa blague, Pascal s'est levé pour aller chercher dans ma petite réserve du rez-de-chaussée, le panneau que nous avions concocté un mois auparavant. Je revoyais Isabelle se prendre pour Dana Scully et placer ses punaises et ses fils rouges pour matérialiser les connexions que nous avions déjà pu réaliser à l'époque. C'était difficile pour moi, mais j'ai vite compris que pour Pascal il s'agissait d'une sorte d'hommage à ma sœur : « Ista avait déjà vu tellement de choses. Elle avait raison, cette méthode made in FBI ne peut que nous aider. Pardon Karine, je t'ai coupée dans ton élan ».

— Pas de souci Frodon, ou plutôt Crétin de Touque !

Bon, je ne comprenais rien à leurs références mais, eux, au moins, trouvaient ça drôle. Elle poursuivit :

— Donc, sur ce principal groupe désireux de la fin du monde, nous pensons avoir trouvé leur siège français. Il est donc fort probable que le cahier n° 6, original ou copie complète, y soit entreposé. Le G3 travaille actuellement à une opération d'intervention pour y pénétrer et le récupérer.

— Ce serait génial. Et les 18 pages de la copie qu'on a pu récupérer dans leur bunker, ça a donné quoi ? demandais-je en commençant à me remettre dans l'aventure.

— J'allais y venir. Comme Pascal l'avait repéré rapidement, il y a une précision incroyable sur les premières frappes en Russie et aux États-Unis. Cela débute selon lui avec des tirs russes à 18h30 heure de Paris le 2 mars 2023. La riposte américaine est quasi immédiate comme celle de l'Otan. Paris est touché à 20 heures, des villes secondaires comme Orléans à 23h23. Nous avons cartographié précisément ce que Lars indique mais cela ne suffit pas ni à comprendre comment l'empêcher, ni à identifier quelles zones du globe seront épargnées. Pascal meurt à 23h23 mais à ce moment-là, d'autres missiles sont encore dans les airs ou dans leurs silos, prêts à partir. Pour ma part, ce que je considère le plus intéressant dans ces pages, c'est que Lars soit très clair sur le démarrage de ce suicide collectif: pour lui, c'est Toupine qui appuie le premier, furieux d'avoir été victime d'une tentative d'assassinat par ces généraux.

— Oui, il y fait aussi référence dans son courrier à Pascal. N'est-ce pas ?

— Tout à fait mon pote. C'est peut-être là la clef de toute cette affaire à venir. Si nous pouvions faire en sorte que son élimination réussisse ce coup si, alors peut-être que l'humanité aurait une chance.

— De toute façon les garçons, pour en arriver là, il nous faut ce cahier au complet. Et je suis d'accord avec « Holms le Hobbit », il faut que nous intervenions sur leur site de Douai pour tenter de le récupérer.

Karine avait totalement raison. Cela devait être la seule priorité du G3. Elle en a profité pour siffler la fin de la première bouteille de vin et faire signe à Damien d'en ouvrir une autre. Une fois son carburant ingurgité en quantité suffisante, elle est repartie dans ses développements.

— Voilà pour ce qui concerne les *Pervyy*. Du côté des mafieux russes *Chistyy*, nous gardons bien au frais, ou au chaud selon les moments, l'assassin d'Isabelle. Il…

— Au fait, excuse-moi, comment vont Mac et Nordine ?

— Ils vont bien Éric. Merci pour eux. D'ailleurs, si ma proposition à venir te convient, Nordine sera des nôtres vendredi. Bon, nous ne sommes pas arrivés à obtenir de nom concernant de « chef » des *Chistyy* en France. Notre prisonnier l'ignore réellement je pense. Il s'agirait d'un homme, habitant ou bien pilotant le groupe depuis cette petite commune de Saunay en Touraine. Le seul nom que nous avons pu obtenir en plus est le nom d'une maison *La Moulinerie*. Cela te dit quelque chose Éric ?

— Non, rien du tout. Comme je te l'ai dit, puisque les archives du village avaient brûlé, je n'ai pas investigué plus que ça à l'époque de mon livre. *La Moulinerie* ? Ça fait très lieu-dit ou bien propriété proche d'un moulin ?

— Oui, nous avons trouvé le site, à environ 2 km au sud du centre du village. C'est une grande et jolie maison ancienne, avec un immense parc autour, un ensemble qui devait former une grande propriété aux siècles passés. Nous l'avons sous surveillance depuis une semaine, Nordine a placé plusieurs caméras et capteurs autour. Pour l'instant, rien. Pas un cheveu !

— Et si c'est un chauve qui y va ?

Je sais bien que la blague de Pascal était d'une nullité abyssale mais elle m'a fait beaucoup rire. J'étais heureux qu'ils soient là, qu'ils poursuivent le combat, qu'ils donnent tout pour cette cause que je pensais impossible. J'étais surtout ravi d'avoir rencontré ce mec. Dilettante, entier, cool, anar, libre, loyal et toujours tellement gamin dans sa tête, sans doute pour essayer de rattraper cette enfance qu'il n'avait pas pu avoir. Il était capable de me mettre dans tous mes états, mais je l'adorais et j'aurais tant aimé que son histoire merveilleuse avec Isabelle puisse se poursuivre.

— Ah, ah, ah. Ok. Alors, « pas une oreille ! » tu dis quoi là ?

— Ben si c'est un chauve monaut ! lui claqua Pascal.

— Putain, toi, si tu pouvais ne plus avoir de langue ! Tais-toi, je ne veux pas savoir comment ça s'appelle !

Karine avait du mal à retenir son rire, d'autant que Pascal lui tirait alors la langue en la remuant dans tous les sens et en faisant mine de vouloir la léchouiller.

— Ce qui importe c'est que cette *Moulinerie* est elle aussi sous surveillance. Au cas où, nous avons appelé la Maire de Saunay. Comme elle était ravie que le nom du village apparaisse dans ton livre, elle nous a proposé de venir consulter les rares archives qu'elle détient à la mairie. Elle est une de tes fans absolues Éric. Je lui ai dit que je travaillais avec toi sur un tome II et que tu viendrais certainement. Alors si cela te va, on passe à Saunay vendredi matin. C'est à deux heures de route de Moigny.

— Oui, avec plaisir. On n'a pas grand-chose à perdre à y aller même si je crains qu'on n'y gagne pas grand-chose non plus…

Leurre à Saunay

— Vendredi 13 mai. Bordel et en plus il faut passer sous une échelle !

— Toi ? Tu es superstitieux Pascal, lui demanda Nordine interloqué.

— Non. C'était juste pour dire un truc con. Sinon, vous avez vu hier, une équipe de recherche internationale a pu prendre une photo de Sagittarius A*, un trou noir supermassif qui occupe le centre de la galaxie. C'est dément je trouve.

Je dois reconnaître que le trou noir de Parson ne m'intéressait pas du tout. Il était 10 h 15 ce vendredi 13 mai 2022. Nous étions

Karine, Pascal et moi arrivés à Saunay, garés sur la petite place en gravillon à côté de l'église juste devant la mairie dont la façade était en ravalement, d'où les échafaudages. Nordine, déjà sur place, venait de nous rejoindre.

— Ouah, s'écria Pascal en s'approchant de la grille de la mairie située à trois mètres de l'entrée de l'église. Peppone a une vue imprenable sur Don Camillo chez eux ! Il y a de quoi se faire Saunay les cloches !

Il était vrai que moi aussi je n'avais pas souvent vu tant de proximité. Mais la comparaison avec Brescello s'arrêtait là, je me doutais bien que notre Pepponette de Saunay ne devait pas être communiste. Elle avait cependant la gentillesse, la bonté, l'humour, la franchise et l'honnêteté du légendaire bourgmestre italien.

Nous avons été accueillis dans le hall d'entrée par une dénommée Mélany « avec un y ». Nordine était resté dehors sur le parking.

— Bonjour, Madame Barbée va arriver. Elle est retournée chez elle se changer. Son chien Gavroche lui a renversé son café sur sa belle robe tout à l'heure. Vous pouvez me suivre dans son bureau. Je vous ai mis des verres, une bouteille d'eau, une bouteille d'Épine et des petits boudins blancs. Vous savez, c'est Madame la Maire qui fait son Épine et les petits boudins ! Elle cuisine merveilleusement bien et fait des pâtisseries fabuleuses ; le fraisier, la bûche de Noël au café, le baba au Rhum… Je m'arrête là, j'en ai l'eau à la bouche.

Je me refusais à regarder Pascal car je savais que nous aurions éclaté de rire si nos regards se croisaient, tant Mélany me dévisageait comme si j'étais une star hollywoodienne. Ni tenant plus, une fois rentré dans le bureau de la Maire, elle me tendit son téléphone :

— Monsieur Taddée, je peux faire un selfie avec vous ?

— Attendez Mélany, on va faire mieux, la coupa Pascal mort de rire. Je vais vous prendre tous les deux, donnez-moi votre appareil. Éric, tu devrais tenir la bouteille d'Épine et vous l'assiette de boudins. Ce serait plus pittoresque !

Voyant que la Mélany allait s'exécuter, j'ai tout de suite mis le holà :

— Arrête tes bêtises Pascal, prend la photo et c'est bon.

Une fois cet office accompli, en trois fois, parce que Mélany n'était pas satisfaite des deux premières prises, nous nous sommes assis en attendant Madame Barbée.

Comme je m'y attendais, malgré l'heure matinale, Karine et Pascal se sont jetés sur la bouteille. Celle au contenant rouge, pas sur celle incolore, inodore et sans saveur.

— La vache, c'est super bon son truc. Y a de la cerise, non ? Je vais me débrouiller pour récupérer plusieurs de ces bouteilles géniales en faisant du charme à Madame la Maire ! s'exclama Pascal.

— Oui, bien sucré, bien relevé, bien dosé. On va lui demander sa recette. C'est délicieux. Tu devrais goûter Éric, c'est ouaf, c'est très ouaf, ça se boit sans soif.

— Non, merci Pascal. Si vous pouviez éviter de lui siffler sa bouteille avant qu'elle arrive, ce serait…

— Oooh ! mes petits lapins, comme je suis heureuse de vous recevoir ! Excusez-moi, c'est mon Titi, mon Gavroche, il m'a renversé mon café dessus en voulant manger mon spéculos. Ah, vous avez goûté mon Épine ! C'est bon hein ?

Il est des rencontres, même éphémères, que l'on n'oublie jamais. Croiser Catherine Barbée quelques minutes était la garantie de passer un bon moment, drôle, pittoresque et unique, avec la certitude de s'en souvenir toute sa vie. Égayante et spontanée, cette jeune septuagénaire donnait instantanément une impression de proximité bienveillante et apaisante.

Nous avons tout d'abord eu droit à la recette des petits boudins blancs et à celle de l'Épine, ce qui semblait passionner Pascal puisqu'il prenait des notes sur son téléphone. Il y avait bien de la cerise, mais pour le reste et notamment le type de vin utilisé, je n'ai pas retenu.

Puis, ce fut le tour de Gavroche, son Fox-terrier âgé de 12 ans, qui semblait incapable d'être situé à moins d'un mètre de sa « maman » chérie qu'il ne quittait pas des yeux, comme le boudin blanc qu'il aurait bien aimé terminer avant même que nous l'ayons goûté. Bien entendu, nous avons ensuite reçu un cours accéléré et légèrement romancé sur l'histoire de Saunay et, enfin, Catherine nous a expliqué la façon dont elle s'était retrouvée Maire après le décès de son prédécesseur.

Je pensais bien que nous n'apprendrions rien, mais pas à ce point ! Ceci dit, cela faisait un moment de détente pour Karine et Pascal, devenus les meilleurs amis du monde de mère l'Épine dorsale de Saunay.

Une heure plus tard, vers 11 h 30, après quelques photos prises avec Madame la Maire, nous entrions enfin dans le sujet nous intéressant.

— Comme je vous l'ai dit à l'époque au téléphone mon petit lapin, en 1965, la Mairie a presque entièrement brûlé et malheureusement ses archives avec. Mais, il est vrai que le village a longtemps été le centre de votre famille, de vos ancêtres du moins. Enfin, les Taddée, pas du côté Nocappas. Ça a duré tout le XIXe siècle et y compris du temps de Luc, votre arrière-grand-père. D'ailleurs, il est né ici, le 27 mars 1868, dans leur domaine de l'époque, à la Moulinerie, cette maison que la famille Taddée a toujours tant aimée.

— Pardon Madame Barbée, comment pouvez-vous savoir cela si les archives de la ville ont disparu ?

— Mais mon lapinou, tout le monde sait ça ici. Les Taddée c'est un peu les Ewing de Saunay ! Bon sans pétrole hélas. Luc a été le premier à partir. Pas loin, puisqu'il s'était installé sur Tours avec sa femme Roselyne. Cela ne lui a pas vraiment réussi puisqu'il est mort dans un accident de chantier en 1905. Mais, bon, vous le savez, vous, puisque vous le mettez dans votre livre. Et d'ailleurs, le tome II sera sur quoi plus précisément ?

— Tout va dépendre de ce que vous allez nous aider à découvrir chère Cathy !

Quel charmeur ce Pascal qui poursuivait :

— D'ailleurs, c'est l'heure de l'apéro, vous n'auriez pas une autre bouteille de votre merveilleux nectar ?

— Oh si, toi je t'aime bien mon Pascalou loulou. Regarde-moi ça, j'ai en permanence deux bouteilles au moins dans mon petit frigo. J'en ai fait installer un dès que j'ai été élue, il faut toujours avoir un remontant à proximité quand on est Maire ! Allez zou, donnez vos verres ! Cela me fait oublier tous les ennuis communaux que j'ai à gérer au quotidien ! Hier, d'ailleurs, une vache a…

— Super, merci Cathy. Bon sinon, vous savez quoi d'autres sur cette Moulinerie ?

— Plus grand-chose. J'y promène Gavroche souvent. Elle a été habitée jusqu'en 2020. C'est mon prédécesseur, Yves Taddée qui y vivait avec sa femme, une femme de l'Est, Olga je ne sais plus quoi. Oh, j'ai le nom de la Russe sur le bout de la langue… Un nom imprononçable !

— Excellente votre contrepèterie Catherine !

— Hein ? Contre qui ? Enfin, Yves était maire de Saunay. Il est décédé dans un accident de voiture, là-bas, tout près, percuté par un cerf en traversant le bois de la Chaîne qui traverse la route de Morand, une nuit en rentrant chez lui. Il devait rouler trop vite et trop chargé… et pas avec de l'Épine… Enfin, du coup, sa femme est restée un peu puis elle est partie en Ukraine je crois début 2021. La pauvre, si elle est toujours vivante, avec tout ce qui se passe, elle aurait mieux fait de rester ici. La propriété a été mise en vente mais jamais personne ne l'a achetée, et pourtant c'est plein de charme mais plus personne ne veut venir habiter en pleine campagne de nos jours ! Elle est fermée et un peu à l'abandon à présent. Mon adjoint Pouic-Pouic, enfin Franck Pourcil, un sacré beau gosse ce Franck, un peu comme toi mon loulou, dommage que vous soyez si jeunes… Bref, mon Pouic-Pouic pense qu'il y a quelqu'un qui passe parfois parce qu'il a déjà aperçu une voiture. Peut-être leur fils Anatoli, mais franchement, on ne voit personne là-bas maintenant.

Elle s'arrêta pour nous servir un grand verre puis reprit d'un coup.

— Il faut que je vous en raconte une bonne, si vous avez un peu de temps ! s'exclama Catherine.

Son Pouic-Pouic avait connu une mésaventure, une quinzaine de jours auparavant en se rendant justement dans le parc de la Moulinerie un soir, la nuit tombante, comme il aimait, semblait-il, parfois le faire tant cet endroit est paisible et agréable pour s'y promener.

Après avoir monté l'allée des marronniers, puis se retrouvant devant la maison, il s'apprêtait à repartir lorsqu'il aperçut des choses assez bizarres dans le parc. Il aurait vu apparaître d'un seul coup des lumières derrière des arbres, et au fond de l'esplanade, le grand terrain qui borde l'allée menant à la maison. Ces lumières semblaient se rapprocher de la maison, comme si des personnes se déplaçaient avec des torches, en avançant vraiment droit vers la maison. Notre super promeneur pris d'effroi, partit comme une furie, en essayant de faire le moins de bruit possible en passant dans l'herbe, pour redescendre à toute allure vers l'allée des marronniers, puis sur la route de Saunay.

Selon Catherine, il n'avait pas compris ce qu'il s'était passé. Quels étaient ces gens ? Des cambrioleurs ? Des personnes « peu fréquentables » qui pensaient trouver quelqu'un ou quelque chose à la Moulinerie ? On ne le saurait sans doute jamais. Ou bien Pouic-Pouic avait abusé d'un autre alcool local que l'Épine… En tout cas, il s'était juré de ne plus jamais y retourner, ayant eu la peur de sa vie ! Pour ma part, je trouvais à nouveau cela vraiment étrange.

Catherine s'arrêta de remplir son verre de « remontant » puis continua son propos en se levant vers la porte. « Indépendamment de l'histoire que je viens de vous raconter, en gros, depuis la mort d'Yves et le départ d'Olga, il n'y a plus aucun Taddée sur Saunay…

Mélany ! S'il vous plaît, vous pouvez nous amener le dossier ? !.... ».

Mélany est alors rentrée en portant un gros carton, visiblement très lourd, qu'elle posa sur le bureau du Maire. Catherine Barbée reprit alors ses explications.

— Comme je l'ai dit à votre assistant, nous avons pu rassembler quelques…

— Notre assistant ? Quel assistant ? s'écria Karine !

— Eh bien celui qui nous a téléphoné hier matin, lui répondit un peu surprise Catherine en soulevant le couvercle du gros carton. « Il voulait que je rassemble les…

— N'ouvrez PAAAAS !!!

Je ne sais plus ce qui s'est passé exactement, l'explosion a tout emporté au niveau du bureau et de la baie vitrée placée derrière. Celle-ci a explosé en milliards de morceaux. En hurlant de ne pas ouvrir, Karine a eu le réflexe de plonger sur moi, me renversant avec mon fauteuil. Pascal a eu le temps de basculer par-derrière son fauteuil se protégeant ainsi de l'essentiel des fragments. Le souffle l'a néanmoins propulsé contre le mur avec le portrait officiel du Président de la République lui tombant sur la tête.

J'ai ouvert les yeux avec une douleur abominable au niveau de mon poumon gauche, écrasé par Karine. Je n'entendais rien. Du sang coulait de mon nez et de mes oreilles. Nordine était au-dessus de moi. Il semblait hurler, mais je n'entendais rien.

J'ai vu Karine à genoux à côté de moi, ensanglantée sur tout le dos avec, au niveau des reins, un morceau de bois planté. Elle souffrait elle aussi atrocement en tentant de reprendre sa respiration. Heureusement, son blouson en cuir avait limité l'impact et l'écharde géante n'était pas pénétrée profondément dans son dos.

Redressé par Nordine, j'ai également vu que Pascal s'était relevé. Il ne pouvait s'empêcher de vomir après s'être approché de ce qui était un bureau quelques secondes au préalable. C'était un indescriptible carnage avec les membres des trois victimes éparpillés aux quatre coins de la pièce. Une abomination absolue.

Les pauvres Catherine et Mélany, tout comme Gavroche, étaient morts sur le coup, leurs corps disloqués dans tous les sens après l'explosion de ce carton piégé.

Pascal a soutenu Karine et Nordine m'a porté en courant vers la sortie de la mairie où les premiers voisins accouraient affolés suite à la déflagration qui avait dû s'entendre dans tout le village.

Une fois sur le parking, Nordine a rapidement parlé à Pascal. Je n'entendais toujours rien. Il a démarré la Kadjar noire avec Karine allongée derrière. J'étais dans la voiture de Nordine et je me suis vite évanoui malgré les hurlements et les tapes sur ma joue de mon protecteur.

Un petit Tours et puis s'en vont

Je ne suis resté inconscient que quelques minutes, heureusement pas plusieurs jours comme en mars. Nous roulions à très vive allure sur l'A10 vers Tours.

— Que s'est-il passé bon sang ? Pourquoi tuer cette pauvre Catherine ?

— Voyons Éric, elle n'a rien à voir là-dedans. C'est de nouveau toi qui étais visé ! me répondit Nordine soulagé que j'ai pu retrouver mes esprits. Moi, j'étais surtout soulagé d'entendre à nouveau, même si un sifflement strident permanent me transperçait la tête.

— Mais comment ? Comment pouvaient-ils savoir que j'étais là ce matin ? Moi-même je l'ignorais encore mardi. Et puis c'est qui ? Les Russes ou les autres ?

— On va voir. Chaque chose en son temps. On file sur Tours voire un médecin du G3. Il faut soigner Karine et que tu fasses un bilan. Ce n'est sans doute pas grave mais on va s'en assurer. J'ai prévenu

Yves Lalaup, il nous rejoindra tout à l'heure avec des consignes des chefs.

Nous sommes arrivés jusqu'au parking du personnel de l'Hôpital Bretonneau où un médecin nous attendait. Nous l'avons suivi dans une aile où il n'y avait personne. J'ai eu droit à un scanner du crâne montrant que « mes cinq neurones étaient toujours en place » comme me l'a aimablement indiqué Pascal, et Karine a été soignée rapidement. Sa blessure était, fort heureusement, superficielle et aucun organe ni la colonne n'étaient touchés. J'ai pris une bonne dose d'antidouleurs car mes côtes me faisaient vraiment très mal.

Yves, le frère de Karine, était avec nous vers 16 heures alors que nous avions rejoint le domicile du médecin qui nous avait pris en charge et qui était resté à l'hôpital après nous avoir soignés. C'était une maison au nord de la Loire, en rive droite, mais je serais bien incapable de dire où exactement.

Une fois rassuré sur l'état de sa sœur, Yves a commencé son débrief.

— Nous ignorons comment les Russes ont pu savoir pour votre rendez-vous à la Mairie de Saunay, mais il semble fort probable que ce soit les *Chistyy* d'après le mode opératoire selon une bombe tuyau en première approche de l'enquête qui débute. Cela serait d'ailleurs cohérent avec le fait qu'ils ne souhaitaient pas que nous allions dans le secteur de leur Moulinerie. D'ailleurs, cette histoire de Pouic-Pouic lors de sa promenade à la Moulinerie n'est pas claire, il doit s'y passer encore des choses dans cette grande maison…

— C'est un peu facile tout cela frangin. Et puis que ce soit eux ou les *Pervyy*, la question de savoir comment ils ont su pour notre passage reste entière. C'est moi qui ai pris le rendez-vous il y a une semaine. Hormis nous cinq et Damien, je n'en ai pas parlé à d'autres membres du G3.

— OK Karine, mais Catherine Barbée, ou alors Mélany, a dû en faire état à tout le village dès qu'elle a su que le grand Éric Taddée viendrait à la mairie. Si le contact des *Chistyy* habite toujours dans le coin, il l'aura appris sans problème.

Pascal avait certainement raison. Mais, j'ai alors vu son visage se figer. Il en avait parlé à Maëlle, sa fille, par téléphone le mercredi juste pour lui dire qu'il passerait en Touraine ce vendredi matin. Il n'en était plus certain mais il était possible qu'il ait alors donné le nom de Saunay. Il expliquait tout penaud cette seconde théorie à nos amis, atterrés par sa stupidité.

— Sacrebleu, Pascal ! Bon, à ce stade, reprit Yves, on ne peut savoir si c'est via Madame Barbée ou via ta conversation avec Maëlle. Si ça se trouve, ton téléphone est peut-être sur écoute ? Je ne peux croire à une fuite de chez nous, même s'il ne faut pas écarter cette possibilité. Cela confirme de toute façon, l'absolue nécessité que vous ne parliez pas, Éric et Pascal, à quiconque pas même à vos proches, de l'avancement de nos enquêtes. Pascal, s'il te plaît, donne ton téléphone à Nordine, nous allons y regarder de plus près.

Pascal était abattu. Il s'est posé sur une chaise et a mis sa tête entre ses mains. J'ai essayé d'aller le consoler un peu.

— Tu te rends compte, ces pauvres, elles sont mortes parce que j'ai parlé au téléphone à ma fille. C'est dingue d'être aussi con !

— Arrête, tu n'en sais rien du tout. Cela n'a peut-être aucun rapport avec toi. De toute façon, ils sont capables de tout, ces enfoirés. Nous, on a tué personne !

— Toi, non. Moi j'en suis déjà à deux morts. Et… rien. Ça ne m'a rien fait de tuer ces ordures. Ils étaient peut-être des mecs super sympas, des maris aimants, des pères de famille adorables… Va savoir. Mais c'est quoi ce monde de fou. Vivement que nous soyons éradiqués de la planète qu'elle ait enfin une chance de se développer avec des espèces dignes d'y être.

— La Terre a grandi sans les humains des milliards d'années et même si ce n'est pas le 2 mars prochain, nous aurons vite disparu et ne serons qu'un micro-événement à l'échelle de la grande histoire de la grande bleue.

— Micro-événement aux macros cataclysmes. Tu sais, je me demande depuis des semaines comment l'ancien Pascal a pu survivre en Lars, seul, propulsé 200 ans auparavant, loin de tout, loin des siens. Je ne suis pas certain d'avoir cette force et cette capacité à croire en l'avenir et tenter comme il l'a fait de nous sauver tous.

— Elle est en toi cette force mon ami. C'est aussi pour cela qu'Ista t'a instantanément adoré. Un type extraordinairement robuste, droit, digne et fort dans une enveloppe empreinte d'empathie, d'amour et de respect pour tes congénères. S'il n'y avait pas cet humour de merde et ces relents réfractaires à toutes consignes, tu serais parfait mon pote !

Il m'a pris dans ses bras, évidemment en me serrant mes côtes meurtries !

— Oh, désolé. Si par malheur nous devions échouer et que je redeviens Lars une deuxième fois, j'aurai peut-être la conscience de ce que nous avons vécu ce tour-ci et où toi, Ista, le G3 existent. Cela nous donnera peut-être une vraie chance. Dans ce cas, je pense qu'il faudra faire en sorte de tuer les parents de Toupine avant sa naissance. Un peu en mode Terminator ! Tu te rends compte, en fait c'est toi John Connor et je suis à la fois Sarah Connor et Kyle Reese. La vache, j'ai toujours rêvé d'être ce type. Ouah, j'écrirai partout « Si vous lisez ce message, vous êtes la Résistance », ça va être géant…

Il s'est levé d'un coup en continuant ses délires. N'ayant vu aucun Terminator, j'étais bien incapable de comprendre à qui et à quoi il faisait allusion. Mais ces références lui faisaient un bien fou. Il était reparti à 1 000 % et Nordine lui apporta une autre bonne nouvelle : « Ton portable n'a pas de mouchard. Alors, bien sûr, celui de Maëlle peut en avoir un ou bien ils t'ont mis sur écoute mais, franchement, ce groupe des Russes n'est pas assez structuré pour cela. Selon moi, ta conversation avec ta fille n'est responsable de rien mon grand. Cela n'empêche pas d'être prudent et attentif désormais ! »

Philippe, le médecin chez qui nous squattions, nous a rejoints en soirée. Nordine et Yves sont allés dormir à l'hôtel. Karine est restée avec nous chez Philippe. Elle souffrait beaucoup mais ce n'était pas cela qui l'a gêné le plus. Lorsque nous n'étions que tous les trois vers 23 heures, elle nous livra le fond de sa pensée.

— Je suis d'accord avec Nordine. La bombe, la connaissance ultra précise de notre rendez-vous avec Catherine Barbée, cela sonne faux. Ce groupe russe, les *Chistyy*, ce sont des mafieux, des tueurs, des bas de plafond, certes. Mais ils ont peu de moyens. S'ils existent depuis un siècle après une séparation d'avec le groupe originel, pourquoi s'affoler maintenant ? Si on suit le raisonnement du chef que nous avons capturé à Bricy, ils sont peu nombreux et veulent juste se planquer dans un coin pour survivre à l'holocauste nucléaire. Alors pourquoi se montrer maintenant ? Pourquoi prendre le risque de se faire découvrir alors qu'ils vivent cachés depuis 100 ans et que même nous, G3, ignorions leur existence réelle ?

Nous nous sommes scrutés avec Pascal, tous deux incapables d'enchaîner. Pascal a tenté une explication à laquelle il ne croyait pas lui-même :

— Peut-être qu'ils veulent vraiment ce 6e cahier pour être certains de pouvoir se cacher à des endroits épargnés ?

— Oui, c'est possible. Mais pourquoi ne pas avoir tout fait pour le récupérer auprès de leurs anciens frères, auprès des *Pervyy* depuis leur séparation en 1920. Pourquoi attendre d'être à moins d'un an de la fin pour bouger et en plus passer par des intermédiaires que nous sommes ? Cela n'a aucun sens !

— Je ne pense pas que nous trouverons les réponses ce soir. Je suis épuisé et j'ai vraiment mal aux cotes. Je vais me coucher. Désolé. On fait quoi demain ?

— Oui, au lit les garçons. Demain ? J'ai proposé à Yves que nous passions à la Moulinerie. Quels que soient les commanditaires et organisateurs de l'attentat en Mairie de Saunay, ces gens-là ne veulent pas que nous investiguions dans ce coin. Donc, selon moi, direction la Moulinerie !

La Moulinerie et d'autres pleurent

« Comment ça, NON ! Ils sont cons ou ils sont CONS ? ! » J'ai été réveillé par les hurlements de Karine. Comme mon lit se situait derrière une cloison donnant sur le salon-salle-à-manger de la maison du médecin, je n'avais qu'à tendre l'oreille pour entendre cette altercation.

— Écoute-moi Karine, ce sont les ordres. La Moulinerie reste sous surveillance mais la priorité du G3, c'est Douai. Rien d'autre pour le moment.

— Mais putain, c'est n'importe quoi ! C'est là, sur notre route de retour vers Orléans ou Paris. S'il n'y a rien, pas grave, on perdra quoi, une heure ? Et s'il y a des données nous permettant d'avancer, hein ? Comment le…

— Stop Sœurette ! Stop ! Il y a déjà eu deux innocentes mortes dans cette quête secondaire. Ce n'est pas le moment de ne plus respecter les ordres, il nous reste peu de temps. Ils savent…

— Arrête Yves, ils ne savent rien. Ils sont perdus comme tout le monde et cela depuis 200 ans. Notre Groupe a failli depuis l'origine. Holms est nul, une lavette doublée d'un abruti. Notre seule chance est justement d'innover, de bouger autrement. Et ces deux gars-là qui viennent de rentrer dans l'équation bien malgré eux à cause d'un courrier surprise que Lars avait justement fait exprès de cacher au G3, ces deux gars, c'est notre seule chance. Ils réfléchissent autrement mais putain, eux, ils réfléchissent et surtout ils agissent. Tu sais quoi frérot ? J'arrête, je me barre, je démissionne de cette connerie !

Karine avait terminé sa tirade en furie. Nordine, Philippe, Pascal et moi étions tous trois debout derrière elle. Pascal, tout sourire, a alors applaudi calmement avec un petit :

— Alors là, Chapeau Captain ! Moi je vous suivrai où que vous alliez !

— Ouais, ben, mets ton chapeau ailleurs : va mettre un caleçon ou un pantalon ! lui hurla Karine.

— Oups... je vois que mon entrain gène, ou que mon engin traîne...

C'est là que le téléphone de Pascal sonna. C'était le notaire d'Orléans qui lui avait remis la lettre de Lars qui l'appelait pour lui annoncer qu'il avait retrouvé dans un carton laissé par la veuve d'Alexandre Garioul à son fils, un vieux livre de poèmes de Baudelaire à la fin duquel étaient insérées plusieurs feuilles de papier.

Il s'agissait, selon le notaire, d'une lettre signée par la fameuse Louise Depinel. Cette lettre évoquée dans le courrier de Lars à Pascal mais que le notaire n'avait pu lui remettre car il ne l'avait pas trouvée, venait d'être découverte sous une pile de livres restée au fond de ce carton. Un rendez-vous fut pris par Pascal avec le notaire pour récupérer la lettre. En attendant ce rendez-vous, Pascal nous raconta son appel et son inquiétude sur ce qu'il allait peut-être encore découvrir au travers de la lettre de Louise Depinel. Tout le monde resta perplexe suite à ce nouveau rebondissement.

Puis la discussion s'est poursuivie entre nous tous. Philippe n'y prenait pas part. Il n'était visiblement pas assez impliqué dans le G3 ni dans notre enquête. Dès qu'il est parti pour l'hôpital vers 8 heures, la conversation entre le frère et la sœur est redevenue extrêmement tendue.

— Karine, les 3 Grands font de leur mieux, ils...

— Eh bien ce n'est pas assez ! Si les deux autres sont comme Holms, ils ne sont pas à la hauteur. Il reste dix mois. Faut passer la sixième là !

— C'est bien ce qui va être fait à Douai. Nous sommes peut-être à quelques heures de récupérer le 6e cahier. Nous...

— Il faut trois semaines pour intervenir ? Vous avez repéré le site du Boulevard Paul Hayez à Douai grâce à MON mouchard.

Mouchard que je n'aurais pas pu placer sans ces gars et sans Isabelle ! Putain, tu me donnes Mac et Lyly et on te le récupère ce cahier !

— Avec la même réussite qu'à Bricy ?

— Va te faire foutre connard de coincé du cul. Je me barre. C'est terminé !

Karine sortait de la pièce en trombe quand Pascal a violemment tapé sur la table faisant sauter toutes les tasses.

— Bon, ça suffit vos conneries. On dirait Éric et moi, en pire. Alors, moi, je suis Lars. Aucun de vous n'existe sans moi. Pas même vos 3 Grands Cons. Isabelle, Catherine et tant d'autres sont morts. Pas pour vous, pas pour moi, pour une cause bien plus grande, sans même la connaître ou la comprendre. Alors stop ! J'ignore tout mais je sais une chose : nous devons tout faire d'ici mars prochain pour empêcher son issue. Karine a raison, nous devons examiner toutes les pistes, et la Moulinerie en est une, tout comme Figeac en est une autre ! Alors, oui, intervenez à Douai de votre côté. Yves, tu préviens les responsables du G3 que je reprends la main. Éric et moi ne sommes plus de simples accompagnants désormais. J'exige de les rencontrer dès demain. Entre-temps, nous serons passés à la Moulinerie avec Karine et Nordine. La récré est terminée ! Bon, et moi je vais pisser…

Tout le monde s'est regardé alors qu'il se dirigeait, toujours sans rien en bas avec juste un teeshirt sur lui, vers les toilettes. Yves, choqué et furieux, a alors pris ses clefs de voiture et est parti en claquant la porte. Nordine était très satisfait de tout cet épisode et Karine un peu surprise, à la fois d'avoir répondu à son frère de la sorte et surtout par la rudesse de Pascal – je parle de sa réaction, pas d'autre chose.

— Bien, on dirait qu'on a changé de chef ! Profondément déjanté mais au moins avec lui, on va s'marrer, dit Nordine.

— On va surtout enfin agir ! Et c'est ça qui fera la différence, le reprit Karine. Ce type est barré parfois, mais pas garé, il ne reste jamais stationnaire. Il sait que ne pas bouger, c'est commencer à perdre. Il connaît la différence entre le pont d'Arcole et Fort Alamo !

La chasse d'eau tirée, on entendit alors un « Je mets mon futal et on bouge. Allez, hop, hop, hop ! »

J'ai vu les deux autres rigoler et je me suis dit que le rythme allait certainement bien changer.

Une fois en voitures, Nordine dans la sienne, nous trois ensemble avec Karine ayant repris le volant, nous avons foncé vers Saunay à nouveau.

— Dis, si t'es Capitaine, ton frère il est Colonel. Je dois être au moins Général du coup ? De toute façon, comme disait Clémenceau, pour diriger il faut un nombre impair et trois c'est déjà trop ! Alors je vire les 3 Grands et je prends, seul, le pouvoir !

— Général et Dictateur ! Ça va les chevilles Franco Pinochet ? lui répondis-je en essayant de ne pas trop rire du fait de mes douleurs intercostales.

— Carrément. Général Pasquallo Parsonnet ! Ça arrache !

— Arrache ta ceinture d'abord, on arrive !

Nous arrivions par le sud de la commune mais sans y pénétrer. De la Départementale 766, Karine a tourné sur un long chemin de terre montant selon une légère pente. Cette allée des marronniers était somptueuse. Les vieux arbres, colossaux, entouraient le chemin en le recouvrant de leur dense feuillage palmé et de leurs grappes de fleurs en forme de panicules volumineuses et érigées. Chacune était composée de dizaines de fleurs blanches, rouges, jaune ou saumonées et souvent de façon bicolore ou tricolore formant ainsi un sublime mélange.

L'allée bifurquait sur la gauche, contournait la grande bâtisse et nous arrivions devant celle-ci. Les mauvaises herbes commençaient à envahir la grande place parsemée de graviers, devant la porte d'entrée. Nordine qui nous suivait se gara juste derrière nous. Il n'y avait pas un bruit.

— Les caméras que j'ai placées là, là, là et là sont reliées au QG du G3. Ils voient donc que nous sommes là et que nous allons y rentrer, dit Nordine.

— Aucun souci, répondit Pascal qui se plaça sous l'une d'elles.

Il leur faisait un grand coucou d'une main, puis d'un seul coup, il s'est retourné et leur a montré son cul. C'est l'avantage de ne jamais porter de dessous, on est plus vite opérationnel, comme il disait toujours. Bon, comme ça, ils connaissaient nos motivations et toute la profondeur de l'obéissance qui était désormais la nôtre.

— Alors les « Experts Orléans », on rentre comment là-dedans ? demanda Pascal en remontant son jean à hauteur respectable.

Nordine nous a fait reculer derrière les voitures, à bien dix mètres de l'entrée. Le risque d'une porte piégée n'était pas à exclure après le massacre de la Mairie. En réalité, il a crocheté la serrure assez facilement et il est entré inspecter les lieux une lampe à la main. Il est ressorti après de longues minutes passées à l'intérieur.

— Venez, RAS, du moins au rez-de-chaussée. Inspectons ici pour l'instant, on montera plus tard. C'est déjà bien vaste en bas.

Nous sommes entrés à notre tour. Une fois le hall d'entrée passé, Nordine et moi sommes partis vers la droite en traversant la grande salle à manger, entièrement vide, où trônait fièrement une gigantesque cheminée avec des trophées représentant des têtes de cerfs suspendus de chaque côté. Une porte à sa droite donnait sur un vestibule complètement vide. Une autre, sur sa gauche, aboutissait à un ancien garde-manger probablement, puis nous sommes rentrés dans la grande cuisine, avant d'atteindre un grand cellier où nous n'avons trouvé que quelques tonneaux vides en piteux états. La cuisine était une pièce magnifique, aux cuivres et instruments culinaires accrochés ou rangés autour d'un imposant plan de travail. Il devait y avoir trois ou quatre cuistots qui se tenaient là à la grande époque de la propriété.

Cette maison regorgeait de recoins sombres et cachés comme toutes les vieilles bâtisses de son époque. Passé la porte du cellier, nous nous sommes retrouvés dans le garage dans lequel il n'y avait aucune voiture ni aucune trace d'un passage récent. Nous avons terminé notre inspection du bas de la maison par l'écurie dont les trois boxes aux poignées de cuivre avaient dû être bien jolis à l'époque où il y avait des chevaux. Nous avons inspecté rapidement cet endroit en entrant rapidement et méthodiquement dans chaque boxe afin de vérifier que rien n'y demeurait enfoui, notamment vers les mangeoires.

Mais, rien, il n'y avait absolument rien d'utile et de récent : pas un cahier, pas un papier, pas un dossier, et encore moins d'appareil moderne de type ordinateur ou téléphone.

Karine et Pascal avaient, eux aussi, fait chou blanc côté est : il n'y avait rien dans le grand salon, laissant apparaître deux magnifiques poutres en position de colonne, et une commode ancienne d'époque Empire, tout au fond derrière celles-ci, dont les tiroirs étaient entièrement vides.

Nordine nous a alors fait ressortir et est allé ouvrir toutes les portes de l'étage. Trente minutes après notre inspection des sept chambres de l'étage, de la petite salle de bains mansardée, nous avons terminé par pousser une petite porte située au bout du couloir, et nous nous sommes retrouvés dans un long grenier au milieu duquel trônaient deux grandes armoires anciennes.

Nous avons alors ouvert ces armoires qui regorgeaient de souvenirs de famille, allant de poupées anciennes à des objets en ivoire, ou encore de vieilles nappes brodées et de jolis napperons en dentelle. Nous avons cherché si quelque chose avait pu être caché dans ces armoires mais nous n'avons trouvé que des vieilleries et aucune trace d'un autre élément.

Nous sommes ressortis de ces pièces complètement bredouilles, où nous restions à poil, au sens figuré, sauf Pascal de temps à autre. Le grenier était pourtant notre dernier espoir mais lui aussi demeurait bien vide du moindre document intéressant.

Nous nous souviendrons malgré tout de ces épées de l'armée française datant du XIXe siècle qui permirent à Nordine et Pascal de nous faire un duel de toute beauté ! Une fois tous redescendus dans la cuisine, nous avons fait un point.

— Bon, du coup, Yves et Holms pourront nous dire qu'ils avaient raison, dit Karine dépitée.

— Bien sûr que non, il fallait vérifier, lui répondit Pascal. Et cela vient confirmer votre théorie : si le « chef » français des *Chistyy* vient œuvrer ici, ce groupe est bien un truc minable, de simples gros bras slaves, comme vous le dites Nordine et toi. Savoir qu'ils ne sont rien, c'est déjà quelque chose. Bon, il est déjà midi, je vais voir dans le cellier s'il y a des bouteilles derrière les tonneaux vides. T'as des gâteaux dans ta voiture Nordine ?

— Il ne perd jamais une occasion celui-là ! me dis-je, pas mécontent de grignoter et boire quelque chose dans cette grande demeure inhabitée.

— Perdre une occasion de boire un coup ? Jamais, voyons mon Ricci ! Si ça se trouve, je vais trouver de l'Épine dans les tonn… Oh, putain, venez !

Nordine qui le suivait s'est alors écrié :

— C'est dingue, il a trouvé une planque !

En déplaçant les tonneaux à la recherche de son Épine, Pascal nous enlevait une écharde : il avait dégagé et mis en évidence une sorte de couvercle dans le sol. Il n'y avait aucun cadenas. Juste une poignée qui permettait de soulever la planche de bois recouvrant une trappe.

Nordine a voulu que nous sortions de nouveau, ce que Pascal a refusé en ouvrant lui-même d'un coup sec la grande planche et en criant « Boum ! ». Mais rien n'a explosé en dehors de notre joie de progresser enfin.

La trappe ouvrait sur un trou rond, étroit d'environ deux mètres de diamètre et descendant dans le sol à la verticale avec une échelle à main sur le côté Nord.

— D'après les plans du cadastre et ceux originaux de la propriété en 1845, il n'y a aucun sous-sol dans la Moulinerie, dit Nordine.

— Ben il serait temps de les modifier ! répondit Pascal.

— Cela n'a pas l'air profond, le sol est à trois mètres tout au plus. J'y vais, poursuivit Nordine.

Nous l'avons suivi tous équipés de lampes. Une immense salle se tenait là. Elle devait bien faire la moitié de la longueur de la ferme, soit facilement 30 mètres de long sur 10 de large. Il n'y avait aucun ordinateur ou matériel moderne mais une bonne dizaine de caisses et de malles en bois.

Karine proposa de les remonter mais ils étaient très lourds et volumineux. Nous décidâmes alors d'ouvrir une première malle et de monter les dossiers, feuillets et autres cahiers qu'elle contenait dans la salle à manger.

Nous avons réitéré l'opération caisse par caisse. Les rares documents intéressants étaient pris en photos par Nordine mais il s'agissait pour l'essentiel de documents sur la Moulinerie et ses terrains adjacents.

En débutant la lecture du contenu de la sixième malle, nous changions de dimension. La référence au *Chistyy* se trouvait sur plusieurs feuilles. Il s'agissait essentiellement de notes manuscrites, certaines très difficiles à déchiffrer, d'autant qu'une partie était écrite en russe.

Nous nous sommes réparti les feuillets et chacun en a commencé un examen très fin.

— Avec ça, on va pouvoir reconstituer les membres du groupe côté français depuis 1920, dit Pascal avant de s'arrêter net.

Nous l'avons regardé, avides de sa suite :

— Alors ça ! Jean Taddée, c'est bien le petit frère de ton grand-père, celui qui a été enlevé en 1905 ?

— Oui absolument. Luc, leur père, est mort assassiné sur un chantier après avoir donné le cahier n° 6 aux *Pervyy* pour essayer de récupérer son fils Jean, mais ils ont dû le tuer lui aussi.

— Ou pas ! Un dénommé Jean Taddée, né le 5 janvier 1905 était un des membres fondateurs des *Chistyy* en 1925 d'après ce que j'ai sous les yeux.

— Incroyable ! Il y a donc peut-être une autre branche de descendants de Lars ! Enfin, de toi mon Pascal !

J'étais complètement scotché. Durant mes années de recherche je n'avais jamais pu trouver une trace de Jean que j'avais d'office rendu assassiné par ses kidnappeurs. Je ne quittais pas des yeux cette feuille trouvée par Pascal.

— Tu vas avoir de quoi nous faire un tome II ! Tu me laisseras écrire l'intro ? Pascal sautait de joie sur son siège.

— Dépêche-toi de l'écrire. Dans dix mois, on est tous morts, nous coupa Karine. Désolée de vous ramener sur Terre les garçons, mais le fait que Jean ait survécu et qu'il ait choisi le groupe des « purs » chez les cinglés, cela ne nous aide vraiment en rien du tout !

Elle avait naturellement raison. Cette découverte ouvrait toutefois une nouvelle perspective et nous donnait l'espoir d'en faire d'autres dans les feuilles restant à lire. Et cela n'a pas manqué, dans des proportions aussi incroyables qu'inattendues.

C'est encore Pascal qui trouva les nouvelles pépites. Il avait en lecture deux cahiers qui retraçaient précisément les membres ayant composé les *Chistyy* côté français. Environ 15 minutes après sa trouvaille sur Jean Taddée, il explosa en se levant d'un coup sec à en faire tomber son siège.

— Putain l'enculé de Hobbit. J'en étais certain ! Écoutez : 1947, Steve Holms membre. Et boum badaboum, en 1968, Henri Holms devient membre avec son père. Il y a même un Kévin Holms en 1973 ! Là, va pas falloir me parler d'une coïncidence dans les noms. Cet enculé de Nabosaurus est un agent double. Tu m'étonnes que vous n'ayez jamais rien eu sur les *Chistyy* et que vous avez toujours un métro, pardon un TGV, de retard. L'enculé…

Nordine était dégoûté. Abattu il posa ses feuilles sur la grande table en bois massif puis partit vers la cuisine.

— Tu vas t'ouvrir les veines *The Rock* ?

— Non, je vais essayer de nous trouver une bouteille de quelque chose. Et je vais aussi prendre un couteau de cuisine. Celui qui me servira à faire un beau sourire à Holms au niveau de son cou quand je le reverrai.

— Tu ne parais pas surprise Karine ? lui demandais-je.

— Si, bien sûr, un peu quand même. Cela semble évident aujourd'hui. Mais, je n'ai rien vu. Si j'avais été plus vigilante, nos amis seraient toujours en vie…

Fort heureusement, Nordine trouva une bouteille pleine d'Armagnac et une demie pleine de Calvados. En quelques minutes, mes trois compères les avaient sifflées. Pascal assuma de nouveau son récent rôle de leader.

— Bon, il faut voir le bon côté des choses. Désormais nous savons que Holms « courte bite » joue sur les deux tableaux. Soit le G3 arrive à sauver le monde et il devient un héros. Soit c'est impossible et il a certainement une place bien au chaud dans un des bunkers sécurisés des *Chistyy*. Peut-être va-t-on pouvoir s'en servir à un moment ?! On se redresse et on termine nos lectures. Il faut sortir de là avec tout ce que nous pouvons récupérer de cet endroit, mais en laissant tout à leur place !

— Comment cela, on abandonne ces preuves ? lui demanda Karine tout aussi stupéfaite que Nordine et moi.

— Nous prenons les preuves en photos mais on remet tout en place. On sort comme si nous n'avions rien trouvé. Holms ou ses complices vont regarder les caméras placées par Nordine. Si nous partons avec des documents, il va s'arranger pour nous éliminer rapidement. Je propose que nous ne gardions que des éléments photos et numérisés. Cela nous laissera peut-être une chance d'avancer. Allez, on poursuit ?

Nous avons repris nos lectures et nous avons bien fait. Le dernier casier contenait de nombreux documents en russe, donc peu exploitables par nous quatre jusqu'à l'apparition d'un autre nom familier :

Sergueï Lefimov le Président de la Fondation « *Golub'mira* » pour la paix, membre lui aussi du G3, se retrouvait en bonne place dans les actuels *Chistyy* !

— Bordel, votre G3, c'est un vrai gruyère ! dit Pascal. Si ça se trouve, comme on ne connaît pas tous les membres passés et d'aujourd'hui du G3, il y a peut-être des dizaines de traîtres depuis un siècle ! En tout cas, Holms et Lefimov, ce ne sont pas des petites découvertes.

— C'est stupéfiant. D'un autre côté, alors que l'on retrouve des oligarques et opposants russes à Toupine assassinés tous les jours aux quatre coins du monde, je me suis toujours demandé comment faisait Lefimov pour rester en vie. J'ai ma réponse. Il fait le boulot pour s'opposer à Toupine mais de façon suffisamment faible pour ne pas lui nuire vraiment. Et quand ils feront tout péter, ils iront se planquer ensemble au fin fond de la Sibérie ou ailleurs avec une bonne bouteille de Vodka. Il faut montrer ces documents !

— Non Éric. Ils ne peuvent être authentifiés et personne ne te croira si tu te pointes pour accuser ce type, considéré comme un Prix Nobel de la paix potentiel par les médias du monde entier. Et puis même si nous arrivions à discréditer Lefimov, cela servirait à quoi ?

— OK Pascal, alors, on fait quoi de toute cette merde. Tu proposes quoi ? lui dis-je passablement frustré de ne pouvoir me servir de ces informations capitales.

— On relit ces documents pour vérifier n'avoir rien laissé passer. On prend en photo sur nos quatre téléphones chacune des pages importantes. Puis on remet tout à leurs places. On sort de là comme n'ayant rien trouvé et à ce stade, on ne parle à personne de nos découvertes. À personne, pas même à Yves, OK Karine ? Par contre, en sortant, tu rappelles Yves ou Holms directement pour rappeler notre exigence à Éric et moi de rencontrer au plus vite les « 3 Grands » au complet. Et on avise ensemble tous les quatre sur quoi faire après, notamment vers Figeac ou même directement sur Douai.

Nous nous sommes regardés en souriant, Karine, Nordine et moi et avons répondu en même temps un « OK, Chef! » qui faisait du bien à tous les quatre.

Cela faisait en effet un bien fou de découvrir Pascal dans un rôle de leader. La question n'était pas tellement de savoir si ces choix étaient judicieux. Ce qui comptait c'est qu'il prenait des décisions, qu'il avançait alors que nous aurions pu sombrer dans l'abattement et se dire que vraiment tout était perdu puisque même le G3 était vérolé.

Une fois tout remis à sa place, nous sommes ressortis vers 18h30 ce samedi 14 mai. Pascal est sorti volontairement avec une bouteille vide en main. Il a feinté le type bourré, même s'il n'en était pas loin en réalité, et en repassant devant la caméra, il a haussé les épaules en écartant les bras et en hurlant « Ben, y a rien! ». Puis il s'est retourné et, de nouveau, a montré ses fesses à la caméra.

C'était assez malin de sa part pour justement ne pas attirer l'attention de ceux qui pouvaient nous observer.

En nous dirigeant vers Orléans, Karine a appelé son frère qui n'a pas décroché. Elle lui a laissé le message suivant: « Yves, tu avais raison, il n'y avait rien à la Moulinerie. Je m'excuse de m'être emportée ce matin. Peux-tu organiser un rendez-vous rapide avec les 3G pour Parson et Taddée. C'est important selon moi qu'on ne les perde pas, ils sont chiants, mais ils sont utiles. Rappelle-moi. Bisous ».

— Trop forte! lui dit Pascal une fois qu'elle eut raccroché. Par contre, le plus chiant des deux, c'est Éric!

— Laisse-moi en douter, lui répondis-je un sourire en coin et un clin d'œil à Karine qui me regardait dans le rétroviseur. Par contre, Pascal tu parlais de Douai tout à l'heure. C'est quoi ton idée?

— Voilà. Je me dis que Holms et les potentiels véreux du G3 ont intérêt à ne pas agir sur Douai et en tous les cas, à faire en sorte de ne pas y trouver le cahier, qu'il y soit, ou pas. Et, s'il le trouve, il s'arrangera pour le refiler aux Russes. Donc l'intervention du G3, si elle a lieu, sera un échec, volontaire ou manipulé. Du coup, je propose que sans rien dire à quiconque, nous intervenions pour essayer de rentrer dans ce bâtiment Boulevard Paul Hayez !

— Rien que ça ? lui lâcha Karine. Tu sais Nordine est de la DGSE, mais ce n'est pas un agent de terrain. Moi, je reste une amatrice dans ce monde d'espions. Pour ce genre d'opé, les seuls que je connaisse et qui en seraient capables, sont Mac et Lyly. Mais du coup, on ne peut être certains de leur loyauté envers notre bonne et juste cause.

Je pensais que cela allait fermer le ban et que la cause était juste mais entendue. Pas Pascal visiblement !

— OK, je te suis. Il s'agit là d'une opération de mégas pros. Ils vont dire quoi Mac et Lyly quand on va leur expliquer qu'Isabelle et Geoffroy sont morts à Bricy et que Mac et Nordine ont failli y passer du fait certainement d'informations données par Holms aux *Chistyy* ? ! On a quoi à perdre ? Si Ken et Barbie sont du côté obscur du G3, eh bien soit ils nous dénonceront, soit ils feront capoter notre intervention. Et alors, oui, ce sera terminé. Mais s'ils sont des Jedi comme nous, et qu'ils arrivent à récupérer le sixième cahier ? ! Alors c'est l'avenir de l'Humanité qui pourrait changer !

Il s'arrêta un instant respirer et peu puis il poursuivit.

— Alors, moi je dis. On les contacte. Tu les convoques à la ferme ou ailleurs et, avec Nordine, on leur parle et on tente de reformer l'équipe de Bricy. De quelle humanité serions-nous faits sans avoir tout essayé ? !

Karine était très impressionnée et je l'étais tout autant. Pascal ne lâcherait désormais plus rien. L'assassinat d'Ista et la crainte de voir disparaître ses enfants et ceux qu'il aime dans quelques semaines l'avaient transformé.

Il était toujours autant barré mais avec lui, les « méchants » étaient, eux, très mal barrés.

Le jeu du chat et de la souris

Quelque temps plus tard, début juin, Pascal me raconta une nouvelle mésaventure qu'il venait de vivre.

Le jour du rendez-vous entre Pascal et le notaire était en effet venu. C'était le 9 juin en début de soirée. Pascal se rendit à Olivet à l'Étude de Maître Plaud qui devait lui remettre la lettre de Louise Depinel. Pascal était tendu et agacé par tous les évènements récents et restait encore très affecté par le décès d'Isabelle.

Malgré sa grande détermination, il se disait qu'il pourrait presque décliner ce rendez-vous tant il appréhendait le fait que cette nouvelle lettre soit encore porteuse de mauvaises nouvelles ou plutôt de mauvais présages. Il était véritablement partagé par l'envie de découvrir cette seconde lettre, et la crainte de ce qu'elle comporterait.

Pascal avait emprunté ma voiture et alla au rendez-vous. Une fois arrivé dans Olivet, il aperçut dans son rétroviseur une Audi de couleur sombre qui se mit à le suivre et qui ne le quitta pas d'une semelle jusqu'à son stationnement devant l'Étude du notaire. Le conducteur portait des lunettes de soleil et une casquette. Il n'était donc pas reconnaissable, et ce sans doute de manière volontaire. Pascal trouvait cela très étrange et inquiétant. Puis la voiture se rapprocha et passa lentement à côté de Pascal. Le conducteur le regarda avec insistance. Les vitres arrière de l'Audi étaient fumées. La voiture disparut en accélérant d'un coup, disparaissant à l'horizon.

Pascal se rendit sans attendre devant la porte de l'Étude notariale et sonna. Son cœur battait vite et il avait hâte que la porte s'ouvre, pensant que cette voiture qu'il l'avait suivi, n'était sans doute pas présente par hasard.

C'est là que le notaire vint lui-même ouvrir la porte et le fit rentrer rapidement en jetant un coup d'œil furtif sur les alentours de la rue, puis referma la porte à clé après avoir fait rentrer Pascal. Il n'était pas coiffé, le teint pâle et des cernes marquaient son visage fatigué. Il fit rentrer Pascal dans son bureau, allumant une petite lumière très discrète.

Cet environnement feutré ne paraissait pas normal. Tous les volets étaient fermés, une ambiance lugubre incompréhensible au premier abord régnait en ce lieu.

— Monsieur Parson, expliqua le notaire, je vous remets cette lettre et je ne veux plus jamais vous voir ni entendre parler de ces courriers d'un autre temps et de leurs auteurs. Je ne cesse de recevoir des menaces depuis plusieurs mois. Je suis menacé de mort et ma famille tout entière est ainsi visée. Nous avons porté plainte auprès de la gendarmerie car un homme qui ne se présente jamais, mais qui se dit « défendre la cause juste » nous téléphone sans cesse. Nous ne pouvons même plus appeler la gendarmerie lorsqu'il nous menace, il intercepte notre ligne téléphonique et nous dit qu'il va venir tous nous tuer.

À cet instant même, Maître Plaud n'avait pas fini sa phrase que son téléphone sonna. Il s'agissait semblait-il encore de cet homme qui le menaçait à nouveau en lui disant qu'il avait vu Pascal rentrer, qu'il détenait plein d'armes dans le coffre de sa voiture, et qu'il était tout proche.

Le notaire raccrocha immédiatement, affolé, comme au bord de la crise cardiaque, et appela la gendarmerie devant Pascal qui resta interloqué. À cet instant, il se sentit idiot d'être venu seul à ce rendez-vous. La présence de Karine ou Nordine aurait pu les aider. Mais, une fois encore, Parson avait agi sur un coup de tête.

Le gendarme en charge de la plainte se rendit à l'Étude notariale, accueilli par le notaire complètement paniqué. Le gendarme expliqua brièvement ce qu'il allait faire, sortit son pistolet de service en se mettant derrière la porte du jardin qui n'était autre que la porte d'entrée de l'Étude.

La nuit tombante laissait percevoir un léger tremblement de sa main sur son arme. Un nouvel appel téléphonique retentit. L'homme semblait s'énerver et menaça d'un ton encore plus fort le notaire en disant qu'il s'approchait de la demeure et allait venir tuer tout le monde, s'il continuait à transmettre à Pascal des documents. Le notaire lui répondit qu'il n'avait rien à transmettre à Monsieur Parson. À ce moment l'homme raccrocha. Le gendarme fit alors envoyer une patrouille dans le quartier et l'homme en question fut immédiatement arrêté.

L'enquête de gendarmerie révélera plus tard que cet homme à l'accent russe détenait bien plusieurs armes dans le coffre de sa voiture et notamment des armes d'assaut comme un fusil à lunettes capable de viser une cible à deux kilomètres de distance.

Pendant ce temps, Pascal avait réussi à s'échapper par une petite porte à l'arrière de l'Étude, en escaladant ensuite le mur. Il partit en courant, emmenant avec lui la lettre de Louise Depinel. Les « Russes » n'en avaient pas fini et il fallait rester très prudent.

Quelques jours après ces évènements, Pascal apprit que le notaire était mort lors d'un séjour à la montagne. Sa voiture fut retrouvée dans un ravin de plusieurs centaines de mètres à la sortie d'un virage. L'hypothèse d'un accident fut rapidement écartée par les autorités mais la recherche d'une piste criminelle compte tenu des menaces que le notaire avait reçues, n'a pu semble-t-il aboutir, soit parce que les auteurs des faits étaient très malins et bien organisés, soit les enquêteurs avaient été corrompus… Les freins de la voiture avaient, paraît-il, été sabotés.

Dans cette histoire, presque banale comparée à ce que nous vivions déjà, sauf pour le pauvre Cédric Plaud, la vie de Pascal avait été sauve une fois encore. Il prit connaissance de la longue lettre de Louise qui était à l'origine destinée à Lars puisqu'elle la lui avait remise peu de temps avant de mourir en 1862.

Mon très Cher Lars,

Depuis quelque temps, il me tarde de vous écrire tout ce que j'ai sur le cœur et que je n'ai jamais osé vous dire. Ma santé faiblit et je sais qu'une grave maladie, que mes médecins disent incurable, va très bientôt m'emporter. Je ne veux pas taire à tout jamais ce que j'ai au plus profond de mon cœur et je vous demande pardon si certains propos de cette lettre vous semblent déplacés, voire indécents ou inappropriés.

Je vous rassure, vous avez été, et vous restez pour moi mon plus grand ami et mon merveilleux confident. Vous le savez, mes parents que je respecte profondément, m'ont imposé l'homme que je devais épouser et ne m'ont pas laissé le choix, car selon eux cet homme disposait d'une fortune et d'une notoriété certaines qui seraient à même d'assurer confortablement mon avenir jusqu'à la fin de mes jours. J'ai respecté leur décision et je ne voulais pas me consacrer à Dieu, en devenant religieuse, alors je l'ai épousé contre mon gré. Vous le savez, deux merveilleux enfants sont nés de cette union, Charlotte et Jean.

Je m'étais confié à vous à cette époque, et je vous avais dit que j'avais été très éprise d'un homme qui disait m'aimer tout en aimant aussi une autre femme, et c'est cette autre femme qu'il a finalement épousée, parce que sa famille l'y avait, selon lui, encouragé. Il s'appelait Jean Karcher et était né dans un petit village alpin qui s'appelle Saint Étienne de Tinée. C'est après ce chagrin qu'il me fallut épouser, bien malgré moi, celui qui est devenu mon mari. J'appris plusieurs années après que Jean Karcher s'était séparé de son épouse. Elle n'était manifestement pas la femme de sa vie sinon ils seraient restés ensemble et auraient été heureux. Cette histoire a été un échec, quel gâchis.

Mon cher Lars, je vous ai rencontré seulement quelques jours avant mon mariage, et, parce qu'on a qu'une seule vie, j'ai à cœur de vous avouer aujourd'hui que je suis tombée amoureuse de vous malgré le chagrin que je venais de connaître. C'est bien vous que mon cœur espérait plus que tout comme futur époux et je ne vous l'ai jamais avoué, bien que vous m'ayez fait part de vos sentiments très forts pour moi, dès notre rencontre. Je ne vous ai rien dit pour ne pas alourdir notre souffrance réciproque, puisque cet amour était d'une certaine manière interdit, ou impossible, car je ne pouvais aller à l'encontre de la volonté de mes chers parents. Je sais que vous êtes et que vous avez toujours été heureux avec Élisabeth, alors c'est ce qui compte pour moi, c'est votre bonheur.

Aussi, je vous en prie, ne m'en voulez pas pour ces aveux qui sont ceux d'une vieille dame à l'aube de ses dernières heures. Votre image a été présente dans mon cœur durant de longues années, comme une grande image que l'on a devant les yeux et qui ne nous quitte jamais... La grande image de l'être aimé.

Je me souviens avec beaucoup de bonheur de nos Week-End chez les amis de votre charmante épouse, les Taddée dans leur sublime propriété tourangelle de la Moulinerie. Élisabeth et votre petite Victoria sont des êtres merveilleux et je me suis toujours réjouie de votre bonheur. Les périodes passées dans cette Moulinerie furent parmi les plus belles de mon existence.

Mon très cher Lars, je sais que vous venez du futur et je n'ai jamais mis en doute tout ce que vous m'avez confié, ni sur votre incroyable aventure, ni sur la triste fin de l'Humanité qu'il faudra à tout prix éviter en 2023... Pour ma part, depuis que je suis toute petite, je sais ce qu'il va arriver dans le futur, ce qui est parfois exaltant mais qui peut être effrayant selon les situations. J'ai vu plusieurs années auparavant tout ce qui se passerait en France sur le plan politique ou économique, j'ai vu ce qu'il m'attendait dans ma propre vie et celle de mes enfants. Je possède cette faculté (certains appellent cela un « don ») et je dois à tout prix vous avertir de ce que je viens de voir il y a peu de temps et qui concerne votre descendance.

Au XXe siècle, en 1969, naîtra dans votre descendante lignée une petite fille qui se prénommera Isabelle. Elle rencontrera un homme merveilleux dont elle tombera profondément amoureuse. Cet homme s'appellera Pascal et j'ai compris au travers de ce que vous m'avez confié que cet homme ce sera vous Lars. Hélas, je ressens un mauvais présage pour Isabelle, et il faudra la protéger car elle courra un grave danger. Si personne ne la protège en l'empêchant de faire une action pourtant louable, car contribuant au bien de l'Humanité, elle sera kidnappée puis tuée et Pascal la perdra à jamais... Il faut donc prévenir Pascal dans les écrits que vous lui laisserez pour qu'il veille sur elle et peut-être empêcher que le pire ne se produise.

Il me tardait de vous écrire mon cher Lars et me voilà soulagée à présent et l'âme en paix. Je vous aime de tout mon cœur et vous souhaite le meilleur. Soyez heureux.

Votre bien chère amie,

Louise

Pascal fut abasourdi et effondré en lisant cette lettre car s'il avait pu en prendre connaissance plus tôt, peut-être que sa tendre et merveilleuse Isabelle serait toujours à ses côtés. Mais que faire, il lui paraissait bien impossible de retourner en arrière.

Il réalisa que ces histoires étaient véritablement extraordinaires ; d'abord le retour du « premier » Pascal 200 ans plus tôt pour revenir en lui en 1969, et cette femme, Louise, qui elle n'avait pas « voyagé » dans le temps mais jouissait manifestement d'un incroyable don de voyance !

Pascal me dit qu'au départ il ne savait pas s'il devrait me montrer cette lettre. Il ne le fit d'ailleurs pas immédiatement, car de toute façon il n'était plus possible de revenir sur ce qui était fait et il voulait alors m'épargner d'une peine supplémentaire. Mais il ne put s'empêcher de me raconter toute cette histoire, sans me montrer la lettre, c'était bien évidemment trop dur pour lui de garder un tel secret.

En lui expliquant que, si nous survivions tous en empêchant l'holocauste nucléaire, j'écrirais avec lui mon tome II et que cette nouvelle histoire dans l'histoire était totalement fantastique, il accepta finalement de me transmettre la lettre de Louise.

Avec Pascal, nous avons relu plusieurs fois cette lettre et le passage écrit par Louise sur la Moulinerie nous stupéfiait. Il me racontait en effet qu'Isabelle, lorsqu'elle lui parlait de ses rêves, car elle en parlait souvent et elle me l'avait évoqué bien des fois durant notre enfance, parlait d'une propriété qui ressemblait étrangement à cette Moulinerie ; le parc et ses massifs de fleurs resplendissants, les différentes pièces, l'écurie, ce grenier regorgeant d'objets anciens…

Cette propriété étant celle de la famille Taddée, cela voulait dire qu'avant que Luc n'épouse en 1900 Roselyne, la petite fille de Lars et Élisabeth, ces derniers y étaient déjà allés. C'est sans doute ces liens qui avaient conduit à la rencontre entre Luc et Roselyne des années après.

Mais si, comme Louise, Pascal avait vu la Moulinerie de ses propres yeux et moi aussi d'ailleurs, il se trouvait qu'Isabelle ne connaissait pas cet endroit pour n'y être jamais allée. Pourtant elle nous en avait parlé avec une aisance déconcertante.

Que comprendre de cette histoire ? Encore un phénomène incroyable, pour ne pas dire complètement exceptionnel, qui possédait finalement tous les ingrédients pour laisser penser que l'âme de Louise était peut-être venue retrouver un nouveau souffle dans le corps d'Isabelle deux siècles plus tard.

Sinon comment expliquer tout cela ?

Mais tout cela n'était que conjectures et il nous fallait revenir à nos principales préoccupations, plus rationnelles et urgentes, le temps nous était compté…

Chapitre VII – Nous serons ce que nous oserons

Aucun de nous n'avait pu dormir la nuit du 11 au 12 juin 2022. Pas dans l'attente des résultats du premier tour des législatives dont nous avions totalement omis l'existence.

Il était 3 h 18 du matin ce dimanche 12 juin rue des Blanchisseurs à Lambersart, à côté de Lille, dans l'appartement d'Isabelle. C'est alors que le téléphone de Karine a enfin vibré. Elle décrocha instantanément. Nous regardions son visage, Pascal, Damien, Caya et moi avec la même angoisse en essayant de scruter chacune de ses éventuelles mimiques. Mais rien, pas une réaction, pas un mouvement. Elle écoutait, stoïque.

L'appel a duré à peine 30 secondes. Simplement l'éternité pour nous quatre. Quand elle a raccroché, j'ai compris que c'était foutu. C'était terminé. Elle a alors posé délicatement son téléphone sur la table puis s'est tournée vers nous, les larmes aux yeux.

« Ils l'ont ! Ils l'ont ! Ils ont réussi ! On a gagné ! »

Traitre ou ne pas être ?

Comme l'avait exigé Pascal, notre rencontre avec les « 3 Grands » s'était déroulée le lundi 23 mai à 14 heures dans une salle d'un hôtel particulier de Paris dans le 14e arrondissement. Nous nous attendions au pire. Nous étions encore trop optimistes.

C'est Yves qui nous a accueilli au niveau de la réception avant de nous faire monter au 9e étage. Nous étions trois, Karine, Pascal et moi. Nordine n'était pas invité car « pas assez haut placé dans la hiérarchie de l'organisation » nous avait expliqué Yves Lalaup.

Cela avait profondément agacé Pascal qui était remonté comme une pendule en entrant dans la salle. Je sentais bien qu'il ne faudrait pas que les 3 grands manitous ne l'agacent trop.

C'était une pièce très lumineuse avec une grande bais vitrée orientée plein est qui offrait une superbe vue sur les toits parisiens et jusqu'à Montmartre. Quatre personnes nous attendaient.

Il y avait Henri Holms, surnommé « Hobbit courte bite » ou « Traître ou ne pas être » par Pascal en off, avec sa « collaboratrice » Sybille. Au centre du groupe, se trouvait une femme, plutôt âgée d'environ 80 ans. Cheveux blancs, petite taille, très bien maquillée, habillée en tailleur de marque, une broche représentant le symbole du G3 accrochée au niveau du cœur sur sa veste bleu pale, elle avait également un grand foulard lui recouvrant tout le cou des épaules aux oreilles.

Il restait un autre homme. La quarantaine, costume trois pièces noir, visiblement très arrogant et hargneux.

C'est la vieille dame qui parla en premier. Sa voix était assez forte mais surtout très rauque. J'ai cru entendre un des hommes parler. Je me suis alors dit que son foulard masqué peut-être une opération au niveau du cou.

— Soyez les bienvenus. Nous sommes ravis de vous rencontrer tous les trois.

C'est à cet instant que j'ai réalisé que Karine était comme nous. Elle connaissait Holms mais pas les deux autres. Yves les a rejoints de l'autre côté de la table, comme pour marquer que son camp était face au notre et nous mettre ainsi en minorité. Nous étions trois d'un côté de la table. Ils étaient cinq de l'autre.

La femme poursuivit sur un ton très agréable malgré une voix vraiment rocailleuse faisant passer Amy Winehouse pour un doux rossignol.

— Asseyez-vous, je vous en prie. Vous avez de l'eau, du thé ou du café et des petites douceurs. N'hésitez-pas ! Je crois que vous connaissez parfaitement Yves ainsi qu'Henri et Sybille son assistante. À ma gauche, j'ai le plaisir de vous présenter Emmanuel Mercan qui est, avec Henri et moi un des « 3 Grands ». Je suis Nadège Glinstein. J'ai l'honneur de codiriger le G3 avec Henri et Emmanuel aujourd'hui. J'en suis la doyenne puisque, vous l'aurez remarqué malgré mon maquillage, je ne suis pas de la première jeunesse et j'ai intégré les 3G en 1975 à l'époque sous la Présidence de Simon Lambrais. Je suis membre du G3 depuis 1955, j'avais alors 18 ans.

— Nous sommes nous aussi ravis de vous rencontrer chère Madame. Je suis Éric Taddée et…

— C'est le frère d'Isabelle. Vous savez, celle qui est morte par l'incompétence du G3 !

Là, je me suis dit que la réunion commençait très bien et que Pascal devrait se lancer dans une carrière de diplomate.

D'autant qu'il ne s'arrêta pas là : « Sinon, ça va, nos têtes sont assez blanches et nos noms assez français pour que vous nous receviez. Au moins, nous, on ne s'appelle pas Nordine ! faites gaffe Henri, votre assistante est noire. Elle est juste là pour faire le ménage ou nous servir les petits fours ? »

— Vous vous calmez tout de suite ou bien nous partons, le coupa Emmanuel Mercan qui ne devait pas trop savoir à qui il avait à faire.

— Oh, toi le premier de la classe avec ta gueule de « Monsieur je sais tout », content de lui, condescendant et haïssant les autres, si tu veux te barrer, vraiment vas-y, la porte est juste derrière moi. Si tu veux, je vais te l'ouvrir, tu ne dois pas savoir faire ça tout seul ?

Bon, ben, on ne l'a plus entendu le petit péteux boutonneux. Karine ne pouvait s'empêcher de sourire. Moi j'aurais bien aimé essayer d'arrêter Pascal mais c'était clairement mission impossible et je ne suis pas Jim Phelps.

Il faut dire que cet Emmanuel Mercan était un bien piètre personnage. Il était clairement persuadé d'être le centre de la galaxie, gonflé de sa propre importance, certain que tout le monde, c'est-à-dire nous, les « gens qui ne sont rien », devions envier sa supériorité intellectuelle et son incroyable talent de visionnaire aveuglé de ses seules certitudes.

— Alors voilà Madame Glinstein. C'est très simple. Beaucoup de gens sont morts récemment et certainement énormément depuis 200 ans, parce que nous avons besoin d'un cahier de Lars qui peut, nous l'espérons tous… Nous l'espérons bien tous autour de cette table ?…. Bref, qui peut aider à endiguer la fin du monde. Grâce à Isabelle, à Étienne, à Karine, à Nordine et à Éric, vous savez aujourd'hui où il se trouve certainement, boulevard Paul Hayez à Douai. Et depuis trois semaines, vous avez fait quoi ? Rien, que dalle bande de queues pales ! Alors, moi, Pascal Parson qui a été Lars un jour et sans lequel votre groupuscule élitiste de sans couilles n'existerait pas, je viens ici pour vous dire une seule chose : vous retirez vos doigts d'où vous les avez mis et vous organisez une opération pour récupérer dès demain ce 6ᵉ foutu cahier. C'est clair ?

— Parfaitement clair Monsieur Parson. Je comprends votre frustration et votre impatience mais… Laissez-moi terminer ! Tout Lars que vous pensez avoir été, j'étais dans le G3 alors que vous n'étiez pas encore né et vous n'avez pas la moindre idée de ce que cette organisation a fait pour vous protéger, vous, comme la descendance de Lars.

— Excusez-moi mais effectivement, je ne sais pas car je ne vois pas grand-chose. Mais poursuivez donc Madame.

— Bien. Écoutez, vous avez raison ! Ce cahier est, nous l'espérons tous sincèrement, la potentielle solution. Il nous faut le récupérer. Pour cela nous voulons nous assurer qu'il est sur le site de Douai, d'où de nombreuses investigations de notre part. Puis il faudra que l'opération de récupération soit certaine de réussir. C'est

Henri qui coordonne toute cette action avec nos équipes de terrain. Henri, souhaites-tu en dire un mot ?

— Merci Nadège. En fait, moins vous en saurez, mieux vous serez. Il faut rester…

— Comme c'est pratique ! Vous ne nous dites rien dans notre intérêt ? le coupa Pascal hors de lui. Ou alors vous ne nous faites pas confiance. Comme c'est drôle de votre part…

— Que voulez-vous dire par là ? lui demanda Holms très énervé. Sybille commençant à se lever de sa chaise.

— Que vous avez bien foiré Bricy, que vous êtes toujours en retard face aux deux autres groupes, que vous avez peur de tout et que je sais que vous saviez pour notre réunion à Saunay !

J'ai regardé Pascal stupéfait, Karine également. Madame Glinstein s'est tournée sur sa droite en interrogeant du regard Holms, visiblement affolé.

— Écoutez, oui, bien sûr que je savais pour Saunay. Yves m'en avait naturellement parlé et j'avais approuvé votre rencontre avec la Maire. Vous insinuez quoi ?

— Rien Monsieur Holms, le petit des 3 grands. Sinon que chaque fois qu'une opération est dirigée par vous, ben ça foire. Et c'est à la fin de la foire, qu'on compte les bouses… Donc je m'inquiète pour Douai, ça ne sent déjà pas bon. Voilà ce que je dis !

Nos échanges, ou plutôt ceux de Pascal avec eux, sont restés de cet acabit pendant une petite heure. Il n'y avait rien à faire, ils ne voulaient pas intervenir à Douai pour l'instant et il était manifestement impossible, d'un côté comme de l'autre, qu'ils puissent nous associer à la direction ou à la stratégie du G3.

Karine ne desserrait pas la mâchoire, les yeux rivés et foudroyant son frère assis en face d'elle et qui n'osait pas la regarder depuis que Holms avait reconnu avoir été prévenu pour Saunay. Elle se retenait pour ne pas aller en coller une sur la tête de son dandy de petit frère.

C'est Pascal qui a mis fin au supplice collectif.

— Regardez-vous, des petits bourgeois tout fiers d'être à la tête d'une organisation dite secrète mais où toutes les fenêtres sont ouvertes. Les hommes de main sont méprisés, de couleurs, comme Nordine, comme Étienne, comme vous Sybille, pour servir les intérêts des grands stratèges blancs assis dans leurs Dior, Chanel et Amosu à se taper sur le ventre pour se persuader de sauver le monde. Des premiers de cordées, individualistes et arrogants, n'ayant que faire des derniers de corvée que vous exploitez. Vous êtes le strict inverse de ce que Lars et Losvec ont voulu créer, j'en suis certain. Ne bougez pas, restez bien où vous êtes, nous, on va bouger et sans vous on a des chances de réussir. Ne vous levez pas, on connaît la sortie. Je ne vous salue pas.

Pascal s'est levé, Karine et moi lui emboitant le pas. Nadège Glinstein a fait de même tout en lançant un « Attendez Monsieur Parson ! Vous nous trouvez trop lents et peut-être trop timorés, mais je vous assure que le G3 comporte des femmes et des hommes engagés qui veulent véritablement tout faire pour empêcher la catastrophe de mars 2023 ».

Tout en parlant, Nadège contournait doucement, à pas mesurés, la grande table de réunion et nous rejoignait dans l'encolure de la porte que Karine avait déjà ouverte. Elle continua sa plaidoirie.

— Vous savez Karine, nous sommes de la même famille. Je suis, moi aussi, une descendante de Charles et Paulette Losvec. Leur fils, Alfred, a eu deux enfants comme vous le savez. Un garçon Édouard, dont vous descendez Yves et vous, et une fille, Constance-Hélène dont je suis une descendante. Je vous assure d'une chose tous les trois, je suis, nous sommes dans le même camp. Merci d'être venus jusqu'à nous.

Elle a mis une main sur l'épaule de Karine se penchant comme si elle avait voulu l'embrasser. Puis elle a pris la main droite de Pascal avec ses deux mains en le regardant fixement : « Oui, je vous assure que Lars, vous, ainsi que mon aïeule Constance-Hélène, pouvaient depuis toujours me faire confiance. Bonne continuation Monsieur Parson ».

J'ai vu Pascal se raidir et blanchir à ce contact qui dura plusieurs secondes. La vieille dame me fit une petite tape sur l'épaule puis ferma la porte derrière nous.

Toujours besoin d'un plus jeune que soi

Nous n'avons pas parlé, ni dans l'ascenseur, ni dans le hall. Une fois sur le trottoir du Boulevard Raspail, Karine, n'y tenant plus, s'est brusquement tournée vers Pascal en lui agrippant le bras : « C'était quoi ce cirque, merde ! Et comment tu savais pour Holms et Saunay ? »

— Je ne savais pas. C'était de l'intox et il a plongé. Tu nous as dit avoir prévenu Yves. Je me suis dit que ton gentil toutou de frère avait dû en parler à son « grand maitre ». Et comme on sait désormais que Holms est un traitre, je voulais vérifier. Mon cirque aura au moins permis de comprendre comment et par qui les *Chistyy* ont su pour notre rendez-vous à Saunay. Il y a deux femmes et un petit chien qui sont morts à cause de Courte bite ! Et mon cirque aura aussi permis de récupérer ceci !

Pascal ouvrit alors sa main droite dans laquelle se trouvait un morceau de papier plié. Nous avons évidemment deviné tout de suite qu'il s'agissait d'un cadeau confidentiel de Nadège.

J'ai alors proposé que nous allions prendre un café plus loin mais, comme il faisait un temps magnifique, c'est sur un banc du Jardin du Luxembourg que nous nous sommes arrêtés pour plier nos jambes et déplier le papier.

C'était incompréhensible. La première phrase donnait : « AQAQ ».C.WPG. DGNNG. XQKZ.

Et toute la suite était du même ordre.

Nous nous sommes regardés interloqués. J'ai demandé à Pascal si son code « A vaut K » pouvait donner quelque chose, mais on passait de rien à un autre rien du tout. Et inversement.

Pascal a pris son téléphone et a appelé ses enfants. Seul Bastien a pu décrocher. Il lui a alors dicté la première phrase mais son fiston séchait comme nous. Il a alors demandé à son père « Elle t'a dit quoi la grand-mère quand elle t'a refilé son papier ? »

— Heu, je ne sais plus… un truc du genre que moi, Lars et sa méga grand-mère une certaine Constance-Hélène Losvec pouvions lui faire confiance. C'est bien ça ?

J'acquiesçais de la tête en essayant de me souvenir des mots de Nadège. Karine prit alors la parole « Oui, c'est bien cela. Heu, bonjour Bastien, nous nous sommes rencontrés aux obsèques d'Isabelle. Sinon, ce qui m'étonne, c'est que la fille d'Alfred Losvec s'appelait simplement Constance. Pas Constance-Hélène. Je n'ai pas tilté sur l'instant mais ce nom composé est bizarre et c'est étrange d'avoir dit cela ».

— J'ai entendu Bastien rigoler au téléphone : « Bas, c'est simple non. Elle sait que tu es adepte du code Avocat, ici elle te l'écrit en code Hélène. L vaut N. Ou N vaut L. Regardez si ça fonctionne. Vous n'êtes pas bons pour des agents secrets les vieux !

Je lui aurais bien dit de la fermer à ce jeunot mais bon, il avait raison le bougre ! Cela donnait explicitement le message suivant : *« Yoyo » a une belle voix. La maison sans tête, sans bras, sans pied, mercredi après extinction.*

— Alors là, OK, ça donne une phrase en français. Mais je ne comprends rien de plus, dit Karine désabusée.

— Bon, les espions du dimanche, je ne peux vous aider là. Je vous laisse, j'ai un métier moi ! Bisous Papounet.

— Merci mon Bastoune lui répondit son père. Puis, se retournant vers nous : Ceci dit, c'est vrai que là, je ne sais quoi penser et on n'est guère plus avancé.

— Moi, je sais les amis !

J'étais trop fier de moi ! Elle avait donné le papier à Pascal car elle le savait friand de code simpliste ou drôle, mais le message m'était manifestement destiné pour sa résolution. C'était très malin de mélanger les destinataires pour bien brouiller les pistes au cas où son papier serait tombé dans de mauvaises mains.

— Alors voilà : « Yoyo », c'est le surnom de Viviane, mon assistante. Ne me demandez pas pourquoi Viviane se fait appeler Yoyo, je n'ai jamais su.

— On s'en fout. OK Yoyo c'est ta collaboratrice Viviane. Et après ? s'agaça Pascal.

— Elle reçoit des appels réguliers d'une personne avec une drôle de voix qui veut me parler. Nadège me dit ici que mon « admirateur » secret, et bien c'est elle !

— Je croyais que c'était un homme qui t'appelait ? demanda Karine.

— Oui, mais à écouter Nadège…

J'acquiesçais cette remarque de Pascal et je me lançais dans la suite de ma démonstration digne des meilleurs films d'espionnage.

— J'habite Moigny-sur-Ecole. Mon voisin, ce cher Damien habite la maison à côté. Normal, c'est mon voisin… Enfin, c'est là où un meurtre a été commis il y a une vingtaine d'année. Les gendarmes ont retrouvé le corps d'un homme, sans sa tête, sans ses bras et sans pieds, ses membres n'ayant d'ailleurs jamais été retrouvés à ma connaissance. Et à Moigny, les lumières publiques s'éteignent toutes à 21 heures. Donc, selon moi, Nadège nous donne rendez-vous mercredi soir prochain chez Damien après 21 heures !

Mes deux compagnons étaient médusés. J'étais un peu vexé qu'ils apparaissent autant surpris à ma résolution de l'énigme. Toujours est-il qu'aucun des deux n'avait mieux à proposer comme solution. Je leurs ai donc proposé de venir sur Moigny dès le lundi soir, ce que nous avons fait sur le champ et à travers champs.

Durant la journée du mardi, Karine s'est notamment occupée d'expliquer à Damien ce qui se passait. Nous prenions un risque à l’associer, au cas où il ait été dans le camp de Holms, mais nous n’avions pas d’autre choix si nous voulions accueillir Nadège et disposer de ce qu’elle avait à nous dire en secret des autres « Grands ». Et puis si cette dernière nous proposait un échange chez lui, c’était qu’elle lui faisait confiance.

Karine a aussi pris rendez-vous avec Mac et Lyly. Nous devions les retrouver quelques jours plus tard à la ferme solognote de Cléry-Saint-André.

Pour sa part, et contre nos avis à Karine et à moi, Pascal mettait ses enfants au parfum de nos dernières découvertes par téléphone. Nous ne voulions pas qu’ils soient trop mêlés à nos affaires afin de les protéger, mais il s’agissait des enfants de Pascal, aussi, on pouvait bien dire ce que l’on voulait, ils n’en faisaient tous qu’à leur tête !

Et puis, de nouveau, ils nous ont fait avancer. Lorsque leur père leurs parla de Nadège Glinstein, Lilian lui répondit non sans malice : « Ah, elle s’appelle donc comme la conjointe de l’antiquaire de Figeac où vous avez récupéré le Tome 4 de Lars, Éric ? ! »

— Quoi, comment cela ? dis-je éberlué.

— Papa et Isabelle nous avaient demandé de travailler sur ce que nous pouvions découvrir sur Losvec, l’antiquaire et Figeac. Fabrice Letesrif qui vous a finalement vendu le Tome 4, et bien sa compagne s’appelle Lisa Glinstein. Encore une coïncidence dans une affaire qui n’en comporte qu’une centaine…

— C’est incroyable dis-je. J’ai effectivement longuement vu ce Monsieur Letesrif et sa compagne quand je suis allé chercher le 4e cahier en 2019 à Figeac, mais je n’avais pas noté le nom de celle-ci. En termes d’âges, ça correspond, elles sont certainement des sœurs. Incroyable ! Merci Lilian !

— Oh, on a cherché tous les trois ensemble. Ça va de remercier toujours les garçons !

— Oui, pardon, toutes mes excuses Maëlle. Bravo et merci à vous trois !

Décidément, nous ne pouvions nous passer des jeunes Parson !

Cette nouvelle révélation faisait notre journée et nous avions vraiment hâte d'être le mercredi soir et d'avancer encore un peu plus dans tout ce mystère. Pour la première fois depuis la mort d'Isabelle, j'ai passé une excellente et paisible nuit. Certes, ce que nous a fait boire Pascal en soirée a dû aider, et m'endormir avec mes trois chats dans mon lit retrouvé me réconfortait grandement. Mais je crois surtout que la perspective de progresser et, peut-être si Mac et Lyly devenaient des nôtres, de se donner une chance de trouver ce 6e cahier, tout cela me donnait l'impression que nous touchions au but. En en ayant payé le prix fort, y compris par la vie de ma sœur chérie.

Mercredi 25 mai à 20 heures. Nous grignotions ce que nous avait gentiment préparé Damien dans l'attente, un peu angoissante, de l'arrivée de Madame Glinstein. Nordine nous ayant rejoint dans la journée, nous étions 5 à essayer de deviner ce qu'elle pourrait nous annoncer.

On a toujours besoin d'une plus grande que soi

Il était 21 heures pile quand la sonnette du portillon donnant sur la Grand-Rue de Moigny a retenti dans la maison de Damien. Celui-ci est sorti ouvrir et chercher notre invitée. Elle est arrivée dans le salon où nous l'attendions, juste un pas derrière lui et…

— Excusez-moi, dis-je le premier, mais vous êtes qui ? Soit vous n'êtes pas Nadège, ce qui semble plus que probable, soit votre crème anti vieillissement est en fait un élixir de jouvence ! Qui êtes-vous Mademoiselle ?

— Bonsoir à tous. Je m'appelle Caya. Je suis la petite fille de Nadège et, rassurez-vous, vous allez pouvoir échanger avec elle par le biais d'un téléphone sécurisé que j'ai avec moi.

Nous avions devant nous une jeune femme de 27 ans, parlant avec un fort accent qui s'est avéré être du néerlandais et qui était effectivement la petite fille de Nadège Glinstein. Sur sa proposition, nous nous sommes installés autour de la table de Damien et Caya a téléphoné à sa grand-mère en mode vidéo.

Nadège est alors apparue. Très décontractée et souriante, visiblement assise derrière un grand bureau et devant une immense bibliothèque. Je reconnais avoir essayé de voir si mon livre s'y trouvait mais cela ne semblait pas être le cas.

— Bonsoir chers amis. Je suis heureuse que vous ayez décrypté facilement ma petite énigme et je m'excuse de ne pas être physiquement avec vous ce soir. Vous pouvez avoir une confiance absolue en ma petite Caya. Outre la fatigue liée à mon âge, je ne voulais pas prendre le risque de me déplacer et d'être suivie. C'est pourquoi j'ai opté pour cette solution plus impersonnelle mais plus sécurisée.

— Bonsoir Madame, dis-je. Nous sommes ravis mais surtout très impatient de vous entendre !

Je voulais intervenir avant Pascal car j'avais bien perçu que la situation ne lui convenait pas du tout et qu'il aurait vraiment voulu pouvoir converser plus librement avec Nadège.

— Alors voilà. J'ai bien compris que vous vous méfiez de Henri Holms, et vous avez malheureusement pour nous, entièrement raison. D'ailleurs vous pouvez avoir la même défiance envers Emmanuel Mercan. Ces deux-là sont de mèche avec le groupe des russes de *Chistyy*, mais je suis certaine que votre petit séjour à la Moulinerie vous aura permis de le découvrir.

— Pour tout vous dire Madame, nous le savions pour…

— Oh, Éric, ça va bien là !

Pascal intervint sèchement et en se tournant vers l'écran et Nadège il poursuivit sur un ton agressif.

— Madame, à ce stade, je n'ai pas plus confiance en vous qu'envers vos deux bouffons. Alors, dites ce que vous avez à nous apprendre et éventuellement à proposer et, ensuite, on verra si nous vous répondons. D'ici là, n'espérez plus rien de nous.

Je le trouvais trop dur mais je savais qu'après tout ce que nous avions traversé et découvert, sa prudence était indispensable. Quant à sa fermeté, elle impressionnait quiconque s'y trouvait confronté.

— Bien entendu Monsieur Parson. Je comprends parfaitement votre position que j'aurais, à n'en pas douter, à votre place. Alors voilà. Le G3 a eu bien souvent des infiltrations tant des *Chistyy* que des *Pervyy* d'ailleurs. Mais elles demeurent mineures. Pour la première fois, des traîtres opèrent au plus haut niveau de notre organisation. Nous avons, et vous l'avez très bien critiqué Pascal, un appareil en décalage complet avec nos agents qui eux sont des gens de valeur, sincères et motivés. C'est malheureusement l'apanage de tant de structures, associatives, syndicales, politiques dès lors qu'elles ont vécues un temps suffisant pour que des individus décident d'y faire carrière. Je me mets dans le lot. Pas dans celui de la traitrise à nos valeurs et à nos principes mais dans celui du décalage avec nos membres opérationnels dont je ne fais hélas plus partie depuis longtemps.

Pour ma part, j'appréciais cette entrée en matière et il me semblait deviner dans les yeux de Pascal et Karine qu'ils se détendaient un peu et s'ouvraient à l'écoute de la vieille dame.

— C'est pourquoi votre arrivée subite, Messieurs, dans l'équation du G3 est une absolue bénédiction. Pas uniquement pour la fraicheur que vous y apportez mais pour la sincérité de votre engagement qui vient remettre la seule priorité qui aurait toujours dû être toujours la nôtre au centre de notre combat. A fortiori à quelques semaines de notre fin collective. En cela, le courrier secret de Lars à lui-même, à vous cher Pascal, était un calcul génial et qui s'est avéré bien nécessaire. Malheureusement, il vous est arrivé avec 12 ans de retard et ce qui aurait sans doute était plus facile sur la durée est devenu une urgence quasi impossible à transpercer tant la cuirasse du G3 est infectée aujourd'hui. Mais vous êtes enfin là. Et rien n'est perdu, grâce et avec vous. Ce que vous avez apporté avec la pauvre Isabelle, vos enfants Pascal et vous deux Messieurs est simplement exceptionnel en seulement quatre mois. Il vous en reste presque 10 pour réussir !

Bon, là, j'étais à deux doigts de pleurer. Si elle avait été là, je l'aurais embrassée. Même Pascal n'osait plus l'interrompre. Il attendait la suite avec une réelle gourmandise et une petite jubilation d'égo que je partageais.

— Karine ma chère. Il vous faut savoir que Yves est une personne honnête et intègre. C'est un combattant qui n'a perdu aucune de ses valeurs d'origines. Vous le connaissez mieux que moi. Il reste très attaché à la hiérarchie et est d'une loyauté sans limite envers Holms. Il n'arriverait pas à admettre que celui-ci soit un traitre. Mais, pardonnez mon cynisme, son absolue confiance envers Henri peut sans doute vous servir à un moment où un autre pour faire passer de fausses informations. Nous verrons bien. Pardons, vous verrez bien, car c'est à vous de jouer désormais.

J'ai vu Caya pâlir et trembler légèrement. J'avais bien compris mais dans le cas contraire, Nadège fut plus explicite.

— Mes amis, j'ai 85 ans et je me bats contre le cancer depuis bien des années. Je vais perdre. En fait, j'ai déjà perdu. Cela se compte en jours et il n'y a plus rien à faire sinon qu'à essayer de me protéger contre la douleur et contre la déchéance mentale et physique. Mais cela est et reste mon combat. Le vôtre est que l'humanité perdure. C'est pourquoi je voulais vous donner mes éléments qui, je l'espère, pourront vous aider.

Elle s'est arrêtée quelques instants, envahie comme chacun de nous par l'émotion. Il nous était simplement impossible de parler et les larmes de Caya venaient nous désarçonner un peu plus.

— Alors, voilà. Pascal a raison, il faut aller vite et à l'essentiel. Et la seule priorité est bien le cahier n° 6 de Lars traitant des années 2000 à des heures sombres et terminales que nous vivons. Je ne le connais pas. J'ai lu les 18 pages que vous avez récupérés, ce que le

G3 n'était jamais arrivé à faire seul. Elles sont prometteuses mais bien insuffisantes. J'imagine que Karine a voulu contacter Mac et Lyly pour agir avec vous. Vous avez raison. Ils sont fiables et seront des vôtres jusqu'à la mort. Ceux sont des « nettoyeurs » de grand talent... Vous devez agir et essayer de récupérer ce cahier. S'il est à Douai sur le site *Pervyy* que nous avons enfin découvert, toujours grâce à vous, chaque jour où vous pourrez l'avoir récupéré sera une chance de plus pour convaincre l'Humanité d'agir contre sa perte. S'il n'y est pas, alors, excusez-moi, mais je n'ai pas d'autres pistes à vous donner.

Elle s'arrêta de nouveau pour se reposer un peu et boire un verre d'eau.

— Vodka ou Gin, Nadège ? lui demanda Pascal avec un sourire bienveillant.

— H_2O mon cher Pascal. L'alcool m'est hélas interdit. Et puis je vous vois venir, si je dis Vodka vous me prendrez pour une *Chistyy* et si c'est du Gin pour une *Pervyy* ! Vous êtes impitoyable Pascal, et c'est peut-être grâce à cela que nous avons encore une chance.

Elle s'arrêta en lui faisant un clin d'œil et une bise à distance puis elle avala une autre gorgée et reprit : « Vous pouvez vraiment aussi compter sur ma petite Caya. Vous ferez comme vous le souhaitez mais c'est la seule faveur que je sollicite : Savoir Caya avec vous me permettra de partir en ayant l'impression de continuer à vos côtés jusqu'au bout. Et je vous assure que vous ne regretterez pas sa compagnie. »

— Madame, je n'ai pas l'ombre d'un doute sur le fait de parler en notre nom à tous. Ce sera une joie, un honneur et une grande fierté d'accueillir Caya dans notre équipe.

Bon, là, j'ai vraiment pleuré à ces propos de Pascal. Le plus sensible était Nordine qui ne cessait de devoir se moucher tant il était ému et sanglotait même s'il n'avait jamais rencontré la vieille dame.

— Merci infiniment Pascal. Vous n'êtes pas Lars pour rien. Je suis certaine que vous ne regretterez pas cette intégration. Il me reste encore un point important. Ma sœur, Lisa, est la compagne de Fabrice Letesrif, l'antiquaire de Figeac que vous avez rencontré pour récupérer le 4e cahier mon cher Éric. Ils sont eux aussi bien fatigués et âgés même s'ils restent encore en bonne santé, ce qui me réjouit. Mais sachez que si vous aviez besoin de vous cacher ou de vous protéger, leur maison de Capdenac-Le-Haut vous sera toujours ouverte !

Pascal ne voulut pas lui dire que nous venions de l'apprendre grâce à ses enfants. Il tenait à la remercier de cette information.

— C'est très gentil à vous et à eux, chère Nadège. Je profite de cette information pour vous demander comment ce document est-il arrivé en sa possession. Éric, tu m'as bien dit qu'à l'époque Monsieur Letesrif n'a pas vraiment voulu te le dire ?

— Oui, dis-je. Il était gêné de ma question en 2019 et il s'est contenté de me dire à l'époque qu'il ne savait pas comment ses parents avaient récupéré ce cahier qu'il croyait sans réelle valeur.

— Ce que je sais mes amis, c'est que la famille de Fabrice tient un magasin d'antiquités sur Figeac depuis très longtemps. Sa famille était proche de celle de Losvec et de Champollion à l'époque. À la mort de sa mère, Victoria Nocappas, et le meurtre de son mari Luc Taddée, Roselyne a découvert la perte du 6e cahier. C'était la rançon demandée à Luc par les *Pervyy* en échange de la vie de leur fils Jean. Vous connaissez la suite. Du coup Roselyne, aidée par des membres du G3 de 1905 a décidé de cacher un des cahiers pour que le reste de la collection ne soit pas entièrement chez elle. C'est comme cela que le Tome 4 se retrouva chez les Letesrif, mis en sécurité. Mais ma sœur m'a dit récemment, après la lecture de votre livre Éric, que Fabrice disposait d'autres notes transmises par Roselyne et qu'il n'a pas pensé utile de vous les montrer quand vous l'avez rencontré Éric pour écrire votre livre. C'est ce que je voulais vous dire de vive voix depuis des mois en essayant de vous joindre à votre bureau…

sans succès. Vous m'excuserez auprès de votre amie Viviane de l'avoir tant dérangée… Selon moi, même si cela devait être sans importance, je me permets de vous suggérer de retourner à Figeac consulter ces quelques notes. On ne sait jamais.

— Oui, nous allons nous y rendre Nadège. Merci encore de cette info. On percevait beaucoup d'empathie et d'émotion dans la voix de Pascal. Nadège, si nous arrivons à récupérer ce cahier salvateur, que pensez-vous que nous devions faire pour nous en servir efficacement ?

— Je ne sais pas trop. Je pense tout d'abord qu'il vous faudra agir vite car vous n'aurez alors pas que les *Chistyy* et les *Pervyy* à vos trousses. Holms et Mercan mettront le G3 à votre recherche eux-aussi. Du moins la partie pourrie du G3 qui doit être conséquente. À ce propos, n'ayez aucune confiance en ce fourbe de Sergueï Lefimov et, d'une manière générale, en personne au niveau de l'appareil central du G3, hormis Yves côté Français et Franck Besquet côté américain.

— Excusez-moi Madame, lui demanda Nordine. Le Franck Besquet rattaché à la Banque Mondiale mais que l'on connaît être de la CIA ? Il est membre du G3 ?

— Absolument, c'est bien lui cher Nordine. Il est des nôtres et je le crois vraiment fiable. Après, il reste de la CIA donc ses intérêts sont d'abord ceux de l'Agence… Enfin, pour vous répondre Pascal, je ne vois qu'une chose à faire : rendre ce cahier public d'une façon ou d'une autre. Permettre aux dirigeants de monde et aux citoyens de lire ce que celui qui a prédit avec une incroyable exactitude les conflits meurtriers du XXe siècle a pu écrire sur la fin du monde du 2 mars 2023. Peut-être alors y en aura-t-il pour entendre et agir ? Je suis navrée mes amis, je ne sais quoi vous proposer d'autre.

Elle s'arrêta, à bout de souffle, épuisée d'avoir autant parlé. Elle n'avait même plus la force de se servir un nouveau verre d'eau.

— Mes amis, veillez m'excuser mais il se fait tard et je vais aller me reposer. Je vous quitte ce soir avec l'infinie gratitude de votre amitié et de votre accueil de ma petite Caya. Je vous laisse surtout avec le remerciement de m'avoir redonné cet espoir que je perdais chaque jour un peu plus depuis tellement de temps face à la cruauté et à la fourberie de ceux qui devaient pourtant sauver l'Humanité. Je vous serai éternellement reconnaissante d'avoir tout donné, jusqu'à vos vies, d'avoir tout tenter pour nous tous. Quoiqu'il arrive, c'est grâce à des personnes comme vous que l'Humanité gagnera toujours, y compris contre elle-même. Je vais me coucher heureuse. Il n'y a jamais de mauvais moment pour les jolies choses et votre groupe est une merveille. Je vous souhaite un belle nuit mes amis. Je vous aime.

Elle a coupé net au grand dam de Caya qui essaya de la rappeler. Ce fut la dernière fois qu'elle put parler à sa grand-mère. Nadège Glinstein est décédée cette nuit-là après avoir pris de quoi partir ailleurs paisiblement, sans douleur éprouvée mais avec l'espoir retrouvé.

La Communauté des Phénoménaux

Il fut très difficile de ne pouvoir nous rendre aux obsèques de cette grande dame dont la rencontre, bien que furtive, marqua nos existences à jamais.

De notre « Communauté des Phénoménaux » comme nous prénommait Pascal les bons jours, et « des Péquenauds » les mauvais, seule notre nouvelle jeune recrue Caya pu se rendre à l'enterrement de Nadège, le lundi 30 mai, sans éveiller les soupçons.

Mais, elle en avait profité au préalable pour demander à Lisa et Fabrice, présents eux aussi, d'amener les éléments complémentaires de Lars en leur possession, évoqués par Nadège.

Mardi 31 mai à midi, nous étions tous au complet, dans la ferme. Karine ainsi que Nordine y étaient déjà présents avec Mac et Lyly depuis le matin. Leur intégration avait été immédiate tant leur perception de la situation comme des traitrises internes au G3 était identique à la nôtre.

Je suis arrivé avec Pascal, qui, après avoir jonglé avec ses cours, s'était fait porter malade et remplacer pour avoir une vraie disponibilité avec notre équipe. Nous étions accompagnés de Damien. Puis Caya nous a rejoint un peu avant 13 heures. Elle restait naturellement très affectée mais on pouvait voir poindre une réelle excitation à découvrir avec nous les documents donnés par Letesrif.

Pascal s'est chargé de présenter Caya à notre couple de tueurs nés, et réciproquement, puis, de nouveau autour d'un succulent repas préparé par Nordine nous nous sommes mis au travail.

— Tu as un peu regardé les documents ? demandais-je à la jeune néerlandaise.

— Non, j'ai préféré attendre d'être avec vous. Je me suis bien assurée que personne n'ait vu Fabrice et Lisa me les remettre hier et je les ai immédiatement cachés dans ce dossier.

— Bravo et merci Caya. Bien joué. Alors regardons cela.

Pascal ouvrit le dossier et en sortit 6 pages remplies, en recto-verso, d'annotations manuscrites très brouillonnes.

— Il s'agit bien des « pattes de mouches » de Lars, dis-je. Oui, c'est son écriture. En revanche, il s'agit clairement de notes personnelles, jamais il n'aurait écrit aussi mal pour un texte officiel.

J'étais ravi de découvrir de nouveaux écrits de sa part et fort impatient d'en parcourir le contenu. Surtout si celui-ci était très personnel.

Pascal distribua deux pages à Karine, deux à moi et garda les deux dernières. Trois petits groupes se formèrent ainsi pour commencer une première lecture. La consigne était de faire tourner les pages pour que chacun puisse tout lire.

Il s'agissait vraiment de notes éparses, sans doute rédigées à des périodes différentes et sans aucun rapport entre elles. Certaines notes se trouvaient écrites sur d'autres plus anciennes. Parfois de façon verticale ou en biais. J'y retrouvais des formules que j'avais pu lire dans certains cahiers. Il y avait également des « pense-bêtes » du genre « Dire un mot sur conflit et guerre du Tigré, 600 000 morts mini » / « Revenir dans Tome 5 sur guerres Balkans 1991 » / « Trouver formule pour évoquer Tramp aux States ». Nous y avons aussi retrouvé quelques phrases du courrier adressé à Pascal, ce qui nous laissait penser que Lars concoctait cette idée depuis longtemps, pas uniquement lors des derniers moments de sa vie.

Il y avait également des formules types « Vous serez ce que vous oserez » / « Je suis né une troisième fois quand je t'ai rencontré » / « Braquer une banque est un crime moins grand que d'en ouvrir une ». Visiblement tout cela n'avait aucun lien et était destiné, ou pas, à des personnes et à des usages différents.

Puis une page entière retint notre attention. Elle était consacrée à Paul Dirac. Aucun de nous ne savait de qui il s'agissait en dehors du fait que, d'après Lars, Dirac était un mathématicien et physicien britannique né en 1902. Par moment les gribouillages étaient réellement illisibles. On retrouvait des mots comme « antimatière », « Nobel 33 », « Equations 34 », et une longue phrase incompréhensible : « Postulat de causalité, établi comme implication réciproque qu'il existe une catégorie de particules en tout point semblables aux particules de matière excepté le signe de leur charge et certaines propriétés quantiques ». À notre grande surprise, un numéro de portable était également inscrit là : 06.02.03.18.23.

— C'est dingue, dit Pascal, c'est le numéro de Maëlle, ma fille ! Pourquoi il, enfin « je », écrit ce numéro ici ? Et puis c'est quoi ces écrits en physique quantique. Je n'y connais rien moi là-dedans ! Je suis prof d'Histoire, les maths et la physique c'est de l'extraterrestre pour moi !

— Pourquoi Dirac me dit quelque chose ? demanda Karine. Je connais ce nom et pas d'un de mes cours du lycée non plus… J'étais comme toi Pascal.

Nous séchions tous. Pascal appela alors sa fille : « Coucou ma puce. C'est incroyable, figure-toi que dans des notes personnelles que nous venons de découvrir, Lars Nocappas y inscrit ton numéro de téléphone portable ! »

— Incroyable ! Il ne risquait pas de trouver un téléphone à l'époque ! Dans quel contexte, il indique mon nom quelque part ?

— Non, juste ton numéro. Il écrit une page entière sur un mathématicien anglais, Paul Dirac.

— Dirac ? Ce n'est pas là qu'il dit qu'il meurt au CNRS dans sa lettre, non ?

— Oh putain, oui, c'est ça Maëlle ! hurla Karine. Le laboratoire Dirac, c'est de là qu'il appelle ses enfants une dernière fois avant de se retrouver…

— Se retrouver quoi ? En 1823, oui on sait cela, dis-je.

Karine me regarda en se tapant sur la tête : « La vache, il est dans ce Laboratoire, il t'appelle Maëlle et il se retrouve le 02.03.1823 ! Lars, enfin le Pascal d'avant, devait penser que son voyage dans le temps était lié à sa présence dans ce labo et au fait de composer le 06.02.03.18.23 ! »

— C'est… c'est juste n'importe quoi, dit Pascal éberlué.

— Oui, répondit Maëlle au téléphone, mais franchement s'il bascule le 2 mars 1823 au moment même où il compose mon numéro, il avait de quoi s'interroger… La vache, heureusement qu'il n'appelait pas Lilian à cet instant ou Bastien. Le premier se termine par 1412 et le second par 3481 !

— Ben il aurait peut-être vu Jeanne d'Arc ou bien… Dark Vador ? dis-je trop fier de ma blague, qui passa copieusement inaperçue…

Après avoir longuement remercié sa fille, Pascal siffla la fin des à cotés : « Bon, Lars s'interrogeait sur comment il avait pu arriver là. Cela parait bien normal. Mais ce n'est en aucun cas notre problème et, de celui-ci il ne faut attendre aucune solution concernant le nôtre. Je propose de ne pas s'attarder plus sur cette page. Malheureusement les autres ne nous aident pas vraiment non plus. Je ne vois rien nous permettant de trouver le cahier manquant. »

Nous n'avions malheureusement rien à ajouter à ce triste constat. Ces 6 pages ne nous aidaient en rien du tout. Voyant notre désarroi collectif, Pascal s'empressa de rattraper sa destruction d'ambiance et de donner une perspective :

— Écoutez, comme il l'écrit, nous serons ce que nous oserons. Alors restons sur notre objectif. Nous devons maintenant planifier quand et comment pénétrer dans la planque Douaisienne des *Pervyy* et récupérer le cahier !

Fille : 4 – Garçon : 2

Après l'aparté de Pascal avec le notaire qui lui permit de récupérer la lettre de Louise, nous avons décidé ce jour-là d'intervenir si possible la nuit du 11 au 12 juin. Cela laissait un temps suffisant à Mac et Lyly pour préparer leur opération et comme nous savions que ce serait un week-end d'élection, nous espérions que l'attention globale se porte sur cet évènement démocratique.

J'ai proposé rapidement que notre QG pour ce jour-là soit l'appartement d'Isabelle situé au nord de Lille, rue des Blanchisseurs à Lambersart. Cela permettait d'être assez proche de Douai et de se retrouver dans un lieu vacant qui avait peu de chance d'être sous surveillance par le G3 ou les *Pervyy* ou les *Chistyy.*

Durant les 10 jours nous séparant de l'intervention, Nordine a grappillé toutes les informations possibles sur le site du Boulevard Paul Hayez, y compris celles disponibles à la DGSE. Damien et Caya ont récupéré des données cadastrales et sur l'histoire récente des lieux.

Le jeudi 9 juin, Mac et Lyly se sont installés dans un hôtel de Douai, tout près du Beffroi. Nous savions où les équipes de surveillance du G3 étaient positionnées, ce qui laissait deux espaces à proximité du site pour faire de même, sans être vu.

De notre côté, nous prenions nos quartiers à Lambersart et c'est Nordine qui assurait les allers-retours entre Douai et notre QG.

À 1 h 15 du matin le dimanche 12 juin 2022, nos nettoyeurs Mac et Lyly sortaient tout équipés de leurs brosses et balais de la camionnette de Nordine garée à l'angle de la rue d'Arleux avec la rue Escallier, tout près de la piscine des Glacis. Nordine les suivait via les caméras de l'intérieur du van et restait en contact radio avec eux.

Ils ont franchi le mur donnant sur un espace vert abandonné qui conduisait derrière le bâtiment de l'ancienne bourse d'affrètement de la batellerie de Douai. A partir de cet instant, en pénétrant dans ce vieil édifice, ils avaient repéré grâce à leurs drones, 1 garde à l'intérieur puis 3 dans la cour située entre la bourse et le bâtiment principal et enfin 2 autres dans celui-ci.

Nous avions vu notre équipe de choc à l'œuvre à Bricy et nous étions donc raisonnablement optimistes quant à leur capacité de franchir un obstacle uniquement composé de 6 gardes.

Tout au long de leur progression, Nordine indiquait à Mac et Lyly la position exacte des gardes en fonction de leurs mouvements. Il essayait de nous tenir informés puisque nous pouvions entendre ce qu'il disait à notre couple d'effaceurs mais, hélas, nous ne pouvions rien voir.

Nous étions, Karine, Caya, Damien, Pascal et moi, attablés à Lambersart écoutant sans un bruit ce que Nordine racontait au téléphone. Nous entendions son compte-rendu alterné avec ce qu'il indiquait à Mac et Lyly. Nous retenions notre respiration. Incapables de faire autre chose ou de prononcer quoi que ce soit pendant toute la durée de cette opération de grand nettoyage de printemps.

— « Ils sont rentrés dans la Bourse… Premier garde HS. Lyly la tigresse au couteau… » / « Bon, sur la cours, Lyly, tu en as un au centre. Il y en a un derrière la grande porte du Boulevard côté ouest. OK pour toi Mac ? Le dernier est dans le passage couvert, sur l'autre entrée est. Il ne peut rien voir du reste de la cour. Allez-y » / « Allo la base ? Lyly 2, Mac 1… Ah non, Lyly 3, Mac 1. Cette fille, j'vous jure… ».

C'est abominable mais à chaque fois que Nordine comptabilisait les pertes causées par nos deux tueurs, nous hurlions tous de joie intérieurement en remuant nos bras comme si nous étions en train d'écouter un match de foot à la radio. Nordine continuait tranquillement sa retransmission palpitante.

— « Bien joué. Vous avez l'entrée côté est, ce sera plus facile. Il y en a un au rez-de-chaussée. Il ne bouge pas depuis tout à l'heure, à mon avis il roupille. Il est dans la deuxième pièce sur votre gauche, une fois que vous serez rentrés dans le couloir… Voilà, vous y êtes, il est juste derrière la cloison… » / « Eh bim ! Adios Canardos !…. Mac et son silencieux remonte à 2-3 ! S'achemine-t-on vers un match nul ? »

Il ne restait qu'un homme. Nous étions pétrifiés. Si proche du but !

« Bon les amoureux, on ne mollit pas. Le dernier est au second. Il fait les 100 pas dans le long couloir parallèle au vôtre mais 10 mètres au-dessus. Le seul moyen de monter reste le grand escalier. Faite gaffe, il doit grincer… »

Pendant une ou deux minutes, nous n'avions plus de compte-rendu de Nordine. Puis le soulagement : « Chers téléspectateurs, c'est finalement une très belle victoire féminine puisque Lyly s'en fait 4, 3 au couteau et 1 avec 3 pruneaux dans la tête, contre 2 seulement pour Mac qui doit rester comme son flingue, bien silencieux. Allez amis du soir, bonsoir, je vous laisse, je les rejoins pour fouiller cette immense baraque. Je raccroche. A tout à l'heure ! »

Nous avons tous retrouvé nos voix et ne nous sommes pas privés pour hurler et nous embrasser de bonheur. Nous savions désormais qu'il nous faudrait sans doute attendre un très long moment. Pascal et Karine avaient fait des réserves pour la nuit et un nombre important de bouteilles y sont passées.

— On a eu raison d'y croire, et les bons crus font les bonnes cuites ! disait notre grand chef Pascal tout en rajoutant « Le plus important reste à confirmer, mais ils vont le trouver. Ils sont trop forts ! »

Les minutes ont remplacé les secondes et les heures ont commencé à défiler. L'angoisse reprenait sa place et remplaçait l'alcool dans nos estomacs. Nous passions des verres au vert.

Il était 3 h 18 du matin quand le téléphone de Karine a enfin vibré. Elle décrocha instantanément mais elle omit de remettre le haut-parleur. Nous regardions son visage, Pascal, Damien, Caya et moi avec la même hantise en essayant de scruter chacune de ses éventuelles mimiques. Mais rien, pas une réaction, pas un mouvement. Elle écoutait, stoïque.

L'appel a duré à peine 30 secondes. Simplement l'éternité pour nous quatre. Quand elle a raccroché, j'ai compris que c'était foutu. C'était terminé. Elle a alors posé délicatement son téléphone sur la table puis s'est tournée vers nous, les larmes envahissant ses jolis yeux.

« Ils l'ont ! Ils l'ont ! Ils ont réussi ! On a gagné ! ».

Chapitre VIII – L'horreur de leurs heures.

Le téléphone de Karine a sonné une nouvelle fois, à 7h40 ce dimanche 12 juin matin. Cette fois-ci, c'était Yves.

— Bordel, ils ne sont pas en retard, dit-elle exaspérée et épuisée par notre nuit blanche.

— Tu penses qu'ils savent déjà ? lui demandais-je interloqué.

— Oui, sinon pourquoi m'appeler si tôt ce dimanche. Je laisse le répondeur, on écoute…

Allo, Karine, c'est moi. Bon sang, qu'avez-vous fait ? Le site de Douai des Pervyy vient d'être attaqué et visité d'après nos équipes de surveillance. J'espère vraiment que tu n'y es pour rien, avec tes deux déséquilibrés d'acolytes. Je t'en prie, rappelle-moi vite. Avec la mort de Nadège, les choses se durcissent au G3. Et puis, visiblement des personnalités politiques de différents pays semblent s'en mêler via Mercan. Je ne comprends plus rien ici. Rappelle-moi. Je t'aime.

C'était très clair. Hormis pour les deux « déséquilibrés » dont je ne voyais vraiment pas à qui il faisait allusion en dehors de Pascal… Le G3 était au courant de l'opération du boulevard Paul Hayez et se doutait que nous en étions les auteurs.

Même si Yves Lalaup ne le disait pas clairement ou ne voulait le comprendre, nous étions bien leur cible désormais. Sans compter les *Pervyy*. Il fallait agir, et vite, mais surtout prudemment.

Partir est facile, c'est le Plan qui est compliqué

Nous étions tous regroupés autour d'un bon café et des croissants que Caya était gentiment allée nous chercher. Nordine, Mac et Lyly étaient arrivés triomphant avec le « Graal numéro 6 » vers 5 heures du matin et, malgré la fatigue, j'en étais déjà à la page 30 dans ma lecture effrénée.

Leur café avalé, Pascal et Karine ont alors pris les choses en mains.

— Nous devons bouger d'ici, ils vont obligatoirement venir voir s'agissant de l'appartement d'Ista. On ne peut repartir chez moi à La Source où chez Éric à Moigny et votre ferme de Cléry est à mon avis déjà occupée par d'autres effaceurs du G3.

— Pascal a raison, continua Karine. Voilà ce que je propose : je vais rappeler mon frère et faire diversion avec Mac et Lyly. Si le G3 se met à nos trousses en pensant que j'ai le Tome 6, cela vous laisse une bonne marge de manœuvre pour aller vous cacher, le lire et le diffuser au grand jour et l'afficher aux yeux du monde.

— Mais, vous risquez de vous faire tuer ! lui lança Nordine.

— Franchement mon frérot, on est tous morts dans quelques mois si nous ne tentons rien. On ne peut pas échouer désormais. Nous avons le cahier. Il faut l'exploiter, quoi qu'il en coute à chacun d'entre nous !

— Oui, je suis d'accord avec Karine, asséna Pascal. Il nous faut trouver une planque. Et je dois aussi voir mes gosses pour qu'ils se mettent à l'abri et qu'ils nous aident à publier le cahier sur les réseaux. Je pense qu'on ne sera pas à la hauteur sans eux, même si Caya peut nous aider.

— Je sais où vous mettre. À Vaulx-en-Velin près de Lyon. Je vous expliquerai, je dois juste appeler quelqu'un avant.

Karine avait visiblement une piste sérieuse et directement opérationnelle pour nous planquer. Pascal reprit de nouveau la parole.

Bien que n'ayant pas dormi, comme nous tous, il était dans une forme exceptionnelle comme boosté aux endorphines après une de ses courses.

— Bien, alors voilà le programme : Karine, Lyly et Mac vous faites diversion comme prévu. Éric, tu dois absolument lire et synthétiser ce sixième volume au plus vite. En partant d'ici, on se fait une copie sur une photocopieuse d'un magasin, je la garde avec moi et je la cache. Avec Éric, Caya et Nordine, je file d'abord sur Paris pour mettre en ligne le cahier avec l'aide de mes garçons. Puis on va tous dans la planque à Lyon.

Il s'arrêta reprendre sa respiration puis poursuivit en s'adressant à mon cher voisin de Moigny.

— Damien, si cela te va, rentre à Moigny comme si de rien n'était. On n'a jamais évoqué ton nom. Si le G3 te demande, tu dis que tu continues à surveiller la maison d'Éric mais qu'il est absent depuis une semaine sans que tu saches où il est. Bon, Éric toujours, contacte ton pote journaliste qui a des relais à CNN. On doit essayer d'avoir une interview de toi de niveau mondial. J'oublie quelque chose ? Cela vous va à tous ? C'est OK ? Alors au boulot, on décolle d'ici dans une heure !

En réalité, Pascal était comme nous tous, totalement à bout de force. Mais il avait encore la lucidité et la capacité d'organiser un plan cohérent et solide. Je savais bien que les plans sont faits pour ne pas être respectés et qu'une multitude d'imprévus et de contraintes surgirait mais j'avais confiance en sa vision et sa fabuleuse aptitude à improviser. Toutefois, même en craignant le pire, je ne pensais pas à ce qui allait suivre.

Karine a rappelé son frère Yves :

— Oui, c'est moi frangin. C'est bien moi. J'ai le document. Je l'ai récupéré avec Mac et Lyly. Je vais aller l'apporter à Taddée et Parson pour qu'ils le diffusent !

— Arrête Karine, c'est de la folie. Ils vont te… Viens donner le document à Holms et au G3. Ils sauront quoi en faire.

— Non, p'tit frère. Holms est un traitre !

— Mais arrête ça ! C'est ridicule !

— J'ai la preuve qu'il travaille pour les *Chistyy*. Il joue double jeu. Tu ne dois plus lui faire confiance. Coupe le cordon et va te cacher Yves. Tu risques ta vie à rester avec ce fourbe. Je t'aime.

Puis elle lui raccrocha au nez.

En se tournant vers nous :

— Nadège avait raison, sa loyauté sans faille au Groupe lui interdit d'accepter que Holms puisse être un traitre. Il va le prévenir tout en lui demandant qu'on ne me fasse pas de mal. Ils vont tracer mon téléphone ou celui de Mac et Lyly. On va filer plein ouest dans la planque bretonne de Mac à Lannilis. Cela devrait vous laisser assez de temps pour faire ce que vous avez à faire sur Paris puis vous cacher ensuite à Vaulx-en-Velin. J'appelle mon contact.

— Qui est-il ? demandais-je un peu inquiet.

— Il s'appelle Xavier. Xavier Brécout. Tout le monde l'appelle BRX. Il est Ingénieur des travaux publics de l'État, comme Yves, mais il n'est pas du G3 et ne sait absolument rien de toutes nos « affaires ». Il est responsable de l'entretien et de la sécurité du Campus de l'École Nationale des Travaux Publics de l'État, l'ENTPE, et de l'École d'Architecture de Lyon. Situés au cœur de Vaulx-en-Velin, ces établissements comportent des petits locaux de fonction en leur centre, notamment pour des intervenants. BRX pourra vous cacher là-dedans. Personne ne pensera à vous chercher dans ce site.

— Et pourquoi il ferait ça pour nous ?

— Il le fera pour moi Éric. Je t'assure qu'il le fera. Je l'appelle.

Karine est sortie pour l'appeler. Ce BRX devait lui devoir quelque chose d'important car c'était réglé en 5 minutes. Elle est revenue et m'a donné, ainsi qu'à Pascal, un papier avec le numéro de téléphone de son ami.

Puis elle s'est retournée vers nos deux soldats de l'ombre :

— Vous êtes prêts, on y go ?! Bonne chance à tous… Il est probable que nous ne nous revoyions pas. Quoi qu'il arrive, je vous remercie pour tout. C'est trivial mais c'est sincère : ça a été un immense honneur, la fierté de ma vie, d'œuvrer avec vous tous.

Elle a tourné les talons avec Mac et Lyly lui emboitant le pas. Je ne comprenais pas trop ce qui se passait. Tout aller trop vite et je dormais debout.

Nordine était très ému de voir partir sa sœur d'armes et ses deux amis. Pascal se tenait droit comme un I, les yeux « ensanglotés » : « Karine, Mac, Lyly, oui ! Cela a été un privilège sans pareil de rencontrer des gens aussi courageux que vous… Je… Merci et Bonne chance ».

Je voulais rattraper Karine et lui dire que je la trouvais merveilleuse. J'aurais dû rattraper Karine et lui dire que je la trouvais merveilleuse, mais je n'ai pas bougé.

Pascal a tapé dans ses mains un grand coup, me réveillant alors de mes songes attristés, tout en continuant de donner ses directives :

— Allez Éric, on se reprend là. Appelle ton contact des médias pour CNN. J'appelle mes gosses.

Je suis sorti de ma torpeur et j'ai appelé Michel Garrot, mon ami le Directeur de la chaîne de télévision *SavoirS*.

— Excusez-moi Michel de vous déranger un dimanche aux aurores.

— Je vous en prie Monsieur Taddée, comment allez-vous ?

— Bien. Figurez-vous que j'ai enfin mis la main sur le cahier n° 6 de Lars Nocappas !

— Incroyable, félicitations ! Et il tient ses promesses ?

— Encore plus Michel ! Encore plus. Michel, pour des raisons réellement importantes, voici la proposition que je vous soumets : je n'ai encore parlé à personne de ma découverte. Je veux bien vous enregistrer une émission spéciale pour votre chaîne. Ce serait un immense scoop vu le contenu des écrits de Lars, je vous l'assure !

Mais j'ai aussi besoin d'obtenir un direct rapide avec CNN. Vous m'aviez dit avoir un contact intéressant à CNN France ?

— Bien sûr, c'est mon fils. Il est rédacteur en chef adjoint Politique pour CNN en France. Écoutez Éric, je regarde avec lui et je vous rappelle. Nous pourrions alors faire une interview de vous puis la diffuser au même moment où vous ferez celle sur CNN, s'ils acceptent. Nous pourrons montrer des pages du manuscrit de Lars à l'écran ?

— Oui, bien entendu. Vous pourrez diffuser ce que vous voudrez. On peut même le scanner et le mettre en ligne sur votre site. Mais, surtout et j'insiste, si CNN est OK pour cette opération, il faut leur dire que cela doit rester absolument confidentiel jusqu'à l'interview qui, elle, doit se tenir très vite.

— J'en parle à mon fils tout à l'heure sans problème et je vous rappelle dans la journée.

— Merci infiniment Michel mais, j'insiste là encore, vraiment : n'en parlez à personne d'autre et cela est très urgent. Michel, je vous l'assure, si Lars a raison une fois de plus dans son texte, alors l'avenir du monde va se jouer avec cette diffusion !

— Je… Je suis un peu ébranlé par vos propos Monsieur Taddée. Mais, j'ai bien compris. Mon fils et moi serons silencieux. Je vous rappelle tout à l'heure.

Une demi-heure après le départ de Karine, Lyly et Mac, nous quittions à notre tour l'appartement d'Isabelle.

J'étais assis dans le van conduit par Nordine. Nous étions à l'arrière, Pascal, Caya et moi.

Nous avons dit au revoir à Damien et s'en est retourné plein de courage et de raisons sur Moigny avec mes consignes pour mes chats et pour mes plantes à arroser. Que voulez-vous, chacun ses priorités…

Il était 10 heures du matin et je reprenais ma lecture du cahier de Lars. C'était juste extraordinaire. A partir de la quarantième page, après avoir développé sous forme de prédictions les conflits du début du XXIe siècle, les attentats du 11 septembre 2001, la seconde guerre du golfe et d'autres faits, il rentrait dans des détails stupéfiants sur la période que nous vivions. Il indiquait par exemple que :

« En février 2022, la Russie, dirigée de façon dictatoriale et mafieuse par un homme dangereux et certainement malade mentalement, envahira l'Ukraine devenue pourtant une République indépendante en 1917 » / « Cette invasion interviendra huit ans après l'annexion russe de la Crimée, ainsi que le début de la guerre du Donbass à partir du printemps 2014 » / « En 2021, les tensions vont s'intensifier par un renforcement militaire russe prolongé aux frontière ukrainiennes avec la Russie » / « En février 2022, la reconnaissance illégale de deux zones séparatistes de la région du Donbass, à l'Est de l'Ukraine, et l'incursion de l'armée russe va entrainer une offensive générale sur l'ensemble du territoire ukrainien le 24 février très précisément. »

Il poursuivait en expliquant les différents enchainements du conflit.

« À son déclenchement, cette invasion sera considérée comme la plus importante opération militaire qu'ait connu le continent européen depuis la fin de la Seconde Guerre Mondiale que j'ai pu traiter dans un cahier précédent. » / « La Russie sera accusée par presque toutes les nations mondiales de mener une agression illégitime et gratuite contre l'Ukraine. Cette dernière sera alors lourdement aidée militairement par de nombreux pays et le conflit va s'enliser du fait d'une résistance importante et victorieuse des ukrainiens. » / « Une série de sanctions sans précédent sera opérée contre la Russie sur des plans économiques, technologiques et culturels. Cela va générer des crises énergétiques et alimentaires majeures partout dans le monde ». / « L'armée russe sera accusée de massacres et de génocides envers des populations civiles » / etc.

La fin de la lecture était d'autant plus impressionnante que, pour la première fois, elle traitait de faits que nous n'avions pas encore vécus en ce mois de juin 2022.

Les contre-offensives ukrainiennes réussies ; des débâcles militaires russes inattendues, dont la destruction du Pont de Crimée ; un fort mouvement d'opposition au conflit en Russie après une obligation de mobilisation imposée par « leur dirigeant aussi fou que chauve » : nous découvrions une évolution de cette guerre à laquelle nous ne pensions pas à ce moment-là.

Les dernières pages étaient consacrées à la façon dont le conflit devint réellement mondial et entraina la destruction du monde sous un feu nucléaire, une véritable fin de toute humanité de la part d'une espèce totalement perdue depuis des siècles.

Lars expliquait dans son ouvrage qu'à partir de mi-février 2023, l'armée russe ne cesserait de reculer et compterait alors des centaines de milliers de pertes humaines. Elle décidera alors d'utiliser des « armes chimiques abominables » contre les soldats et les populations ukrainiennes. Cela fera entrer une bonne partie de la Communauté mondiale en guerre contre la Russie et sa folie meurtrière. C'est alors que la Chine décidera d'envahir « la République de Taiwan, qui naitra en 1895, ce qui ouvrira un autre front et embrasera le monde ».

Il terminait son sixième cahier en expliquant que les capitales russes et américaines se détruiront mutuellement dans la matinée du jeudi 2 mars 2023. La journée fut alors une succession de bombardement et la France fut touchée, avec la destruction de Paris, à 20 heures, « bien que ne s'étant pas officiellement déclarée en guerre ».

Selon la conclusion de Lars, « l'Humanité disparaitra ainsi dans la soirée du 2 mars 2023. Sa troisième autodestruction collective sera ainsi la dernière ! ».

Le courage est une porte qui s'ouvre vers l'extérieur

Nous arrivions sur Paris vers midi avec une sacrée gueule de bois après cette lecture sidérante et apocalyptique. Pascal avait donné rendez-vous à ses fils, Lilian et Bastien, tous deux parisiens, à 13 heures au niveau d'une Brasserie dans le 10ᵉ arrondissement.

En nous installant pour déjeuner et alors que Pascal leurs présentait Caya et Nordine, Michel Garrot me rappela. Son fils avait déjà obtenu l'accord de CNN pour une interview en direct le lendemain, le lundi 13 juin à 14 heures afin de toucher aussi bien Washington, réveillée, que Moscou, pas encore couchée.

Je devais au préalable enregistrer une interview pour *SavoirS* le matin à 11 heures. Elle serait ensuite diffusée à 14 heures en même temps que mon message, rediffusé au monde entier, en presque toutes les langues, sur la chaîne américaine.

Tout se déroulait rapidement et très correctement jusqu'à maintenant. En m'asseyant à notre table à mon tour, j'ai perçu une immense fatigue m'envahir, ou plutôt un épuisement total, comme je n'en avais jamais ressenti. La blancheur de ma nuit se transformait en une noirceur inouïe.

— Je pense qu'il va te falloir aller te reposer mon ami, me dit alors Pascal. Mange quelque chose puis Lilian va t'accompagner roupiller un peu chez lui.

— Non, merci, Pascal, je dois vraiment préparer mes interviews de demain. Je dois être concis mais aller à l'essentiel avec quelques formules qui marqueront. Et puis si nos jeunes organisent la mise en ligne du cahier avec des commentaires, ils auront besoin de moi !

Après un rapide repas où nous avons tous remarqué les yeux de Caya posés sur Lilian et les sourires de celui-ci accrochés aux lèvres de celle-ci, nous sommes allés dans l'appartement de Bastien pour organiser la mise en lumière du document. Notre idée collective était de tout mettre en œuvre pour qu'il soit accessible sur internet le lundi à 14 heures et envoyé automatiquement à plusieurs grands médias officiels du monde entier.

Fidèle à sa filiation, qu'il ne pouvait de toute façon pas cacher physiquement, Bastien nous a servi un grand verre de Rhum arrangé Banane flambée de sa fabrication. Et son breuvage était encore meilleur que celui de son paternel.

Les jeunes commençaient leurs programmations quand Viviane m'a appelé.

— Allo ? Il se passe quoi Éric ? Tu es où ? Des gens armés sont venus chez moi me demander où tu étais ? Qu'est ce qui se passe ? Tu es où ?

J'allais répondre quand Nordine m'a pris précipitamment le téléphone et a coupé notre conversation.

— Mais tu fais quoi ? C'est Viviane, Yoyo, mon assistante ! Elle est affolée, il…

— Ils sont chez elle Éric. A côté d'elle, c'est évident. Elle t'appelle sous la contrainte !

— Il a raison mon ami, c'est trop risqué de lui parler, me dit doucement Pascal en me mettant une main sur l'épaule.

— Mais… Mais alors ils risquent de la tuer !

— Elle est déjà morte Éric. Qu'elle obtienne ou pas ce qu'ils cherchent, ces tueurs ne laissent aucun témoin. Je suis vraiment navré Éric.

Je me suis effondré dans les bras de Pascal. Après mon Isabelle, la pauvre Viviane venait certainement d'être assassinée à cause de moi. Combien faudrait-il encore de victimes pour tenter de sauver une telle humanité qui ne le mérite tellement pas ? !

Du coup, c'est sur le lit de Bastien que je me suis laissé gagner par l'abattement et l'épuisement.

Pascal ne m'a ensuite réveillé que vers 18 heures.

— Salut chef. On a besoin de toi mon pote. Caya et mes gars ont tout préparé. Il faudrait qu'on place des éléments saillants en évidence et quelques citations de ta part. Tu te sens de les aider ?

— Oui, bien sûr. Excusez-moi, je n'en pouvais plus.

— Éric, tu n'as à t'excuser de rien et tu n'auras jamais à le faire, auprès de quiconque !

Je me sentais entre deux eaux. C'était le Cap Horn dans ma tête et les chutes du Niagara dans mon estomac. Je ne pouvais me sortir de la tête la mort de ma sœur et les images de Viviane vivant ses dernières secondes une fois que Nordine eut raccroché.

Mais il fallait se lever, il fallait avancer, il fallait survivre, il fallait se battre. Pour elles et pour tous ceux ayant déjà donné leurs vies.

Les jeunes avaient réalisé un formidable travail. Mon blog, déjà suivi par plus d'un million de personnes depuis mon livre, ainsi qu'une page internet spéciale donnant sur tous les réseaux sociaux se retrouvaient prêts à être mis à jour et créés le lundi à 14 heures. Le cahier de Lars y était intégralement accessible avec une synthèse faite par Caya et Pascal pendant ma « sieste » à laquelle je n'avais rien à modifier.

Nous y avons placé ma photo et quelques vidéos de moi avec des phrases chocs du genre « Lars Nocappas avait prévu de façon précise les deux premières guerres mondiales. Pour lui, la troisième sera la dernière. L'Humanité n'a plus que jusqu'au 2 mars 2023 pour empêcher sa fin. Réagissez ! »

Nous sommes descendus de chez Bastien vers 20 heures pour aller dîner dans un petit restaurant chinois à quelques mètres de chez lui. Ils avaient tout prévu et Bastien nous expliqua comment ils comptaient faire le lendemain.

— Bon écoute Papounet, c'est très simple, même toi devrait pouvoir comprendre. Demain à 14 heures, je déclencherai directement du boulot avec mon ordi perso l'affichage de ce que nous avons programmé. Si mon ordi devait ne pas fonctionner, Lilian pourra le faire lui aussi à distance.

— Et si Lilian a aussi son ordi en rade ? lui demanda son « Papounet ».

— Tout est prévu pour que rien ne soit foutu ! C'est toi qui nous l'a appris, tel un Sarah Connor masculin. Alors voilà un mot avec les codes pour faire cette ouverture. Tu peux même le faire de ton vieux Samsung pourri de l'âge de pierre. Comment tu fais pour vivre avec ce débris ?

— Bistoune, ne parle pas d'Éric comme ça !

Bon, je reconnais que j'ai bien rigolé sur le coup. Puis j'ai sagement écouté les explications et la démonstration de Bastien et Lilian. Il était effectivement assez facile de pouvoir le faire au niveau du Papounet et du Débris…

— Et voilà ! Méthode Bastien, Solution on obtient !

Après un dîner qui fut assez agréable grâce à l'humour des trois Parson et, où décidément, il y avait python sous balcon entre Lilian et Caya, nous avons décidé d'aller nous reposer pas trop tard. Si j'avais pu dormir l'après-midi, Pascal, Nordine et Caya étaient, eux, véritablement explosés.

Une fois sur le trottoir, rue des Plantes, nous avons salué et j'ai chaudement remercié Bastien. Lilian est parti chercher sa voiture et, comme par hasard, Caya a proposé de l'accompagner. Cela faisait bien rire Pascal :

— Je croyais que tu n'avais pas de chambre d'ami chez toi ?! Allez bonne nuit les jeunes.

Avec Nordine, nous avions réservé deux chambres dans un hôtel miteux du côté de la gare de Lyon. Les locaux de la chaîne SavoirS étaient à proximité ce qui nous permettait de ne pas devoir nous lever aux aurores le lundi pour nous y rendre.

Bastien s'est retourné vers nous en levant la main avant d'entrer dans son immeuble : « Allez Éric, tu vas tout déchirer demain ! Et dans le tome II, tu n'oublieras pas d'écrire que j'ai moi aussi sauvé le monde ! Lilian n'a rien foutu en fait ! »

— Compte sur moi… Bistoune ! lui ai-je répondu en levant mon pouce droit dans sa direction.

Pascal a envoyé un baiser à Bastien ainsi qu'à Lilian qui, lui ouvrait la portière de sa Twingo. Nous sommes repartis en direction du van de Nordine qui marchait quelques mètres devant nous.

— Tu sais, tes garçons sont vraiment gé…

Je crois me souvenir que les coups de feu ont précédé d'une seconde l'explosion.

Qui persévère ne va plus à la pêche

La Twingo a explosé quand Lilian, assis à côté de Caya, a mis le contact. Le corps de Bastien a traversé la fenêtre de son appartement situé au troisième étage et s'est écrasé à proximité de la voiture en feu de son frère.

Là encore, je n'ai rien compris sur l'instant. Cette scène ne pouvait avoir lieu. Non, ce n'était plus possible. Ce n'était plus acceptable.

J'ai regardé Pascal. Il était blanc, il tremblait de tous ses membres. Il regardait le corps de Bastien gisant sur le bitume devant la Twingo où son autre fils venait de perdre lui aussi la vie.

J'aurais voulu le retenir, le prendre dans mes bras, mais c'est moi qui m'évanouissait. Nordine revenu en courant m'a retenu et m'a posé sur le capot d'une voiture garée là.

— Pascal, il faut bouger. Ceux qui ont tiré sur Bastien vont sortir de son immeuble. Il faut bouger. Les gars !

C'est Pascal qui m'a soutenu en courant vers le van de Nordine. Il ne pleurait pas. Il était ailleurs. Nous sommes montés dedans au moment précis où, par les vitres teintées arrières, nous avons aperçu deux silhouettes sortir de chez Bastien. L'un d'eux s'est approché de son cadavre et lui a tiré une nouvelle fois dessus.

Je voyais cette abomination mais je refusais de l'admettre. Je voulais que mes yeux se ferment, que le temps s'arrête que quelqu'un me dise que tout était évidemment faux. Mais personne ne m'a parlé.

Alors que Nordine démarrait, Pascal a posé sa copie du Tome 6 et a saisi deux des armes accrochées sur le côté gauche de la camionnette. Il m'a pris les bras et m'a regardé : « Venge-les Éric. Venge-les tous ! Diffuse tout ! Va sauver le monde. Moi, je vais sauver ma fille ! ».

Il a ouvert la porte arrière et a sauté. Nordine a pilé.

— Mais putain il fait quoi ? Pascal ! s'exclama-t-il.

— Je crois qu'il… Il va tous les tuer…, dis-je en le voyant foncer en hurlant et massacrer les deux tueurs de ses fils.

Je ne sais combien de coups il a tiré mais il les a véritablement transformés en passoires. Il a fracassé leurs têtes avec ses chaussures et a craché sur leurs cadavres. Il s'est approché de la dépouille de Bastien et s'est agenouillé pour l'embrasser sur le front. Il ne pouvait sortir les corps de Lilian et Caya dans la voiture qui ne cessait de brûler. Il est resté là quelques secondes, sans un mot.

D'un coup vif et brusque, il s'est retourné vers nous. De loin, il nous a fait un salut militaire puis a mis ses mains en forme de cœur sur sa poitrine. En un éclair il est parti en courant et a disparu dans une rue adjacente alors que les sirènes des voitures de police et de secours retentissaient de partout.

C'est la dernière fois que j'ai vu Pascal.

D'autres, en revanche, on reçut sa visite les jours suivants. Et je pense qu'ils s'en seraient bien passés.

J'étais anéanti. Je ne savais plus quoi faire. Nordine m'a alors crié dessus : « Ferme cette putain de porte Éric. On bouge. On file à l'hôtel. On fait ce qu'on a à faire demain et, si on est encore vivants ensuite, on part dans la planque de Karine. Oh ! ? Éric, tu m'entends ? »

— Oui Nordine, on fait comme ça.

Karine et Pascal partis. Tous ces morts innocents en une journée. Je ne voyais plus quoi faire. Je me suis assis sur la banquette passager de la camionnette. Je ne voulais pas rester seul derrière. Je voyais les lumières de la ville défiler et Nordine avait les mains qui tremblaient sur le volant. « Arrête-toi quelque part, je dois vom… » Je n'ai pas pu terminer ma phrase.

Mon héros de la DGSE a réussi à nous conduire jusqu'à l'hôtel. Une fois douché, nous avons essayé de faire le point, assis tous deux sur un des coins du lit.

— Peut-être devrions-nous appeler Karine ? dis-je les yeux toujours remplis de larmes.

— Non. On ne grille pas notre couverture. Karine, Mac et Lyly sont nécessairement sur écoute par le G3. Il faut être lucide, ils sont d'ailleurs certainement déjà morts eux aussi. On ne doit pas bouger cette nuit et ne prévenir personne. Donne ton téléphone…

— Attends ! Que ce soit le G3 ou les *Pervyy*, s'ils ont pu récupérer les codes chez Bastien, ils vont tenter d'annuler la programmation de la mise en ligne du cahier ! On ne peut attendre. Je dois publier l'ensemble dès à présent !

— Oui, tu as raison. Vas-y ! Tant pis pour le scoop de l'interview.

Alors ce dimanche 12 juin 2022 à 22 h 12 j'ai appuyé sur le bouton, celui de notre diffusion internet contre la destruction de la planète. J'ai ainsi diffusé au monde le cahier n° 6 de Lars annonçant la fin des temps humains, cahier que nous n'avions pu récupérer que quelques heures auparavant.

En une journée j'avais assisté à au moins 4 meurtres en comptant celui de Viviane, j'avais quitté pour toujours Karine et Pascal et je me retrouvais sur un lit rempli de cafards aux draps dégueulasses dans une chambre suintant la moisissure sur chaque mur avec, seul Monsieur Univers dans ma galaxie et qui semblait tout aussi perdu et impuissant.

Pour moi, la fin du monde avait ainsi quelques mois d'avance.

J'ai noté les numéros de téléphone dont j'avais encore besoin et nous avons détruit nos appareils et leurs cartes. J'ai accepté de prendre ce que Nordine m'a proposé pour essayer de dormir dans ce taudis. J'avais tellement mal à la tête et au ventre que j'espérais pouvoir partir ailleurs dans mon sommeil.

Il m'a réveillé à 8 heures le lundi matin. J'ai mis plusieurs minutes à réaliser que je n'avais malheureusement rien rêvé. Nordine m'avait apporté un café et des croissants mais il m'était impossible d'avaler quoi que ce soit.

— Je t'ai pris ce téléphone prêt payé. On va essayer d'aller jusqu'au studio de *SavoirS* pour ton enregistrement. On verra si CNN maintient ensuite.

— Pourquoi ils ne maintiendraient pas ?

— Regarde Éric : tu es sur toutes les chaînes d'info ! Le cahier de Lars est commenté partout. J'ai vu la une des quotidiens en sortant nous chercher de quoi manger : la fin du monde est partout. On a réussi.

— À quel prix…

— Oui, je sais. Mais les *Chistyy*, les *Pervyy* et les traîtres du G3 n'ont plus de raison de t'éliminer. Tu as diffusé le document ! Te tuer serait accréditer le fait qu'il se passe quelque chose d'anormal en lien avec cette publication mondiale.

— J'espère que tu as raison mon ami. Mais ils peuvent se dire aussi que tant que je serai vivant, je pourrai m'exprimer et relancer le débat du risque de fin du monde. Alors que si je disparaissais, tout ce battage médiatique fait sur le document de Lars s'effilochera doucement et ne passera pas l'été.

La télévision parlait également d'un règlement de compte mafieux en plein Paris ayant fait dans la nuit au moins 5 morts en indiquant qu'un homme dangereux et armé était activement recherché. Mais ce titre était bien en retrait derrière les écrits de Lars et les multiples commentaires qu'ils suscitaient.

Je n'arrivais pas à me représenter ce que Pascal avait dû et devait ressentir après avoir assisté à l'exécution de deux de ses enfants. Je me trouvais tellement nul de n'avoir rien su lui dire, comme j'avais été tout aussi incapable de réagir au départ de Karine. Je ressentais une abyssale honte de moi et de ma faiblesse.

Nordine m'avait acheté une casquette et un Sweet *The Noodles* pour me changer de look. Nous sommes partis à pied en direction des studios de la chaîne mais nous n'avons pu y rentrer. Trois voitures de police étaient stationnées devant. J'étais visiblement recherché par les autorités pour m'expliquer sur mes propos mis en ligne.

— Pourquoi je n'irais pas me livrer Nordine. Je n'ai rien fait de mal. J'ai juste mis sur internet un document authentifiable et je l'ai commenté. Les flics pourront me protéger.

— Franchement, on ne peut être certain que la police soit clean. Et la priorité c'est que tu parles d'abord sur CNN pour accélérer la diffusion du cahier à tous les États du monde. Si tu vas voir les keufs, ils risquent de t'interroger et de te retenir longtemps. Non, il nous faut trouver un moyen. Si ton copain Michel Garrot a parlé, il va y avoir le même comité d'accueil dans les locaux parisiens de CNN. Il nous faut trouver comment les contacter ?

— Ou bien, on fait l'interview tous les deux. Tu m'interroges et je réponds puis on adresse la vidéo à CNN pour qu'ils diffusent en exclusivité ?

— Heu… mais s'ils ne diffusent pas ?

— Alors on trouvera un autre support, un autre média. Déjà je peux mettre la vidéo sur mon blog. La portée est moindre mais vu que je suis suivi sur tout le globe, d'autant plus depuis cette nuit, ça peut faire boule de neige.

Nordine est allé acheter une petite caméra numérique puis il s'est mis en quête d'un véhicule. Il a posé son dévolu sur une sublime Aston Martin garée rue Pierre Bourdan non loin de Nation. Il lui a fallu deux secondes pour fracturer la portière, couper l'alarme et la démarrer. Il s'est installé au volant, puis, en se tournant vers moi :

— Oh ? Tu montes James Bond ! ? Tu veux une vodka martini mélangée au shaker et non à la cuillère en plus ?

Et nous voilà dans cette luxueuse, puissante et non moins iconique V12 Vanquish. À mon immense surprise, Nordine a foncé jusqu'au Centre Régional de Formation de la Police, tout à côté de l'Hippodrome de Vincennes. Il y était connu comme le loup blanc et nous sommes entrés sans problème.

— La meilleure planque est celle où tout le monde te voit. C'est dans la gueule du loup qu'il ne vient jamais te chercher. Et puis là, on va trouver une salle de réunion correcte pour notre enregistrement. Allez viens, on va te rendre encore plus célèbre que tu n'es déjà !

Nous avons réalisé une courte interview de 12 minutes durant laquelle je répondais à 4 questions de Nordine. Je reprenais pour partie ce que nous avions diffusé dans la nuit mais de façon plus forte, plus percutante et plus inquiétante.

Un point de débat se posait entre nous deux : étrangement dans le cahier n° 6, Lars n'évoquait pas l'attentat manqué des généraux russes contre Toupine en janvier 2023 mais il l'avait écrit dans sa lettre à Pascal. Nordine pensait qu'il était utile d'évoquer le fait qu'il fallait éliminer Toupine avant qu'il commette l'irréparable. Mais finalement nous n'avons rien dit. Nous nous sommes dit que cette carte devait restée secrète et pourrait être un des éléments à donner à la CIA si nous arrivions ensuite à contacter le dénommé Franck Besquet de la Banque Mondiale comme nous l'avait suggéré Nadège avant de mettre fin à ses jours.

Une fois dans la boite peu avant midi, il nous fallait trouver un moyen de donner la vidéo à CNN. Nous n'avions ni numéro de téléphone, ni adresse mail. Nordine est alors sorti de notre salle de réunion où nous venions de faire l'interview en me demandant de ne pas bouger.

Il est revenu quelques instants plus tard avec un plateau repas mais surtout entièrement habillé en uniforme de policier.

— Écoute, je vais aller déposer le film dans les locaux des Champs Elysée de CNN. Je vais essayer de trouver le fils de Michel Garrot et tenter de le convaincre de diffuser. Toi, tu ne bouges surtout pas d'ici. Tu ne seras pas inquiété, je m'en suis assuré. Mange un peu. Si à 15 heures je ne suis pas revenu, ben… Fais comme tu pourras…

Nordine a pris la caméra et s'est tourné vers la porte. J'ai réussi à lui glisser un « Merci pour tout. Fait gaffe à toi. Et, je t'en prie, reviens ! Bonne chance Nordine » mais, de nouveau, je me trouvais vraiment « H_2O » : insipide, incolore, inodore et sans saveur.

De mémoire, j'ai mangé le pâté, le bout de pain, la tranche de jambon et le yaourt de mon plateau repas. Je pense que les croquettes de mes chats étaient meilleures. Puis je me suis assoupi sur une chaise.

La pression commençait à retomber mais je n'arrivais pas à penser à autre chose qu'aux atroces morts de Bastien, Lilian et Caya. J'espérais tellement que Pascal arrive à mettre à l'abri sa fille Maëlle.

Juste après 15 heures, la porte de la salle où je somnolais s'est ouverte d'un coup. J'ai sursauté, totalement paniqué. Il était là, tout sourire devant moi. J'ai instantanément compris qu'il avait réussi.

— Tout s'est bien passé, s'exclama Nordine. Il n'y avait aucun flic à CNN donc Michel Garrot a protégé tes arrières. Habillé comme ça, je suis rentré sans problème. Son fils, Pierre, est un type bien. Il est convaincu par notre combat. Il a lu ce matin le texte de Lars mis en ligne. Je lui ai montré notre petit film. Il l'a passé instantanément, vers 14 h 20. J'ai entendu à la radio en revenant en voiture que tous les médias reprenaient tes propos. Franchement, l'œil du sourd est normal et l'oreille de l'aveugle aussi : il faut être ermite pour ne pas avoir lu ou entendu que le 2 mars 2023, tout va péter !

Je l'ai serré dans mes bras. J'avais réellement l'impression que nous venions de réaliser un exploit et surtout que j'avais respecté le vœu de mon ami, en les « vengeant tous » d'une certaine façon. Peut-être que cela me permettrait de me persuader que tous ces morts ne le furent pas pour rien.

Je me suis rassis doucement et une infinie détresse m'a submergée. Je me suis senti impuissant en une fraction de seconde, d'Hercule à minuscule : que faire désormais ? Comment agir ? Où aller ? Qui contacter ?

Une fois encore, Nordine m'a remonté le mental à défaut du moral.

— On va bouger et se planquer. Tu as raison, nos ennemis peuvent encore vouloir t'éliminer, par vengeance ou par prudence face aux autres annonces que tu pourrais faire. Allons voir l'ami de Karine à côté de Lyon. Une fois à l'abri, on se reposera et on avisera. Allez Éric l'homérique, ne reste pas statique, ton cheval de Troie a fonctionné mais ton odyssée n'est pas terminée.

L'OTAN en emporte du vent

Je serrais son collier dans ma main en écoutant sa dernière aventure.

— Nous sommes arrivés sur Lannilis dimanche vers 23 heures. Nous étions à 500 mètres de notre planque à Penhoat sur le petit chemin forestier qui mène à notre cabane sur l'entrée marine Aber Benoit quand nous l'avons trouvé là, sa voiture en travers du sentier et lui dressé droit devant. Karine a arrêté la voiture est nous sommes descendus tous les trois. Yves Lalaup était seul.

Lyly a repris sa respiration avant de poursuivre. Nordine et moi écoutions silencieusement, assignés à résignance.

— Il y a eu un long échange assez virulent entre le frère et la sœur. Cela commencé à nous agacer grave avec Mac. Nous n'avions pas dormi samedi et on venait de se faire presque 800 kilomètres depuis Lille. Nous voulions juste aller nous coucher à 500 mètres de là dans notre petite planque bretonne. Nous devions être trop épuisés pour les entendre, ils ont surgi derrière nous et ont tiré sans sommation. Mac a été transpercé par une rafale, j'ai eu le réflexe de plonger dans les broussailles côté droit de notre voiture. Je n'étais pas armée. Quelle conne je suis… Nos armes étaient dans la Kadjar. J'ai profité de la nuit et de la densité du bois pour courir me cacher. Deux d'entre eux m'ont cherché mais ne m'ont pas vu. Moi, en revanche, je pouvais voir. Karine était effarée que son frère nous ait tendu ce piège, mais il n'y était clairement pour rien. J'ai compris à son attitude que Lalaup n'avait pas trahi sa sœur. Elle se tenait mains en l'air à côté de lui en regardant le cadavre de Mac.

Alors bien entendu, je connaissais l'issue de l'histoire mais je lui ai fait un signe de main pour qu'elle attende un peu pour terminer sa narration. Je ne savais si je pouvais entendre la suite. Mais il le fallait, ne serait-ce que pour Karine et Mac.

— Excuse-moi Lyly. Vas-y, je suis prêt.

— Il est sorti à son tour de l'autre côté du chemin, entouré de deux de ses tueurs. Il tenait un révolver pointé sur Karine. Ce fils de chien d'Holms avait dû faire suivre son petit toutou d'Yves. Je ne pouvais entendre, j'étais trop loin et je restais couchée dans les broussailles. Mais Yves s'est interposé entre Holms et sa sœur mais, sans hésiter une seconde, Holms a tiré. Yves s'est effondré une balle en pleine tête. En une fraction de micro seconde, Karine a saisi son couteau accroché à son mollet. Un gars a tiré mais elle a eu le temps de se jeter sur Holms et de le planter en pleine tête. Après, elle s'est pris au moins dix balles et s'est effondrée sur le corps de cette ordure. Ils…

A nouveau, Lyly s'est arrêtée demandant un verre d'eau. Je regardais le sol et les murs de ma petite chambre de 10 m^2, local de fonctions pour des intervenants à l'ENTPE. Je fixais une ancienne affiche du Ministère de l'Équipement avec le beau slogan « Les agents de l'Équipement, leur bureau, c'est la France » mais je ne voyais rien. Tout était flou.

Je n'attendais que de sortir de ce cauchemar où tous les jours ou presque des gens meurent, juste pour me protéger et pour empêcher qu'il arrive la même chose au reste du monde, y compris à leurs assassins. Lyly a poursuivi et, bien péniblement, elle a terminé son histoire.

— Ils ont repris la dépouille de Holms et ont laissé Karine et Mac sur le chemin. J'ai attendu un peu puis je les ai chargés dans la voiture. Ils avaient laissé les clés. Je suis allé chez Paul, le frère de Doug. Pardon de Mac. Paul habite à Concarneau. Il a une grande propriété. Nous les y avons enterrés là-bas tous les deux. J'ai informé Didier, le père de Karine. C'était horrible, il venait d'apprendre pour Yves également. Le pauvre homme. Après sa femme, ses deux enfants… Si tu veux Éric, je te montrerai où ça se situe si tu veux y aller te recueillir. J'ai pensé que son collier G3 te ferait… enfin, je ne sais pas, je l'ai pris pour toi. Mais ce n'était peut-être pas une bonne idée puisque c'est notre propre groupe qui les a tués…

— Non Lyly, tu as bien fait. Cela me touche. Vraiment. Merci. Tu veux bien me parler de Doug ?

En écoutant Lyly, Elysabeth Heurly de son vrai nom, me parler de Doug Mac Douglas, je m'apercevais que je ne m'étais en fait jamais intéressé à eux. Ils avaient réalisé des exploits, ils m'avaient sauvé la vie, ils avaient donné leur vie pour notre combat et je ne savais rien d'eux. Simplement parce que je n'avais pas demandé en fait.

Pour moi, ce couple aura été de ceux que l'on croise, que l'on connaît à peine, avec qui on échange très peu et qui, pourtant, changent le cours de votre vie.

Nous étions arrivés avec Nordine à l'ENTPE dans la nuit de lundi à mardi. BRX, l'ami de Karine, nous a installé et caché dans deux des chambres du campus et depuis Nordine sortait un peu nous chercher à manger. Ma tête étant sur toutes les chaînes de télé et dans les journaux, je devais rester enfermé dans mes 10 m^2. J'imagine que BRX m'avait reconnu, mais il ne me posa aucune question et, visiblement, ne parla à personne de notre présence. Karine avait raison, c'était un homme de parole, une belle personne, fiable et honnête. Entre lui et Michel Garrot, peut-être que si nous arrivions à la sauver, l'Humanité avait encore une petite chance…

Je commençais à exploser quand Lyly nous a rejoint le vendredi 17 juin en soirée. BRX lui avait trouvé une troisième chambre à côté des nôtres mais une fois qu'elle nous eut tout expliqué, elle nous annonça vouloir repartir.

— Vous savez, je n'avais que Mac dans ma vie. Et, franchement, je ne vous serai plus utile à rien désormais. Il me reste des choses à faire avant que tout n'explose, du moins si, comme je le crains, vous échouez. Vous avez vu, c'est mal barré en Ukraine et en Russie depuis votre mise en lumière du texte de Lars. Je vais dormir là cette nuit puis je vais y aller.

Elle a embrassé Nordine sur son front à la façon Blanc-Barthez en 1998 et m'a fait un signe de main, puis en ouvrant la porte de ma chambre elle s'est retournée vers moi.

— Tu sais Éric, elle t'aimait beaucoup. Elle t'adorait même. Je suis désolée. Et sinon, pour info, les tueurs des garçons de Pascal et de Caya, ils étaient aussi du G3. Ceux qui devaient vous protéger, sont ceux qui auront tout fait pour que vous échouiez. Comparés au G3, les *Pervyy* et les *Chistyy* sont des Bisounours… Bonne chance les amis.

Puis notre Lara Croft partit dormir dans son loft soft.

Nous sommes restés tous les deux, sonnés et un peu, même totalement désespérés.

— Tu penses qu'elle va faire quoi maintenant ? demandais-je à mon camarade d'infortune.

— Elle va sûrement chercher Pascal et, qu'elle le retrouve ou pas, elle va aller massacrer les salopards de l'appareil du G3. Oui, c'est certain, elle va leur exploser les rotules et la cervelle. Ça va être un vrai carnage.

— Et toi ?

— Moi quoi ?

— Tu… tu as de la famille ? En dehors de la DGSE, tu n'as jamais rien dit sur toi.

— Oui, j'ai une fille. Nadia, elle a 25 ans. Et mon compagnon s'appelle Slimane. Il est assez secret, mais pas agent lui. Nous habitons dans le 9e à Paris et ma fille est sur Toulouse avec son copain.

— Ah… Tu ne voudrais pas les rejoindre ?

— Si bien sûr, mais ils connaissent mes engagements et savent que je m'y tiens et les honore toujours. Et puis, tu ferais quoi sans moi ? me sourit-il tendrement.

— Merci mon frère. Tu es… exploitordinaire. Tu… Qu'est-ce qu'elle a voulu dire sur la situation mal barrée en Ukraine d'après toi ? Je n'ai rien regardé, lu ou écouté depuis notre arrivée ici.

J'ai vu que Nordine hésitait à me parler sur comment les choses évoluaient à l'international depuis notre publication publique. Il se réfugia derrière l'heure tardive pour me proposer d'en discuter le lendemain et faignant la fatigue il partit dans sa piaule pour se coucher.

Pour moi l'ascenseur émotionnel continuait à faire son yoyo. Depuis des semaines, à chaque fois que je me réjouissais d'une avancée, un recul en forme de drames se produisait. Cependant jusqu'à maintenant, j'avais l'impression de nos progressions dépassaient les régressions. Le delta entre eux nous était favorable en restant positif. Cette nuit-là, pour la première fois malgré déjà tant d'horreurs subies, je ressentais un très mauvais pressentiment. Encore plus mauvais que les précédents.

Le samedi 18 juin je me suis réveillé vers 8 heures avec deux croissants et un bon café posés sur ma table à tout faire. J'ai rejoint Nordine dans sa chambre une heure après pour le remercier. Lui aussi semblait accuser le coup.

Il m'indiqua que Lyly était partie dans la nuit. Nous savions que nous ne la reverrions pas. Il avait sorti une photo où il se trouvait entouré de Slimane et de sa fille Nadia, du moins c'est ce que je déduisais de notre rapide échange de la veille. Il semblait fatigué, arrivé en bout de course et passablement inquiet.

— Tu sais, lui dis-je, franchement tu devrais y aller toi aussi. Tu devrais rentrer, retrouver les tiens. Nous sommes allés au bout de ce que nous pouvions faire à notre petit niveau. Et puis je peux rester caché ici quelque temps puis remonter à Moigny. Damien se chargera de me surveiller.

— Hors de question. J'ai juré à Karine de veiller sur toi. Je ne parle pas beaucoup mais je suis un homme de parole !

— Comme tu voudras. Dans ce cas, nous devons faire un point sur la situation. Tu sais quoi de l'évolution de la guerre ?

— Je n'ai pas voulu t'en parler, et comme tu ne me demandais rien j'ai préféré ne pas t'inquiéter.

— C'est à ce point-là ?

— Je l'ignore Éric. Je n'ai plus aucun contact avec la DGSE, je suis grillé là-bas depuis déjà quelques semaines. Alors si j'en juge d'après les médias sérieux et objectifs, il…

— Ça existe encore ça ? C'est un oxymore il me semble, assénais-je, tout fier de ma répartie.

— Oui, hélas, tu as raison.

— Alors ça, c'est un pléonasme !

— Bon, tu arrêtes de jouer ton Pascal ? Enfin, bref, depuis notre affichage mondial du cahier de Lars, il y a eu des émeutes gigantesques en Russie. Il semble qu'il y ait eu des milliers de morts depuis jeudi, l'armée ayant même tiré à balles réelles sur les manifestants dans les grandes villes de pays, y compris à Moscou.

— Quelle horreur…

— Du côté du conflit, les pays de l'OTAN, France comprise, envoient armes, missiles et des chars, et j'imagine des soldats, à l'armée ukrainienne qui ne cesse de progresser dans la récupération des espaces conquis par les Russes. Toupine va d'échecs en échecs et à ce rythme des observateurs pensent que d'ici 10 jours, c'est l'Ukraine qui pourra envahir la Russie ! Notre publication a galvanisé la contre-offensive et elle est utilisée par les dirigeants de l'OTAN pour s'engager ouvertement en soutien armé et logistique à l'armée ukrainienne. On se croirait en août 1914 avec des arguments à l'ouest promouvant la guerre pour « avoir une bonne paix » et éviter le pire. Une vraie frénésie émotionnelle à la fois irrationnelle et calculée.

— Calculée en quoi ?

— L'OTAN a sa guerre. Les chefs d'État américains, anglais, français, allemands et consorts en profitent pour geler leurs problèmes internes et, poussés par les lobbys occidentaux pro-guerre, notamment pour des intérêts économiques, ils s'engagent désormais officiellement dans une guerre contre Toupine qui semble plus affaibli que jamais.

— OK Nordine, mais au-delà du cynisme bien connu et statutaire des politiques et des multinationales s'enrichissant sur les morts, si cela peut obliger ce fou à capituler, c'est sans doute une issue intéressante ?

— D'après des sources onusiennes, il y avait des négociations menées entre l'Otan et Moscou le week-end dernier à Istanbul. La Russie stoppait le conflit en échange de la non adhésion à l'OTAN de l'Ukraine, au moins dans un laps de temps suffisant pour réparer ce qui peut l'être entre les États-Unis et la Russie sur un plan diplomatique. Le traité allait être signé, mais notre publication a servi aux ultras de l'OTAN, les Angliches en tête pour empêcher Kiev de le signer au motif qu'il ne fallait plus traiter avec Toupine mais l'éliminer en urgence avant qu'il fasse tout exploser.

— Tu es en train de me dire que si nous n'avions rien publié dans la nuit de dimanche et si je n'avais pas fait CNN, peut-être que la guerre aurait été stoppée cette semaine ? Ce n'est pas possible, qu'est-ce que j'ai encore fait !

J'étais totalement détruit. Puis en réfléchissant un peu j'ai poursuivi.

— Nordine, cela n'a pas de sens. Si cette sortie de guerre était si certaine, pourquoi n'est-elle pas dans les cahiers de Lars ! ?

— Voyons Éric, sans même notre publication, notre présent est différent de celui connu par Pascal avant de devenir Lars. La simple présence des G3, des *Pervyy* et surtout des *Chistyy* a tout changé depuis 200 ans. Je crains qu'avec notre diffusion des écrits apocalyptiques de Lars, nous ayons modifié négativement le présent qui se modifiait positivement. Au bas mot, nous avons accéléré le processus en l'annonçant !

— Quels cons ! Mais que faire ? Je pourrais peut-être faire un communiqué ou aller reparler à CNN pour dire que ce document est un faux et que j'ai tout inventé ?

— Non, c'est trop tard. Tu ne serais pas crédible et surtout ce document de Lars ne nous appartient plus. Il est un instrument politique qui nous dépasse complètement depuis mardi. Regarde, j'ai même entendu cet enfoiré de Lefimov s'exprimer lui aussi sur CNN pour taper comme un sourd sur la folie de Toupine et demander à ce qu'il soit mis hors état de nuire rapidement. Quand on sait qu'il est en réalité un *Chistyy* proche de Toupine… Quand on retourne sa veste une fois, on sait le faire dans l'autre sens.

Je ne comprenais plus grand-chose à ce que nous venions de déclencher bien malgré nous. J'ai passé le reste de ce samedi noir à lire les journaux et à écouter les analyses faites à la radio. C'était pire que je ne l'avais compris.

Pour tous, la guerre mondiale devenait inévitable. La Chine avait viré de bord, soutenant désormais la Russie et se préparant à envahir Taiwan. Les états-majors des deux pays utilisaient les puissants leviers qu'ils avaient construits depuis des années sur le continent africain pour pousser des rébellions anti occidentaux et même anti ONU un peu partout. Le Président américain devait s'exprimer le mardi suivant, comme ses homologues français et anglais le mercredi. L'OTAN qui a toujours besoin d'une guerre et qui s'était fait chasser d'Afghanistan tenait là de quoi embraser le monde, sans doute en pensant que Toupine serait renversé et que les Occidentaux pourraient étendre leur contrôle mondial et refaire une opération similaire à 1945 avec la Russie après l'Allemagne.

Mais certains observateurs ne partageaient pas du tout cet enthousiasme otanesque. Toupine n'était sans doute pas à la hauteur du conflit qu'il avait engagé, certains glosant sur ses échecs stratégiques successifs indiquant « qu'après l'échelle de Richter, il y aurait l'échelle Toupine pour identifier tout ce qu'il ne faut pas faire en matière militaire », mais c'était oublier qu'un fou qui n'a plus rien à perdre fait perdre tout à tous.

En gros, l'écrit numéro 6 de Lars allait finir par, lui-même déclencher le feu nucléaire, certes différent du sien mais avec, du fait de ma publication, neuf mois d'avance !

Dernière cuite avant la cuisson

Nous avons tourné le sujet dans tous les sens durant tout ce tortueux et torturé week-end avec Nordine. Nous n'avions personne à appeler pour essayer de voir autre chose et autrement cette fin que nous venions de provoquer.

Je n'ai plus trop de souvenirs de ces jours maudits. Le lundi 20 juin en matinée, les ondes du monde entier faisaient état d'une tentative d'assassinat du leader russe qui avait avorté. Toupine était réfugié on ne savait où, et avec quelques fidèles. Les appels à la paix, à la médiation, s'enchaînaient de presque tous les responsables de la planète. Même Lefimov revenait à épargner et tendre la main à Toupine comprenant que là, personne n'arriverait à survivre.

— À quoi il joue ce con ? me demanda Nordine en l'écoutant sur France Inter.

— Maintenant que l'assassinat de Toupine a foiré, Lefimov se dit qu'il va appuyer. Or, personne n'est prêt du côté des *Pervyy* et *Chistyy*. Tout est calculé pour se protéger en mars 2023. Et là, tout va péter bien avant dans un inconnu total. C'est la panique, y compris chez ceux qui ont tout fait depuis des années pour que ce conflit nucléaire ait lieu. Quelque part, on aura au moins réussi ça : ils vont y passer comme nous tous !

— Ouais… j'aurais préféré que personne n'y passe. Dis-moi Éric, si ça te va, je rentrerais bien chez moi… Je te dépose à Moigny ?

— Avec plaisir mon pote. Au moins, je terminerai tout cela avec mes chats…

Suspendus, comme toute la population, aux nouvelles évolutions du conflit, nous avons pris le van et sommes remontés vers le Nord. Nous ne parlions pas, écoutant en boucle les différentes radios qui diffusaient toutes le même son : celui précédent et annonçant le silence absolu.

Nordine a roulé très vite sur l'A6 où il faut dire que nous ne croisions que peu de voitures. En moins de 4 heures, il m'avait permis d'arriver chez moi. Le temps de boire un café et de se dire adieu, mon ami est reparti rapidement retrouver son compagnon sur Paris.

Ce n'est que lorsque j'ai vu sa voiture disparaître dans la Grand-Rue de Moigny au niveau de la mairie que j'ai réalisé que je venais de passer des mois, des semaines, des journées avec un homme dont je ne connaissais même pas le nom…

Je n'étais pas abattu, juste résigné. Naturellement, je me sentais dégoûté d'avoir vu sacrifier tant de personnes pour rien mais je savais que nous avions tous fait de notre mieux. Je ne voyais pas où nous avions fauté. C'était une déconfiture, bien sûr, mais on n'avait surtout pas eu de pot.

Pensant passer la dernière soirée de mon existence, une fois après avoir raccroché avec ma chère mère, j'ai invité Damien à venir boire un verre. En réalité, nous n'en avons pas bu qu'un. Du coup, même s'il n'avait que 50 mètres à faire pour rentrer chez lui, il est resté dormir dans une de mes chambres.

À ma grande surprise, le mardi 21 vers 11 heures du matin, j'ai ouvert les yeux. Je ne sais trop à quel moment je les avais fermés mais j'étais persuadé que je le faisais pour la dernière fois.

Intrigué et avec un peu d'espérance, j'ai allumé la radio, faute d'avoir la télé. Au moins avec la radio, quand on entend tous ces chroniqueurs qui ne savent rien et n'ont rien à dire mais qui sont trop heureux et addicts de le faire savoir à tout le monde, on n'est pas obligé en plus de les voir se remuer sur leur chaise pour brasser encore plus de vent…

Enfin, toujours est-il que mes espoirs furent vite éteints. Ce n'était plus une escalade, c'était un véritable embrasement. Damien s'est réveillé tant bien que mal vers midi. Cela ne l'a pas empêché de reprendre instantanément son remplissage de verres.

— Écoute Éric, buvons à ça : notre action fut brillante, mais notre échec est mat !

— Belle formule, dommage que l'on ne puisse l'inscrire sur nos tombes…

— Tiens en parlant de tombes, le père Parson il n'est pas resté inactif. Tu sais qu'on a retrouvé le fameux EM, Emmanuel Mercan, dans les locaux du G3 avec au moins cinq autres cadavres et surtout avec la tête écrasée en mille morceaux et juste ces attributs dans ce qui lui restait de bouche. Je ne préfère pas savoir dans quel ordre Pascal lui a fait tout cela… Et si tu avais vu ce qu'il a fait de Sybille, l'assistante de Holms… Elle a dû s'en faire, de la bille, Sybille… En tous les cas, notre Lyly a intérêt à s'être grouillée parce qu'il ne reste plus trop de G3 à zigouiller ! Là où Parson passe, les personnes trépassent !

Je ne voulais visualiser la scène d'horreur mais je reconnais avoir pris un malin plaisir à écouter les réalisations de Pascal. Damien reprit alors.

— Ah oui, tu te souviens, le chef des Chistyy que vous avez capturé à Bricy ? Il était retenu prisonnier dans les locaux du G3. Eh bien, il est dans les cinq qui accompagnaient EM. Tu ne devineras jamais comment il l'a découpé celui-là. Façon Sushi. Je ne pensais pas que c'était possible. Il a commencé par…

— Stop, stop, stop. Je suis limite vomito depuis le réveil. Je crois que j'imagine assez bien le carnage.

— Comme tu veux, en tout cas si tu cherches de la pâtée pour tes chats… Bon écoute Éric, je vais te laisser avec Bobo, Rhaps et R'bow. Merci, ce fut une bien agréable dernière cuite avant la cuisson ! Rendez-vous ailleurs… ou pas !

Damien est alors rentré chez lui et je suis resté seul avec mes adorables compagnons. J'ai vite éteint la radio. Pour ce que cela allait changer. J'attendais tranquillement, mais même les bombes se faisaient désirer.

C'est finalement le 22 juin 2022 et non le 2 mars 2023 que l'Humanité a dit adieu à la Terre. Pour le plus grand bonheur de celle-ci. À 11 h 24, Paris a reçu sa dose et nous fûmes balayés quelques secondes après. Autant de flammes soufflées dans ce vent allumant notre brasier.

Tant de règles enfreintes ; huit milliards de vies éteintes ; sept millions d'années d'empreintes ; six mille pensées distinctes ; cinq pintes ; trois chats pour ultime étreinte ; deux secondes succinctes ; une légère crainte mais aucune peur feinte : un décompte de complaintes et, la dernière fois, la cloche humaine tinte.

Épilogue – L'avenir est du passé en préparation

Il est clair que nous avons un vrai problème. Comment pouvez-vous lire ce récit alors que vous êtes tous morts le mercredi 22 juin 2022 ? Et comment ai-je pu le terminer ?

C'est à nouveau ce captivant et imprévisible personnage qu'est Pascal « Lars » Parson qui a changé la face du monde.

Le 22 matin aux premières lueurs de l'aube, alors que la guerre nucléaire s'engageait, je m'étais réveillé, sans avoir réellement dormi, replié à Moigny pour les derniers instants de l'Humanité.

J'étais tranquillement avec Bobo, Rhaps et mon petit Rainbow sur ce qu'il restait de mon canapé lacéré de part en part et par leurs pattes pleines de griffes. J'écoutais le fabuleux troisième album de *The Noodles*, le bleu « Cannelloni » de 1987, le plus vendu au monde, et bien qu'il soit encore très tôt j'avais ouvert ma meilleure bouteille de Douro.

C'est alors que la sonnette de mon beau portail rouge a retenti. Je n'ai pas voulu y aller. Ce n'était vraiment pas l'heure pour envoyer paître des témoins de Jéhovah ou pour signer un recommandé.

Mais la persistance de la sonnerie m'a obligé à bouger. En sortant dans la cour, bien que ne le voyant pas encore, je l'ai reconnu à ses hurlements : « Putain tête d'ours, bouge-toi le cul ! Oh ?! Éric ! »

J'ai ouvert le portail et Pascal m'a sauté au cou : « Prends ton téléphone et suis-moi ! Vite ! Toupinette ne va pas nous attendre pour atomiser la France ».

— Mais qu'est-ce que tu fais là ? Où est Maëlle ? Et tu as vu Lyly ? Qu'est-ce…

— On s'en fout face de pet. J'ai géré. Bouge-toi le cul et tes trois neurones. Allez, on y va !

En quelques secondes j'étais assis à ses côtés dans une Alfa Roméo blanche qu'il avait dû voler.

— Mais tu vas me dire où on va à la fin ? !

— Cela a marché une fois mon pote, alors on va tenter une seconde !

— De quoi tu parles ? On sera tous morts dans quelques minutes ou heures tout au plus. Arrête, c'est terminé Pascal. On a échoué !

— Oui, mais non. Oui, on a échoué ce coup-ci mais on peut y arriver le prochain !

— Tu n'es pas en train de dire ce que je pense que tu es en train de dire ?

— Ben si ! *Let's jump back in time* !

— Mais voyons, c'est ridicule. C'était un phénomène atypique, inexplicable et totalement immaîtrisable ! Ça ne peut se reproduire ! Et puis, merde, je n'ai pas du tout envie d'atterrir en 1823 comme Lars !

— Qui te parle de 1823 ?

Il n'a plus rien dit. Il roulait comme un dératé traversant la Beauce puis la Forêt d'Orléans à plus de 150 km/h sur les petites routes de campagne. En même temps, nous n'avons pas aperçu un seul véhicule ni âme qui vive. Chacun était recroquevillé avec les siens en attendant la fin.

Il a bien dû se faire flasher deux fois par des radars automatiques et comme il n'avait guère plus que 3 points sur son permis, je pense que je suis arrivé sur Orléans avec un conducteur ayant des points négatifs. Encore pire qu'un chauffeur Uber sans permis, ce qui est un pléonasme dans bien des cas.

Paris a été frappé à 11 h 24 ce matin-là. Le même instant où nous arrivions au CNRS d'Orléans-La-Source. Pascal est sorti en trombe de son bolide sans même éteindre le moteur, il criait « Bouge putain, ça va péter ici aussi. Prends ton téléphone trou d'Young ! »

Je suivais machinalement. Je me savais à quelques secondes de la fin. Alors que je courrais derrière un Pascal fou furieux, je me souviens m'être demandé si j'avais bien fermé la porte du portail pour que mes « chachats » ne sortent pas sur la Grand-Rue de Moigny…

Nous sommes arrivés devant le Laboratoire Dirac. La porte était fermée. Pascal l'a défoncée à grands coups de pieds puis nous sommes entrés. À environ trois mètres sur la droite de la porte explosée, il s'est arrêté. Il a repris son souffle puis m'a enfin déballé son projet :

— Ne me demande pas comment je le sais, mais je le sais. En fait, je l'ai rêvé cette nuit !

— Ah, ben si tu l'as rêvé, on est sauvé du cauchemar !

— Ta gueule, merde ! Nous sommes à l'exact endroit d'où j'ai, enfin l'autre moi avant moi, téléphoné à Maëlle au moment de l'explosion et qui a fait que je me sois, qu'il se soit retrouvé en Lars en 1823. J'en suis certain.

— OK, et ?

— Prends ton téléphone et compose, comme moi, le 06.22.06.20.21. Au moment où ça va exploser sur Orléans, on appuiera pour le composer et… Ben on verra, ou on ne verra rien du tout !

Mais si, on a vu ! Orléans a été touchée par un ou des missiles à 12 h 08, sans doute comme de nombreuses autres grandes villes du pays et d'Europe. J'ai appuyé, comme Pascal, sur mon téléphone et…

Nous nous sommes retrouvés au même endroit, groggys mais vivants, pliés en deux mais toujours debout, entourés de cinq chercheurs ébahis autour de nous.

J'allais à nouveau m'évanouir mais Pascal m'a pris pas le bras et m'a secoué : « Stop, la chochotte, on se reprend, ça a marché putain ! ». Il s'est alors tourné vers un des membres du Laboratoire qui nous regardait tout éberlué : « Excusez-nous, nous sommes quel jour et de quelle année ? » demanda Pascal hilare avec de l'adrénaline lui sortant presque du nez et de la bouche, voire des oreilles.

— Heu… ben… on est le mardi 22 juin 2021. Pourquoi ? Mais qui êtes-vous ?

Pascal a hurlé de joie une espèce de « Whouaaa ! » puis, toujours en m'arrachant le bras, il m'a poussé en courant vers la sortie en me disant « Allez, viens, on va chercher Ista, Karine et mes enfants ! On a un an pour sauver le monde et cette fois, tu peux me croire, on va réussir ! »

Et vous avez vu. On a réussi !

Éric Taddée	4 mars 1972	Professeur agrégé d'histoire. Auteur du livre *Lars Nocappas : Prédit-Acteur* paru en 2020. Descendant de Lars et frère d'Ista.
Pascal Parson	21 mars 1969	Professeur d'histoire au Lycée Voltaire d'Orléans-la-Source. Père de Maëlle, Bastien et Lilian.
Viviane – « Yoyo »		Assistante d'Éric Taddée
Lars Nocappas	21 mars 1769 à Copenhague 21 mars 1869 à Paris	Danois d'origine. Auteur de nombreuses prophéties vers 1850. Il se marie avec Élisabeth Heurly le 16 juin 1825. Ils ont eu une fille : Victoria, née le 11 juillet 1826.
Karine Urblain	Février 1982	Capitaine de la Police Nationale – Commissariat d'Orléans La Source
Isabelle Taddée – « Ista »	26 juin 1969	Juriste conseil libérale – Grande sœur d'Éric Taddée et descendante de Lars Nocappas.
Yves Lalaup	Avril 1987	Ingénieur des travaux publics de l'État en poste à Limoges. Membre du groupe G3.
Nordine		Agent analyste de la DGSE – Membre du G3.
Nadège Glinstein	1937	Cheffe du G3 en 2022. Membre depuis 1955.
Henri Holms	1958	Responsable du G3 avec Nadège Glinstein et Emmanuel Mercan.
Mac et Lyly		« Nettoyeurs » au G3.
Damien	1968	Voisin d'Éric Taddée à Moigny-sur-École.

Xavier Brécout – « BRX »	1970	Ami d'Yves Lalaup. Ingénieur des TPE, en poste à l'École Nationale des Travaux Publics de l'État (ENTPE) à Vaulx-en-Velin.
Michel Garrot	1965	Directeur Général de la chaîne de télévision *SavoirS*

Remerciements

Isabelle :

À Pascal, mon âme sœur, mon soleil, ma lumière, mon souffle. Mon cœur bat à l'unisson avec le tien à jamais. Avec toi la vie est un torrent d'Amour et de Bonheur 60 secondes par minute.

À Constance et à Édouard, mes enfants chéris, il n'y a rien de plus beau que vous. Je suis si heureuse et si fière d'être votre maman.

À mon père et à Catherine, merci pour votre affection et votre présence si chaleureuse depuis toujours.

Au Cours Florent et aux professeurs que j'ai eu la chance de connaître et auprès desquels j'ai pu commencer une formation de comédienne. Que de très bons souvenirs, ceux de mes 20 ans.

Pascal :

À Isabelle, mon « Ista », ma voie lactée, mon univers, ma force. La vie m'a donné un cœur et toi seule le fais battre. C'est à partir de toi que j'ai dit oui à l'Amour et au Bonheur.

À Maëlle, à Bastien, à Lilian. Une minute avec chacun de vous et mon monde s'illumine. Il n'existe pas de plus grande fierté que d'être votre père.

À Thomas L. et tous les agents du Commissariat Général au Développement Durable CGDD pour leur magnifique engagement et leur immense courage.

À l'École Nationale des Travaux Publics de l'État (ENTPE) et à l'ensemble du groupe des Ingénieurs des TPE, et naturellement à l'exceptionnelle et inégalée 38e promotion…

À Actarus, Albator, Bruce Wayne, Sonny Crockett, Capitaine James T. Kirk, Eomer, R.J. Dio, Meat Loaf et tant d'autres.

Isabelle et Pascal :

À Bohemian, à Rhapsody et à Rainbow, nos merveilleuses boules à « ronron ». Merci de nous avoir autorisés à écrire ce livre sur un coin de table de chez vous et à nous permettre d'y vivre avec vous.

À tous les membres, humains comme animaux, de la SPA de Vaux-le-Pénil.

À toute la formidable équipe de l'EFS, Établissement Français du Sang, de Melun.

À Pascal S. et à toute l'équipe municipale de Moigny-sur-École, plus beau village du monde. Au moins.

À Karen H. et à toute l'équipe des 3 Colonnes pour leurs conseils, leur aide, leur confiance et leur gentillesse mais aussi pour leurs choix éditoriaux ouvrant à des inconnus, à des écrits parfois loufoques et barrés et à des positions alternatives au modèle dominant.

Imprimé en France
ISBN 979-10-406-0589-8
Dépôt légal : 3e trimestre 2023

Imprimé en France
FRHW010240250823
36070FR00014B/136

9 791040 605898